Für Anfragen, Fragen oder Anregungen:
kontakt@dannydehnert.de

Originalausgabe
2. Auflage 2025
© 2025 by Danny Dehnert

Bibliografische Information der Deutschen Nationalbibliothek: Die
Deutsche Nationalbibliothek verzeichnet diese Publikation in der
Deutschen Nationalbibliografie; detaillierte bibliografische Daten
sind im Internet über dnb.dnb.de abrufbar.

Verlag: BoD · Books on Demand GmbH, Überseering 33, 22297
Hamburg, bod@bod.de
Druck: Libri Plureos GmbH, Friedensallee 273, 22763 Hamburg

ISBN: 978-3-7693-2546-1

Danny Dehnert

Zerrissene Ideale

Thriller

2. Ausgabe, 2025

Zerrissene Ideale: Macht um jeden Preis

Inhalt

"Der Edle verlangt alles von sich selbst, der Gemeine stellt nur Forderungen an andere."

~ Konfuzius

Zerrissene Ideale: Macht um jeden Preis

Zerrissene Ideale: Macht um jeden Preis

Prolog

Ein nasser Montagabend. Die Lichter der Laternen spiegelten sich in dem nassen Asphalt, neben einem kleinen Café. An einem Tisch, mit einem dampfenden Kaffee, saß er. Ethan Blake. Das Geräusch der pulsierenden Stadt war nur gedämpft durch die Fensterscheiben zu hören - die Hupen der Autos, das Murmeln von Passanten, die entfernten Sirenen von Einsatzkräften. Ethans Blick fokussierte ein zerknittertes Notizbuch, die Seiten waren voller Notizen, Skizzen und Gedanken, die er nie aussprach. Seine Stirn war faltig, seine Augen müde, aber entschlossen. "Warum tust du dir das an?", fragte ihn am Vorabend ein enger Freund. Diese Frage beschäftigte ihn immer noch. Es war keine Frage der Kritik gewesen, sondern aus Sorge. Ethan ließ die Frage unbeantwortet. Nicht, weil ihm die Antwort fehlte, viel mehr, weil die Antwort zu groß und zu komplex war, um sie in Worte zu fassen. Er nahm den letzten Schluck aus seiner Tasse, während sein Blick auf die verregnete Stadt wanderte. Direkt unter der Laterne sah er sie - eine Mutter mit ihren zwei Kindern. Die Jacken waren abgetragen, die Schuhe dünn, zu dünn für die kalten Wintertage. Die Mutter zog ihre Kinder näher an sich heran, während sie auf die Straßenbahn warteten, die sie nach Hause bringen sollte.

Ethan erkannte ihn, diesen besorgten Blick, auch wenn er es kaum sah. Seine Gedanken wanderten. Er dachte an die Hunderte, gar Tausende, die genau wie diese Mutter täglich für ihre Familien kämpften, nicht um reich zu werden, sondern um zu überleben. Er dachte an die vernachlässigten Arbeiter, die in Fabriken malochten, ohne jemals eine faire Chance zu bekommen. Und er dachte auch an die Kinder dieser Leute. Diese in heruntergekommenen Schulen saßen, während Politiker in klimatisierten und modernen Büros über ihre Zukunft debattierten, als wären sie Ware.

Ethan ging in sich und schloss die Augen. Er dachte an die unzähligen Aussagen von Politikern, wie sie diesen Leuten Versprechen gaben, die sich mit einem breiten Lächeln auf Bühnen stellten und nichts als leere Worte von sich gaben. Worte, die nichts änderten. Ethan dachte auch an seine eigenen Ängste.

Doch just in diesem Moment kam Ethan zu einer Art Geistesblitz. Eine Idee, die ihn schon seit Wochen begleitete. Was wäre, wenn? Rein hypothetisch? Wäre wäre, wenn jemand ehrlich, für das Volk sich einsetzen würde. Nicht nur in seinem Staat, wie er es bereits als Gouverneur machte. Sondern wirklich etwas bewirken könnte. Den Preis dafür zu bezahlen, Menschen vor Konzernen und Lobbyisten zu stellen?

Er öffnete schließlich wieder seine Augen, sein Blick fiel direkt auf sein Notizbuch. Mit unsicheren Händen schlug er die letzte leere Seite seines Notizbuchs auf und schrieb die Worte, die ihn seit Tagen begleiteten:

`"Für sie. Nicht für mich!"`

Er ahnte, was vor ihm stehen würde. Kämpfe, Angriffe, Versuche, die ihn zu Fall bringen könnten. Aber er wusste auch, dass er es tun musste.

Eine nette Kellnerin trat an seinen Tisch und riss ihn aus seinen Gedanken: "Noch etwas, Sir?". Ethan schüttelte den Kopf und stand auf. "Nein, danke.".

Er öffnete die Tür und trat mit seinem Notizbuch unter dem Arm hinaus in den Regen. Die Kälte biss ihm ins Gesicht, aber er lächelte. "Es beginnt jetzt", murmelte er zu sich selbst, während er die Straße entlang ging. Er wusste nicht, wie schwer der Weg sein würde. Aber er wusste eines: Er würde für sie kämpfen – egal, was es kosten würde.

Macht und Korruption

Ethan Blake lehnte sich in seinem durchgesessenen
Lederstuhl entspannt zurück und drehte sich ans Fenster.
Besonders wenn es dunkel wurde, liebte er sein Büro. Er
blickte auf die wunderschön glitzernde Skyline aus der Ferne
- Symbole der Macht, die sein hart erkämpftes Büro als
Gouverneur im Schatten stehen ließen. Alles, wofür er bereits
die Jahre gekämpft hatte, die Nächte, die er durchmachte,
Tränen, die er vergoss, wirkten bizarr und letztlich wie eine
kleine Kerze im Sturm der Nacht. Das Telefon auf seinem
Schreibtisch klingelte und riss ihn aus seinem
Gedankenkonstrukt - eine anonyme Nummer. Ethan war
verwirrt, denn um diese Zeit war es ungewöhnlich, dass
Anrufe reinkommen, vor allem von einer anonymen Nummer.
Er ließ das Telefon klingeln, kurz zuckte sein Arm, jedoch
widerstand er dem Impuls, abzuheben, denn er wusste, wer
sich hinter der Leitung befand.
Seit er sich öffentlich gegen die großen Industrielobbies
ausgesprochen hatte, ist der Wahlkampf härter und
gnadenloser geworden. Ethan war davon überzeugt, dass die
Macht bei den Menschen liegt. Das hatte vor ihm kein anderer
Präsidentschaftskandidat gemacht. Je näher er der politischen

Arena kam, desto größer war die Erkenntnis, wie weit die Verstrickungen der Lobbies im politischen Terrain reichten. Er wusste, wie abhängig er von großen Spenden in seinem Wahlkampf war, um gegen seine Konkurrenten standzuhalten. Ein sanftes Klopfen ertönte an seiner Tür. Susann Richemont, seine Wahlkampfleiterin. Sie trat einen Schritt in den Raum hinein, hatte aber eine klare Distanz, zu groß die Angst der Reaktion der folgenden Nachricht, die sie übermitteln musste. Ihr Gesicht war angespannt, die Hände, in dem sie das Dossier hielt, zitterten. Ein schwaches "Ethan" glitt über ihre Lippen. Ethan, der kurz zuvor durch sein Fenster auf die glitzernde Skyline geschaut hatte, drehte sich abrupt zu ihr. Diesen Ton kannte er. Susann trat näher und legte das Dossier halbherzig auf den Tisch. "Das hier… das musst du dir ansehen. Sie haben es heute Nacht vor deinem Haus gefunden.". Er drehte es zu sich, doch bevor er es öffnete, atmete er ganz tief ein und ging in sich. Er knackte zweimal mit seinem Nacken, wie es sonst nur Cowboys machten. Nun fühlte er sich für die Nachricht bereit, er vermutete eine von vielen Anklagen von einem der vielen Industrieunternehmen, die sich bereits auf seinen Schreibtisch stapelten.

Doch nein, ein weißer Zettel mit einem, mit
Schreibmaschinen bedruckten Satz:

`Wir werden dich brechen, Ethan…`

Sein Puls wurde schneller, aber nach außen hin blieb er ruhig.
Wenn er eine Sache aus den letzten Wochen gelernt hat, dann
dass Angst und Wahn ein Zeichen der Schwäche sind, die er
sich nicht leisten konnte. Susann hatte bereits hineingeschaut
und versuchte beruhigende Worte zu finden: "Sie wollen, dass
du einlenkst", sagte Susann und guckte ihn gezielt an. "Lass
dich davon nicht einschüchtern, du hast es weit geschafft, es
ist nicht mehr weit.". Ethan schloss das Dossier, bedankte sich
bei Susann und bat sie schließlich wieder aus seinem Büro. Er
drehte sich mit seinem Lederstuhl zur Skyline hin und ging
wieder in sich. Diesmal dachte er an die Menschen, denen er
sein Versprechen gab, für sie zu stehen und zu kämpfen. Das
Proletariat in den vernachlässigten Suburbs, das sich an seine
Reden geklammert hatte wie das letzte Stück Hoffnung in der
Welt. Sein eigenes Gesicht, auf dem Wahlplakat überall im
Land, wirkt ihm in diesem Moment fremd. Er fing an, seinen
Monolog nach außen zu tragen und schlug auf den Tisch.
"NEIN! ICH WERDE NICHT EINLENKEN!", schrie Ethan

alleine in seinem Büro vor sich hin. Aber er wusste, dass der
Preis für diesen Entschluss noch nicht klar war. Er drehte sich
von dem Fenster weg, zu sehr schmerzte ihn der Anblick der
systematischen Macht, die ihm schaden wollte. Er machte die
oberste Schublade auf, griff hinein und holte die
Fernbedienung raus. Kaum war der Fernseh an, ging es genau
um das, wofür er bereits wochenlang elendig kämpfte. Die
Wahlprognosen der letzten Woche waren draußen. "Der
Präsidentschaftskandidat der Demokraten, Ethan Blake, liegt
nun mit 5%-Punkten vor dem republikanischen
Präsidentschaftskandidat Howard Steel.". Das war das erste
Fünkchen Glück, was Ethan in dieser Woche verspürte. Nun
sah er es schwarz auf weiß, wofür er die ganze Zeit kämpfte.
Ethan ließ sich den Satz durch den Kopf gehen: "Ethan Blake
liegt mit 5%-Punkten vorne…". Das erste Mal seit Wochen,
dass er nicht nur Glück, sondern auch eine brennende
Entschlossenheit spürte. Doch er wusste, dass die Ruhe nur
kurz währen würde. Der Drohbrief aus dem Dossier schien
ihn zu verhöhnen, als würde er ihn daran erinnern, dass diese
Art von Erfolg immer einen hohen Preis hatte - und der Preis
für seinen Erfolg war womöglich seine Privatsphäre und vor
allem seine eigene Sicherheit und die Sicherheit seiner
Familie.

Mit einer plötzlichen Bewegung schaltete Ethan den Fernseher aus und griff nach seinem Notizbuch. Dieses Buch war sein Heiligtum, gefüllt mit Gedanken, die niemand sehen durfte, Strategien und Pläne, die er niemals laut aussprach. In Gedanken war er nach wie vor bei dem Dossier. Auf einer neuen Seite schrieb er, ohne sich darauf wirklich zu konzentrieren: "Wer zur Hölle sind die?".

Die Frage brannte ihm in der Seele. Ethan war sich bewusst, dass die Drohung nicht von einem Einzelnen kommen würde, sondern Teil eines kollektiven Spiels - zu perfekt war der Plan, Ethan unter Druck zu setzen. Es war ein Walzer der Macht, ein Spagat der Perspektiven und er hatte die Kühnheit besessen, das unsichtbare Puppenspiel zu veranlassen. Welche Lobbies, welche CEOs, welche Schattenmänner, welche Auftragserpresser standen hinter dieser verschlüsselten, dennoch klaren Botschaft, die ihn einschüchtern sollte?

Ein Klopfen an der Tür unterbrach ein weiteres Mal seinen Gedankengang. Es war aber diesmal kein zögerliches, ängstliches Klopfen, sondern ein bestimmtes, fast forderndes. Ethan erkannte diesen Rhythmus. Sein Sicherheitsberater, Daniel Kavacs, ein ehemaliger Marineoffizier, der vor allem für seine Unnachgiebigkeit bekannt war. "Komm rein, Daniel!", sagte Ethan, ohne seinen Blick von seinem geheimnisvollen Notizbuch zu heben. Daniel trat ein, seine Schritte schwer und laut, seine Miene verriet, dass er mit schlechten Nachrichten kam. "Ethan", begann er, ohne Umschweife. "Wir haben den Zettel in dem Dossier analysiert. Keine Fingerabdrücke, keine DNA, ja nicht mal die Tinte der Schreibmaschine, die wir zurückverfolgen könnten. Das Papier ist handelsüblich, die Tinte von einer Papeterie an jeder Ecke. Eine Spur, die ins Nichts führt.". Ethan nickte genervt und seine Lippen pressten sich zusammen. "Das war ja wohl zu erwarten. Aber das bedeutet, dass sie ihre Botschaft geschickt platzieren. Sie wollen, dass ich weiß, dass sie mich beobachten." Daniel legte ein weiteres Dossier auf den Tisch. "Es wird schlimmer. Schau dir das an.". Ethan öffnete das Dossier und sah Fotos - Bilder von ihm, aufgenommen aus großer Distanz. Eins zeigte Ethan, wie er in einem Restaurant mit potentiellen Wählern sprach, ein anderes, wie er in einem Park joggen ging. Doch beim Anblick des letzten Bildes, lief es Ethan kalt den Rücken runter. Es war ein Foto von seinem Haus, aufgenommen an einem milden Abend, durch eines der Fenster. Darauf zu sehen war sein Sohn Alex, der in seinem Kinderzimmer spielte. "Das ist eine klare Warnung", sagte Daniel. "Sie wollen dich aus der Fassung bringen. Und sie sind bereit, deine Familie in ihre Spielchen einzubeziehen." Ethan schloss das Dossier mit einem Knall und erhob sich. Seine zitternden Hände waren kaum zu übersehen, sein Blick aber, war stahlhart. "Das geht zu weit. Wenn sie denken, dass ich einknicken werde, nur weil sie meine Familie ins Visier nehmen, dann haben sie keine Ahnung, wozu ich bereit bin. Und dass sie ein unschuldiges Kind mit reinziehen, zeigt, wie verzweifelt ihre Methoden sind.". Daniel musterte Ethan mit einem prüfenden Blick genau: "Ethan, ich weiß was du sagen willst. Ich muss dich nicht daran erinnern, dass wir vorsichtig sein müssen. Diese Leute kennen keine Grenzen, keine Moral. Sie wollen dich zerstören, wenn du ihnen die Gelegenheit gibst.".

"Und wenn ich einknicke? Was machen wir dann?" Ethan schüttelt den Kopf. "Dann haben sie mich da, wo sie es wollen. Nicht nur gegen mich, sondern auch gegen jeden einzelnen Amerikaner, Demokraten, der hofft, dass es jemanden gibt, der nicht gekauft werden kann." Er atmete tief ein. "Wir erhöhen die Sicherheit. Für mich, für meine Familie, für meine Mitarbeiter. Und dann gehen wir weiter. Schritt für Schritt."

Daniel schien zustimmenden und nickte. "Ich werde alles arrangieren. Aber Ethan denk daran: Du musst den Kampf nicht alleine austragen, dieser Kampf ist schon lange kein politischer mehr, sondern ein persönlicher Krieg. Du musst klare Grenzen ziehen.". Als Daniel schließlich das Büro wieder verließ, hatte Ethan gemischte Gefühle: Wut, Angst und vor allem Entschlossenheit. Die Grenzen, die er erwähnt hatte, gab es nie, so lange er lebte. Er griff nach seinem Handy um Susann anzurufen. "Susann, ich brauche einen neuen Ansatz von dir. Ich will morgen ein Treffen mit allen wichtigen Wahlkampf-Strategen und meinen Anwälten. Keine Widerrede!". "Natürlich, Ethan. Was ist passiert?" hakte Susann besorgt nach. Um Susann nicht unnötig zu beunruhigen, antwortete Ethan kalt: "Nur die übliche Politik.". Die Nacht gestaltete sich lang. aber Ethan blieb an seinem Schreibtisch. Er ging jegliche Punkte seiner Kampagne durch, jeden öffentlich Verbündeten, jeden Unterstützer. Ihm war klar, wenn er eine Chance haben sollte, dann nur, wenn er die Erpresser dazu bringt, ihre Taktiken öffentlich auszuspielen, denn das bringt ihm Sympathien im Volk. Die Nacht wich einem kalten, grauen Morgen, doch Ethan fühlte, dass die Dunkelheit, die ihn umgab, nicht einfach mit dem Sonnenaufgang verschwinden würde. Ethan musste früh wieder Fit sein, sein Tag begann bereits um 6.30 Uhr. Gerade mal 2 Stunden hat Ethan schlafen können. Seine

Krawatte war noch lose um den Hals, ein leerer Kaffeebecher neben ihm. Das Gespräch mit Susann und Daniel lag ihm schwer im Magen, doch er wusste, dass es keine Zeit zum Zögern gab. Die Bedrohung war größer als je zuvor und je näher der Wahltag rückte, desto deutlicher wurde, wie viel für Ethan und der Bewegung, die er ins Leben gerufen hatte, auf dem Spiel stand. Seine Vision eines Systems, das sich den Einflussnahmen der Großkonzerne und Lobbies widersetzte, war ein Dorn im Auge derjenigen, die jahrzehntelang den Takt angaben. Um Punkt sieben Uhr betrat Susann das Büro, gefolgt von seinem engen Beraterteam und Daniel. Der Raum füllte sich schnell mit gedämpften Gesprächen, doch als Ethan aufstand, verstummte der ganze Raum. Seine Präsenz war unübersehbar und spürbar - nicht durch Lautstärke oder Dominanz, sondern durch die Entschlossenheit, die in seinem Blick lag. "Setzt euch.", sagte Ethan gelassen, aber trotzdem bestimmt. Die Atmosphäre war nach den gestrigen Ereignissen sichtlich angespannt und hatte sich schnell rumerzählt. Ethan ergriff das Wort und nahm sich einen Marker, mit dem er das Gesagte noch einmal symbolisch an das Whiteboard schrieb: *Angriff. Verteidigung. Strategie.* Ethan drehte sich zu den Anwesenden um. "Ich werde nicht um den heißen Brei reden. Wir stehen nicht nur vor einem

politischen Kampf - wir stehen vor einem Krieg. Ein Krieg
gegen eine unsichtbare, aber mächtige Gruppe, die keine
Grenzen kennt." Ethan sucht Susann in der Menge der
Menschen, bevor er weiter sprach. "Gestern Nacht habe ich
eine Nachricht erhalten. Ein Dossier voller Drohung. Und
nicht nur gegen mich, nein, sondern auch gegen meine
Familie". Ein hörbare Stille verbreitete sich durch den Raum.
Diese Stille war sehr laut. Einige Berater schauten sich
einander an, ihre Gesichter wurden blass. Ethan ließ ihnen
keine Zeit, die Schwere der Nachricht vollständig zu erfassen.
"Das bedeutet, dass wir ihnen gefährlich geworden sind. Es
bedeutet, dass sie uns für eine echte Bedrohung halten. Aber
es bedeutet auch, dass sie uns mit allen Mitteln stoppen
wollen.". Daniel übernahm das Wort "Das hier ist nicht mehr
nur ein Wahlkampf, das ist ein Schachspiel, in dem jeder Zug
entscheidend ist. Wir haben es mit Gegnern zu tun, die nicht
sichtbar sind, aber überall Einfluss nehmen können und
bereits haben. Sie werden versuchen, Fehler zu provozieren,
Spaltungen zu erzeugen und uns auszumanövrieren - sowohl
öffentlich als auch hinter verschlossenen Türen.". Ethan
stimmte zu. "Deshalb müssen wir doppelt so hart arbeiten und
200% geben. Insbesondere unsere Kampagne darf nicht nur
auf Verteidigung ausgerichtet sein. Wir müssen offensiv

handeln. Wir müssen ihre Manipulationen ans Licht bringen. Und wir müssen die Menschen überzeugen, dass wir anders sind - dass ich anders bin." Susann hob mit einem fragenden Gesicht, die Hand: "Ethan alles schön und gut, aber wie stellst du dir das vor? Du weißt, dass es riskant ist, die großen Industrienlobbies und ihre Verstrickungen öffentlich anzugreifen. Sie haben die Medien, sie haben das Geld - und sie haben die Macht, dich zu zerstören und öffentlich zu denunzieren.". Ethan schaute sie lange an und überlegte, bevor er antwortete. "Ja, sie haben Geld und Macht. Aber sie haben keine Wahrheiten. Und sie haben keine Menschen, die hinter ihnen stehen. Wir schon. Und genau darauf müssen wir aufbauen.". Er deutete auf das Whiteboard. "Wir gehen in die Offensive. Hier ist mein Plan.". Mit präzisen Bewegungen skizzierte er in die nächsten Schritte. "Zuerst: Wir veröffentlichen einen Bericht über die größten Einflussnehmer auf die Politik in diesem Land. Aber nicht einfach nur Zahlen und Fakten. Wir zeigen die Geschichten dahinter - wie diese Lobbies die kleinen Leute ausnutzen, wie sie unsere Demokratie untergraben. Die Leute müssen sehen, was wirklich passiert.". "Das wird Reaktionen hervorrufen", warnte Daniel. "Wenn wir sie frontal angreifen, werden sie härter zurückschlagen.". "Das erwarte ich", erwiderte Ethan.

"Aber wir bereiten uns darauf vor. Wir bauen ein Netzwerk von Whistleblowern auf - Menschen, die bereit sind, aus dem Inneren der Industrie zu sprechen. Leute, die die Wahrheit kennen und mutig genug sind, sie zu teilen. Wir geben ihnen eine Plattform". Susann runzelte die Stirn. "Das ist riskant. Whistleblower zu schützen, wird schwer sein. Und was wenn jemand nicht standhält? Was wenn jemand umfällt und du am Ende derjenige bist, der Lügen verbreitet? Meist reicht das Geld, um Whistleblower zum Schweigen zu bringen." Ethan hielt ihrem Blick stand. "Dann übernehme ich die Verantwortung. Aber ich werde nicht zulassen, dass wir weiterhin in einem System leben, in dem die Menschen keine Stimme haben.". Eine kurze Ruhephase entstand, bevor ein anderer Berater vorsichtig fragte: "Und was ist mit deiner Familie? Was ist mit den Drohungen?". Ethan rang mit sich. Dann sprach er leise, aber entschlossen. "Daniel wird dafür sorgen, dass sie sicher sind. Aber ich werde mich nicht verstecken. Wenn ich mich einschüchtern lasse, wenn ich zurückweiche, dann haben sie gewonnen. Und ich habe meinen Wählern versprochen, dass ich für sie kämpfen werde. Für sie und für meine Familie.". Die Energie im Raum änderte sich. Wo vorher Angst und Zweifel waren, machte sich nun ein leises, aber wachsendes Gefühl der Zuversicht breit. Ethan war nicht nur ein Präsidentschaftskandidat, der einen politischen Gegner schlagen wollte. Er war ein Hoffnungsträger für seine Anhänger, der bereit war, das System selbst herauszufordern, koste es für ihn, was es wolle. Susann schaute Ethan an, ihre Augen voller Sorge, aber auch voller Respekt und Achtung. "In Ordnung, Ethan. Wenn du das wirklich willst, dann ziehen wir das durch. Aber wir müssen clever sein. Wir brauchen einen Kommunikationsplan, der diese Botschaft klar und unmissverständlich vermittelt. Jemand der von nun an deine Reden schreibt, der keine Übertreibungen, leeren Versprechen und ausschließlich die Wahrheit einbaut. Das gilt auch für das restliche Team." Ethan fühlte innerliche Euphorie, denn von Susann eine Zustimmung zu erhalten, ist wie ein Sechser im Lotto zu gewinnen. "Genau das will ich!", antwortet Ethan mit einem Lächeln. "Nur die Wahrheit. Die Wahrheit ist ihre größte Schwäche - und unsere stärkste Waffe.". Die letzten Momente des Treffens drehten sich um die Details und Ausarbeitungen der Strategien und Maßnahmen. Doch als der komplette Beraterstab den Raum verließ, blieb Ethan allein zurück. Er wandte sich wieder dem Fenster zu, wo die Skyline der Stadt im Morgenlicht erstrahlte. Dieses Mal fühlte sich die Aussicht anders an. Die Gebäude waren nicht länger nur Symbole der

Macht, sondern auch ein Schlachtfeld. Er wusste, dass der Pfad, den er gewählt hatte, ihn an den Rand seines Verstandes treiben würde und möglicherweise darüber hinaus. Aber er war bereit dazu. Für die Wahrheit. Für die Menschen. Und für den Kampf, der noch kommen würde. Ethan ließ den Blick noch einmal über die Skyline schweifen, als plötzlich ein Lichtblitz durch den Raum zuckte. Für einen Moment dachte er, es wäre die Sonne, die in der Glasscheibe brach, doch dann fiel der Fokus auf eine rote Markierung, die sich über seinen Schreibtisch bewegte - ein Laserpunkt. Sofort ging sein Puls in die Höhe, er hörte sein Herz schlagen, seine Gedanken rasten. Instinktiv duckte er sich, warf seinen Stuhl nach hinten und suchte Schutz hinter seinen massiven Holzschreibtisch. Sein Herz hämmerte, während er versuchte, die Situation zu begreifen. War es ein Zufall? Ein harmloser Scherz? Oder der Beginn von etwas weit Gefährlicheren? Ethan schielte vorsichtig über die Tischkante hinaus, um zu sehen, ob da jemand ist. Der Punkt war verschwunden. Sekunden dehnten sich zu Ewigkeiten, bevor er das Handy hektisch aus seiner Tasche zog und sein Sicherheitsberater Daniel anrufte. Die Verbindung wurde sofort hergestellt. "Daniel, komm sofort ins Büro. Es ist dringend.", sagte Ethan zittrich durch Telefon, Daniel merkte sofort, es ist was Ernstes. "Ich bin schon unterwegs", antwortete Daniel, der die Dringlichkeit spürte, ohne nachzufragen. Kaum hatte Ethan aufgelegt, klopfte es laut und schnell an der Tür. Sein Instinkt schrie, die Tür geschlossen zu halten, doch er rannte geduckt zur Tür und riss sie auf, bereit um sich zu verteidigen. Es war Susann, die mit großen, ängstlichen Augen vor ihm stand. "Ethan, was ist passiert? Ich habe die Sicherheitskameras gesehen - du bist aus deinem Stuhl gesprungen. Was ist los?" Sie trat ein, ohne eine Aufforderung abzuwarten und schloss die Tür hinter sich. "Ein Laserpunkt. Direkt auf meinem Schreibtisch. Er war plötzlich da und dann war er wieder weg." Er versuchte seine Atmung zu kontrollieren, doch die Worte klangen dennoch gepresst. Susann starrte ihn entsetzt und unglaubwürdig an. "Ein Scharfschütze?" flüsterte sie leise zu Ethan, als hätte das Wort selbst die Macht, die Gefahr zu rufen. Ethan nickte ganz langsam, als würde eine unüberlegte Bewegung etwas auslösen. "Vielleicht. Oder jemand will mir nur zeigen, dass sie wissen, wo ich bin. Es war zu präzise, um ein Zufall zu sein.", antwortete Ethan in einem flüsternden Ton. Bevor sie antworten konnte, öffnete sich die Tür erneut - dieses Mal war es Daniel, begleitet von zwei Sicherheitsleuten, die schnell den Raum sicherten. Einer von ihnen überprüfte die Fenster, der andere die Überwachungskameras, ohne genau zu wissen, was vorgefallen ist. Das machte Daniel für Ethan so wertvoll. "Berichte", schrie Daniel ohne Umschweife durch das komplette Büro. Ethan schilderte knapp, was er gesehen hatte, während Daniel aufmerksam zuhörte. Nach wenigen Minuten kam einer der Sicherheitsleute zurück. "Wir haben nichts Ungewöhnliches auf den Kameras entdecken können, außer einen kurzen und sehr unscheinbaren Lichtreflex, wahrscheinlich von einem nahegelegenen Gebäude. Es könnte also von einer Kamera oder einen Fernglas stammen, aber nichts Konkretes. Außerdem war der Laserpunkt nicht zu sehen.". Ethan lehnte sich zurück und schloss für einen Moment die Augen. War es wirklich nur ein Lichtreflex? Hatte er tatsächlich Wahnvorstellungen oder war es eine weitere Botschaft, wie die subtile und beängstigenden Zettel am Abend zuvor? "Verdoppelt die Sicherheit", befahl Daniel. "Niemand kommt in diesen Raum, ohne dass ich es genehmige. Und überprüft die Gebäude in Sichtweite. Wenn es jemanden gibt, der uns beobachtet, will ich wissen, wer es ist.". Die Sicherheitsleute nickten, eilten hinaus und sicherten die Umgebung, während Susann einen Schritt auf Ethan zumachte. "Du weißt, dass sie dich brechen wollen, Ethan. Das hier… das ist ist eine Eskalation. Was, wenn sie weitermachen? Was, wenn sie noch brutaler werden? " Ethan stand auf und dachte nach, trotz der Panik, die ihn eben noch ergriffen hatte, wich einer kalten, brennenden Entschlossenheit. Er ging zum Fenster und blickte hinaus, als würde er die unbekannte Bedrohung direkt herausfordern. "Wenn sie erneut versuchen, mich zu brechen, sollen sie es versuchen", sagte er schließlich, seine Stimme fest und voller Überzeugung. "Aber ich werde nicht aufhören! Sie können mich weiter bedrohen, sie können mich jagen, aber ich werde nicht aufgeben. Nicht, solange ich noch atme und mich verteidigen kann.". Die Atmosphäre des Raums wurde immer kälter, eine angespannte Stille machte sich breit, die nur von den entfernten Geräuschen der Stadt unterbrochen wurde. Ethan war klar, in diesem Raum war er sicher, jedoch konnte er nicht ewig in seinem Büro verbarrikadiert sein - der Wahlkampf wütete draußen und er musste weiterkämpfen. Susann legte vorsichtig eine Hand auf seinen Arm. "Ethan, du hast recht, stark zu bleiben, aber sei auch klug. Wir brauchen dich. Die Menschen brauchen dich.". Ethan drehte sich zu ihr um, ein schwaches Lächeln auf seinen Lippen, das mehr Schmerz als Freude ausdrückte. "Ich werde vorsichtig sein, Susann. Aber ich werde auch kämpfen müssen. Die Mächtigen haben zu lange gewonnen. Jetzt ist es Zeit, dass sich das ändert und das Volk an erster Stelle steht.". In diesem

Moment öffnete sich die Tür erneut. Einer der Sicherheitsleute betrat den Raum mit einem Tablet in der Hand. "Sir, wir haben etwas gefunden. Auf einem Gebäude in Sichtweite wurde eine Überwachungskamera installiert - ohne Genehmigung. Sie ist auf dieses Büro gerichtet.". Ethan war verwirrt und runzelte die Stirn. "Und wem gehört die Kamera?" Der Sicherheitsmann zögerte. "Wir arbeiten daran, Aber die ersten Hinweise deuten auf eine Firma hin, die bereits in mehreren Spendenaffären verwickelt war... und eine enge Verbindung zu einer der großen Industrielobbies hat.". Die Worte hingen schwer im Raum. Susann spürte, wie ihr Herz schneller schlug, doch Ethan blieb bemerkenswert ruhig. Er war froh, dass es sich nicht um ein Scharfschützengewehr handelte. Er trat auf den Sicherheitsmann zu und nahm ihm das Tablet ab. "Gut", sagte er schließlich, seine Stimme schneidend wie ein Messer. "Dann haben wir unseren ersten Ansatzpunkt. Sie wollten uns eine Botschaft schicken - jetzt schicke ich ihnen eine zurück.". Ethan stellte das Tablet auf seinen Schreibtisch, seine Finger ruhten darauf, während er tief durchatmete. Die Erkenntnis, dass er tatsächlich überwacht wurde, ließ ihn noch immer frösteln, doch er spürte, dass die unmittelbare Gefahr vorbei war. Die Kamera war enttarnt, der nächste Zug lag bei ihm. Daniel brach die Stille: "Ethan, wir sollten diese Information vorsichtig behandeln. Wenn wir sie öffentlich machen, könnten wir unvorhergesehene Konsequenzen provozieren. Vielleicht ist es besser, erst Beweise zu sammeln, bevor wir handeln. Zudem ist es noch nicht klar, ob es sich hierbei um die einzige Kamera handelt.". Ethan nickte langsam, seine Gedanken mussten sich erstmal sammeln. "Also gut, du hast recht. Aber wir lassen das nicht unbeachtet. Schaut euch diese Firma genau an. Ihre Verbindungen, ihre Geschäfte, ihre Spendenlisten. Wenn sie uns so direkt angreifen, dann haben sie etwas zu verlieren. Und wir werden herausfinden, was es ist.". Susann, die noch immer neben dem Fenster sprach leise, fast zögerlich hypnotisierend von der Skyline. "Ethan, was wenn das nur ein Test war?". Susann analysierte jedes nahegelegene Gebäude und versetzte sich in die Lage der Lobbies. Wie würde sie Ethan am besten ausspionieren? "Es könnte ja sein, dass es ausschließlich ein Versuch war, dich einzuschüchtern und zu sehen, wie du reagierst? Vielleicht war das keine ernsthafte Drohung, sondern ein Signal. Ein Spielzug, der uns verwirren soll.". Ethan drehte sich zu ihr um, seine Haltung lockerer, aber die Entschlossenheit in seinen Augen ungebrochen. "Vielleicht war es das. Aber ich lass mich nicht in ihre Spiele hineinziehen. Wir konzentrieren uns auf das, was wir kontrollieren können - unsere Kampagne, unsere Botschaft. Sie wollen, dass wir die Neven verlieren, dass wir Fehler machen. Das wird nicht passieren.". Als Ethan wieder Kontrolle in die Situation brachte, wurde die Atmosphäre sichtlich entspannter. Auch Susann musste anerkennen, wie klar Ethan in diesem Moment dachte, auch wenn sie Ethan oft für zu impulsiv gehalten hatte. Ihm war bewusst, dass es die schlauere Entscheidung war, nicht zu überreagieren. Daniel nahm das Tablet wieder von seinem Schreibtisch. "Ich gebe die Informationen sofort unseren Sicherheitspersonal, die diese untersuchen werden. Ich werde aber auch, diskret, für mehr Sicherheit und Struktur sorgen. Wir dürfen uns keine Fehler in der Sicherheitsfrage erlauben, weder jetzt noch wann anders.". Ethan stimmte zu und dann drehte er sich zu Susann. "Wie sieht der Zeitplan für heute aus? Wir können uns keine Unterbrechungen leisten.". Susann zog ihr Tablet, mit dem sie alle Termin für Ethan machte, hervor und öffnete den Kalender. "Du hast heute Nachmittag eine Rede vor der Gewerkschaft der Lehrerinnen und Lehrer. Nach der Rede mit der Gewerkschaft hast du ein Treffen mit einer Gruppe von Aktivisten. Als letztes hast du heute Abend ein Fernsehinterview.". Ethan war das sichtlich zu viel und rollte die Augen. Dann richtete er sich auf. "Also schön. Wir fahren erst mal so fort, als wäre nichts passiert. Wenn sie dann davon ausgehen, sie könnten uns hintergehen und vom Kurs abbringen, irren sie sich.". Daniel und Susann stimmten zu und nickten beide erleichtert. Die Situation war nach wie vor brenzlig, aber es war keine Zeit für Angst und Panik. Stattdessen musste Ethan einen kühlen Kopf bewahren und sich auf das Wesentliche fokussieren: sein Wahlkampf, die Botschaft und der Kampf um jede Stimme. Es war keine Zeit, um sich auszuruhen. Ethan lag zwar 5% vor dem republikanischen Präsidentschaftskandidat, aber dies könnte sich schnell wieder ändern. Die nächsten Stunden verliefen wie geplant. Ethan verließ das Bürogebäude, nun mit einer Horde an Sicherheitspersonal, da Daniel dies aus Sorge um Ethan angeordnet hatte. Des Weiteren, fuhr Ethan von nun an, ausschließlich im Konvoi, man hätte denken können, Ethan wäre bereits zum Präsidenten gewählt worden. Er kam zum ersten Termin an, hielt seine Rede mit gewohnter Überzeugung, sprach von der Wichtigkeit, das Bildungssystem zu reformieren und erhielt tosenden Applaus von seinen Anhängern. Die Gespräche mit den Aktivisten verliefen ebenfalls vielversprechend, und die Energie, die sie in den Raum brachten, erinnerte Ethan daran, warum er all das auf sich nahm. Es erfüllte ihn mit Stolz. Als der Abend näher rückte, bereitete er sich auf das Fernsehinterview vor. Ethan schaute sich noch einmal im Spiegel an, um zu prüfen, ob alles sitzt. Er richtete sich die Krawatte, fuhr sich noch ein letztes Mal durch die Haare und dachte an die Drohung und die versteckte Kamera. Es lief ihm eiskalt den Rücken hinunter, doch er zwang sich, die Fassung zu bewahren. Es war ein hoher Preis für den Weg, den er gewählt hatte, aber er war bereit, ihn zu zahlen. Er schaute ein weiteres Mal in sein Spiegelbild und sagte zu sich selbst: "Du schaffst das Ethan! Du schaffst das!", und ging raus zur Bühne. Lauter Applaus der Studiogäste, ein strenges Gesicht der Moderatorin. Das Studio war kühl, aber die Spannung, die in der Luft lag, war kaum zu ertragen. Ethan Blake saß an einem langen Tisch mit seinem Kontrahenten Howard Steel, der ihn mit einem selbstgefälligen Lächeln betrachtete. Vor ihnen waren die Kameraobjektive wie stumme Beobachter auf sie gerichtet, bereit, jeden ihrer Fehler in die Wohnzimmer von Millionen zu übertragen. Die Scheinwerfer warfen ein grelles Licht auf die beiden Kandidaten, während die Moderatorin, eine erfahrene Journalistin mit durchdringendem Blick, die Debatte eröffnete.

"Meine Herren", begann sie mit einer sachlichen Stimmlage, "heute Abend sprechen wir über die Themen, die die Menschen in diesem Land bewegen: soziale Gerechtigkeit, wirtschaftliche Stabilität und politische Integrität. Die Herren, lassen Sie uns anfangen.". Steel hat als erster das Wort ergriffen. Mit seiner glänzenden Eloquenz und seinem bewanderten Auftreten attackierte er Ethans Punkte zu den Reformen der Lobbies und Großindustrien. "Mein Widersacher erzählt gerne davon, wie er sich gegen die sogenannten Mächtigen auflehnt", sagte Steel mit einem diabolischen Lächeln. "Aber was er wirklich vorschlägt, ist, unsere Wirtschaft zu schwächen, Arbeitsplätze zu gefährden und unser Land in einen Albtraum der Überregulierung zu stürzen.". Ethan blieb gelassen, ließ Steel ausreden, bevor er sich nach vorne lehnte, die Hände fest auf den Tisch legte. "Mr. Steel, es ist wirklich beeindruckend, wie oft Sie das Wort Arbeitsplätze benutzen, um die Habgier der großen Konzerne zu verstecken. Sie reden über Wachstum, aber für wen? Die Arbeiter in den Vorstädten, die jeden Tag um das Überleben kämpften, sehen dieses Wachstum nicht. Es landet in den Taschen weniger, die unsere Demokratie wie eine Marionette steuern.". Ein leises Flüstern ging durch das Publikum. Steel grinste, als hätte er genau auf die Antwort gewartet. "Das sind schöne Worte, Ethan, aber sie lösen keine Probleme. Wie wollen Sie dies finanziell gestalten? Ich höre nichts als Illusionen.". Ethan verschnaufte und wechselte seinen Ton. "Ich sage Ihnen, wie wir das zu finanzieren gedenken: durch reine Gerechtigkeit. Ich erkläre Ihnen noch einmal das Wort Gerechtigkeit: es bedeutet, dass Politiker wie Sie aufhören, im Schatten von Lobbies zu handeln und sich endlich dem Volk verpflichtet fühlen.". Die Moderatoren griff ein. "Mr. Blake, beurteilen Sie damit konkret Mr. Steel oder das gesamte System?". Ethan drehte sich zu der Moderatorin und seine Stimme wurde gezielter. "Beides. Mr. Steel ist nicht nur ein Teil des Systems - er ist ein Symbol dafür. Seit Jahren sehen wir, wie Politiker ihre Integrität für großzügige Spenden eintauschen, wie sie Gesetzesvorlagen schreiben lassen, die nicht für die Bürger gemacht sind, sondern für die Interessen derer, die sie finanzieren. Das System ist korrupt, und Mr. Steel hat kein Interesse daran, etwas zu ändern." Howard Steel hob abwehrend die Hände, ein überhebliches Lächeln auf den Lippen. "Oh kommen Sie schon, Ethan. Das sind doch nur populistische Parolen.". Ethan schüttelte den Kopf und wurde wütend, aber er hielt sich zurück. "Wissen Sie Ethan, Sie werfen mir Korruption vor, aber wo sind überhaupt Ihre Beweise? Sie glauben doch nicht ernsthaft, dass unsere

Wirtschaft ohne Konzerne und Großindustrien überleben könnte?". Ethan lehnte sich zurück und freute sich über das Eigentor von Steel. "Beweise? Die Menschen, die jeden Tag zwei oder drei Jobs annehmen müssen, weil Konzerne wie die, die Sie verteidigen, ihre Löhne drücken, sind der Beweis. Die Kranken, die sich keine Behandlung leisten können, weil ihre Arbeitgeber keine fairen Versicherungsbeiträge zahlen wollen, sind der Beweis. Und die Lobbyisten, die mehr Einfluss auf unsere Gesetzgebung haben als die gewählten Vertreter der Bürger - sie sind der größte Beweis von allen.". Das Publikum begann laut zu applaudieren, einige sogar zu jubeln. Steel setzte sein Lächeln auf, doch in seinen Augen blitzte Ärger auf. Er wusste, dass Ethan in diesem Moment die Oberhand gewann. Aber Steel war ein Veteran in diesem Spiel. Er nahm die Herausforderung an. "Und dennoch, Ethan", sagte er mit gespielter Ruhe, "haben Sie keine konkreten Lösungen vorgestellt. Reden ist leicht. Aber sagen Sie uns doch, wie genau Sie diese Reformen umsetzen wollen. Wie wollen Sie verhindern, dass diese Veränderungen das Vertrauen der Wirtschaft untergraben?" Ethan zögerte keine Sekunde. "Indem wir Transparenz schaffen, was Ihnen anscheinend ein fremdes Konzept ist, wenn ich Ihre Politik betrachte. Nur wenn wir klare Regeln durchsetzen, die für das

komplette Volk gelten, ohne Ausnahmen. Es mag
unangenehm sein, Mr. Steel, aber wann waren Veränderungen
einfach? Doch ohne jegliche Veränderungen, werden
Korruption und Ungleichheit extremer.". Die Moderation
nickte zustimmend und ging zum nächsten Thema über. Doch
die Worte, die Ethan gesprochen hatte, waren noch lange in
den Köpfen der Zuschauer. Die weitere Diskussion beinhaltete
Themen wie Bildung, Gesundheitsversorgung und weitere
Themen des Wahlkampfes. Ethan bemerkte, wie Steel
zunehmend zurückhaltender wurde und sich zurückzog. Er
wich kritischen Fragen aus und ging stattdessen auf
Allgemeinheiten ein, die Ethan jedes Mal präzise entlarvte.
Der Höhepunkte der Debatte wurde erst zum Ende der
Debatte erreicht, als die Moderatorin beide Kandidaten bat,
sich direkt in Form eines Plädoyers an das amerikanische Volk
zu richten. Steel übernahm wie bereits am Anfang, als erstes
das Wort. Mit seiner gewohnt glänzenden Eloquenz versprach
er ökonomische Stabilität und eine sichere Zukunft, auf die
man stolz blicken kann. Doch seine Worte wirken nach Ethans
Konter, mechanisch und abgelesen. Als Ethan zu Wort kam,
hob er seinen Blick. Er war entschlossen für sein Plädoyer.
"Ich spreche heute nicht zu den großen Lobbies, Konzernen,
Großindustrien, die unsere Demokratie zu kontrollieren

versuchen. Ich führe jeden Tag Dialoge mit den Menschen in unserem Land, die tagtäglich kämpfen, um ihre Familie zu ernähren, um ihre Kinder zu bilden, um eine bessere Zukunft für sich zu schaffen. Ich gebe Ihnen das Versprechen, dass ich nicht perfekt bin. Aber ich verspreche Ihnen auch, dass ich niemals vergessen werde, warum ich hier bin und für was ich kämpfe. Ich werde für Sie da sein und ich werde nicht zurückweichen.". Der Applaus war ohrenbetäubend. Ethan warf einen kurzen Blick zu Steel, der nur stumm da stand, die Hände hinter dem Rücken verschränkt, den Blick starr nach vorne gerichtet. Nach der Debatte fühlte Ethan eine Mischung aus Erleichterung und Anspannung. Einerseits ist sein öffentliches Ansehen signifikant gestiegen, andererseits war ihm ebenso klar, umso größer sein öffentliches Ansehen ist, desto mehr Druck, Drohungen und Denunzierungen der Industrielobbies. Sein Team begleitete ihn durch die engen Gänge des Studios, ihre Gesichter teils angespannt, teils hoffnungsvoll. Draußen warteten Kamerateams und eine Schar von Journalisten, doch Ethan winkte ab. Er wollte keine weiteren Statements abgeben, nicht jetzt. Im Auto auf dem Weg zurück ins Büro herrschte Stille. Susann, saß gegenüber von Ethan, ihr Laptop auf dem Schoß, während sie das Urteil auf Social Media und in den Nachrichten verfolgte. "Ethan", erlaubte sie sich schließlich, ohne sich umzudrehen, "du hast einen tollen Job gemacht. Sie lieben es. Du hast heute gesiegt." Ethan nickte ohne etwas zu sagen. Seine Gedanken wanderten zurück zu dem Zettel in seiner Schublade. Sein Kampf war heute noch nicht vorbei. Der heutige Sieg war ein wichtiger Schritt, aber er wusste, dass es noch viele davon geben würde. Ethan war müde und entschied sich, doch nach Hause zu fahren. Susann und sein Team steigten bei seinem Bürokomplex aus und der Fahrer fuhr zu ihm nachhause. Die Straßen der Stadt waren fast leer, nur er und sein Fahrer. Die Lichter der Hochhäuser warfen Schatten über den Gehweg. Sein Fahrer öffnete wortlos die Tür der Limousine, und Ethan stieg ein. Die Geräusche der Stadt wurden gedämpft, als die Tür ins Schloss fiel und plötzlich war es still - zu still. Er griff nach seinem Handy, dachte daran, Petra zu schreiben, dass er unterwegs sei, doch er ließ es wieder sinken. Petra Blake war Ethans Frau, mit ihr hatte er zwei Kinder, seine Tochter Aurora Blake und seinen Sohn Danny Blake. Es war spät und sie war vermutlich längst mit den Kindern ins Bett gegangen. Aurora hatte morgen Schule und Danny hatte sein Basketballspiel. Die Fahrt verlief ohne weitere Ereignisse, doch Ethan konnte die Beklemmung, die ihn seit der Drohung und der entdeckten Kamera verfolgte, nicht abschütteln. Er blickte aus dem Fenster auf die vorbeiziehenden Straßen und spürte einen Anflug von Paranoia. Waren sie wirklich sicher? War es klug gewesen, Susann und Daniel heute einfach wegzuschicken? Als die Limousine langsam durch den wohlhabenden Teil der Vorstadt fuhr, in dem seine Familie lebte, zog Ethan seine Krawatte ab und rieb sich die Augen. Das Haus, ein elegantes, aber bescheidenes Anwesen im Kolonialstil, tauchte im Schein der Straßenlaternen auf. Es wirkte wie eine Oase des Friedens, doch Ethan spürte, dass er diesen Frieden gefährdete, je näher er der Wahrheit kam. Der Fahrer hielt vor der Auffahrt und stieg aus, um Ethan die Tür zu öffnen. "Guten Nacht, Sir", sagte er höflich, doch Ethan erwiderte nichts. Er nickte nur knapp, schulterte seine Tasche und ging die Stufen zur Haustür hinauf. Mit einem leisen Klick öffnete er die Tür. Das Haus war wie zu erwarten dunkel, abgesehen von einem Nachtlicht im Flur. Ethan zog seine Schuhe aus und ließ die Tasche neben der Garderobe fallen. Ein kurzer Blick in die Küche verriet ihm, dass Petra ihm eine Nachricht hinterlassen hatte - ein Zettel lag auf dem Tresen, daneben ein kleiner Schlüssel mit übrig gebliebenen Essen. "Ethan ich habe versucht wach zu bleiben, aber ich zu müde. Aurora hat morgen einen Test, sie ist schon im Bett, und Danny schläft auch. Ruf mich, falls du noch wach bist.

Ich liebe dich. - P". Ethan lächelte schwach, schüttelte dann aber den Kopf. Wie lange würde er noch diese kleinen Alltagsgesten genießen können, bevor der Schatten seines Wahlkampfs auch in diese Welt eindringen. Er nahm die Schlüssel und setzte sich an den Esstisch, blieb jedoch im Dunkeln sitzen. Diese ungewohnte Stille erschien ihm fremd, dennoch angenehm. Während er mechanisch ein paar Happen des Essens aß, ließ er seinen Blick schweifen. Das gerahmte Familienfoto auf der Fensterbank fing seine Aufmerksamkeit. Es zeigte seine Frau Petra und die Kinder Aurora und Danny, lachend an einem Strand, während Ethan hinter ihnen stand. Sein Herz zog sich zusammen. Für sie tat er das alles. Doch gerade für sie fühlte er sich verantwortlich, sie vor all dem zu schützen. Plötzlich bemerkte er eine Bewegung im Augenwinkel. Sofort schweifte sein Blick in Richtung der Bewegung und zog seine komplette Aufmerksamkeit. Ein schwaches Licht durchbrach die gewollte Dunkelheit des Wohnzimmers - ein blinkender Punkt, der pulsierend aufblitzte. Ethan erstarrte. Sein erster Gedanke war, dass er sich das einbildete. Doch als er aufstand und vorsichtig in den Raum ging, sah er es deutlicher. Das rote Blinken kam vom Fernseher. Ein USB-Stick steckte in einem der Anschlüsse, den er zuvor noch nie bemerkt hatte. Sein Hals wurde trocken.

Hatte ihn jemand Fremdes hinterlassen? Mit rasendem Herz griff Ethan nach den Stick und zog ihn ruckartig aus dem Fernseher. Für einen Moment dachte Ethan daran, Petra zu wecken, doch er entschied sich dagegen. Er wusste, unabhängig, was sich auf dem Stick befinden würde, es würde für ihn adressiert sein. Ethan öffnete seinen Laptop und steckte den USB-Stick rein. Das Bild flackert kurz, bevor ein grobkörniges Video erschien. Es zeigte ihn selbst - Ethan, wie er in seinem Büro saß, sich durch die Haare fuhr und aus dem Fenster schaute. Der Blickwinkel stammte eindeutig von der Kamera, die Daniel am Nachmittag entdeckt hatte. Das Datum in der Ecke war aktuell, also musste die Aufzeichnung von heute stammen. Ein kalter Schauer lief ihm über den Rücken, doch dann änderte sich das Bild. Das Video zeigte jetzt das Wohnzimmer - sein Wohnzimmer. Ethan starrte auf den Bildschirm, während die Kamera langsam durch den Raum schwenkte, bis sie auf einen anderen Raum gerichtet war - das Zimmer seiner Tochter Aurora. Ethan spürte, wie die Panik in ihm aufstieg. Das Bild zeigte Aurora, wie sie friedlich in ihrem Bett lag, das Nachtlicht tauchte ihr Gesicht in ein sanftes Licht. Dann erschien eine Textnachricht in großen, weißen Buchstaben auf dem Bildschirm: "Du kannst nicht alle beschützen, Ethan.". Ethan schnappte nach Luft und riss den

USB-Stick aus dem Laptop. Sein Herz raste, Schweiß perlte von seiner Stirn. Wer auch immer das war, sie waren ihm zu nah gekommen. Zu nah. Er stand da, die Hände zu Fäusten geballt, während sich ein Gefühl der Ohnmacht und des Zorns in ihm breit machte. Er dachte an Petra, an Aurora, an Danny - und das Versprechen, das er ihnen gegeben hatte, sie immer zu schützen. Jetzt wusste er, dass dieser Kampf nicht nur um politische Prinzipien ging. Es ging um alles, was er liebte.

Ethan rannte die Treppe hoch und überprüfte Auroras Zimmer. Sie lag ruhig in ihrem Bett, tief schlafend. Er zog die Tür leise zu und ging weiter zu Dannys Zimmer. Auch hier war alles ruhig. Schließlich öffnete er vorsichtig die Schlafzimmertür, wo Petra lag. Sie bewegte sich leicht im Schlaf, murmelte etwas Unverständliches. Ethan stand im Türrahmen und beobachtete seine Frau. Er ballte die Faust so fest, dass seine Fingernägel in die Haut seiner Handflächen schnitten. "Ihr werdet sie nicht bekommen", flüstert er leise. "Keiner von euch.". Er wusste, dass der Preis für seinen Kampf gestiegen war - und dass es keinen Weg zurück gab.

Ethan schloss die Tür zu seinem Schlafzimmer leise und stand einen Moment regungslos im Flur. Sein Atem ging schwer, sein Puls hämmerte in seinen Ohren. Die Drohung, die über dem Bildschirm geflackert hatte, hallte in seinem Kopf wider:

"Du kannst nicht alle beschützen". Das Licht im Flur war
gedimmt, warf lange Schatten an die Wände. Ethan wusste,
dass er jetzt keine Schwäche zeigen durfte. Doch als er zurück
in die Dunkelheit des Wohnzimmers lief, überkam ihn ein
bedrückendes Gefühl, als würde eine Schlinge um seinen Hals
immer enger werden. Das Gefühl, das er beobachtet werden
würde, wurde von Sekunde zu Sekunde, von Gedanke zu
Gedanke, immer stärker. Er schaute hinter sich, überprüfte
jedes Zimmer in seinem Haus - er wurde paranoid. Sein Blick
glitt zu den Fenstern. Die Vorhänge waren zugezogen, aber
plötzlich erschien ihm das nicht mehr genug. Er ging zur
Anrichte neben der Tür, zog die unterste Schublade auf und
holte ein kleine Kassette mit einem Zahlenschloss hervor. Da
drin lag eine schwarze Pistole, die er sich vor Jahren aus
Sicherheitsgründen besorgt hatte. Seine Hände zitterten leicht,
als er sie herausnahm. Seit er in die politische Arena
eingetreten war, hatte er gehofft, die Waffe niemals brauchen
zu müssen. Jetzt aber, war er sich nicht mehr sicher. Ethan
steckte die Pistole in den hinteren Bund seiner Hose und griff
nach dem USB-Stick, den er aus dem Fernseher gezogen
hatte. Er setzte sich an den Küchentisch, schaltete seinen
Laptop ein und steckte den Stick vorsichtig ein. Das Video
erschien vor seinen Augen erneut, nun aber nicht mehr auf

dem Bildschirm. Er startet es nicht noch einmal - die Bilder hatten sich ohnehin in sein Gedächtnis eingebrannt. Stattdessen klickte er auf die Dateiinformation, suchte nach Hinweisen, wer die Datei erstellt haben könnte. Doch der Stick war leer, bis auf die eine Videodatei. Jeder Versuch, mehr herauszufinden, scheiterte. Keine Metadaten, kein Absender, nichts. Plötzlich ertönte ein leises Knacken von draußen. Ethan fuhr herum, sein Blick wanderte erneut zu den Fenstern. War es nur der Wind? Oder war da jemand? Er blieb einen Moment still sitzen, lauschte auf jedes noch so kleine Geräusch. "Da war es wieder - ein leises Knirschen, als würde jemand auf der Einfahrt stehen.", sagte Ethan leise zu sich selbst. Ethan stand langsam auf, griff instinktiv nach der Pistole in seinem Hosenbund und schlich zur Tür. Vorsichtig spähte er durch den Spion. Nichts. Die Einfahrt war leer, nur die Straßenlaterne warf ein schwaches Licht auf den Gehweg. Trotzdem ließ ihn das Gefühl nicht los, dass jemand da war, versteckt im Schatten, beobachtend. Er öffnete die Tür einen Spalt weit genug, um hinauszusehen. Die kalte Nachtluft traf ihn wie ein Schlag ins Gesicht. Ein Rascheln in der Nähe ließ ihn zusammenzucken, aber es war nur der Wind, der die Blätter eines Busches bewegte. Ethan trat hinaus auf die Veranda, die Pistole in seiner Hand jetzt deutlich sichtbar. "Ist hier jemand?", rief er in die Nacht, seine Stimme war fest und hallend, aber nicht laut genug, um Petra oder die Kinder zu wecken. Keine Antwort, nur Hall, das Summen der Stadt und das vereinzelte Zirpen von Grillen. Ethan stand reglos da, die Dunkelheit schien sich um ihn zu verdichten. Nach einigen Sekunden kehrte er ins Haus zurück, schloss die Tür und drehte den Riegel zweimal um. Zu groß die Angst, dass was passiert, ganz ohne Sicherheitspersonal. Er spürte, wie sein Herz raste. Vielleicht war es nur die Nervosität, die mit ihm spielte, aber er wusste: Die Bedrohung war real. Das Video hat das unmissverständlich klargemacht. Er ging ins Wohnzimmer zurück und setzte sich auf das Sofa, den Blick auf den Bildschirm des ausgeschalteten Fernsehers gerichtet. Der Gedanke, dass jemand in seinem Haus gewesen war - in dem Raum, in dem seine Kinder spielten, wo Petra und er abends Filme schauten, ließ ihn innerlich beben. Doch er wusste, dass er keine Zeit hatte, sich dieser Angst hinzugeben. Er zog sein Handy hervor und wählte eine vertraute Nummer. Es war spät, aber das war ihm egal. Nach ein paar Sekunden meldete sich eine verschlafene Stimme am anderen Ende der Leitung. "Daniel?" flüsterte Ethan. "Ich brauche deine Hilfe. Jetzt."

Ein paar Minuten später saß Ethan wieder am Küchentisch,
diesmal mit einer Kanne Kaffee und einer Pistole neben sich.
Er wartete auf Daniel, seinen engsten Sicherheitsberater, den
er schon seit Jahren kannte. Daniels Loyalität war
unerschütterlich, aber Ethan wusste, dass er in ihm keine
Sorgen säen durfte - zumindest nicht mehr, als es nötig war.
Während er wartete, wanderte sein Blick wieder zu dem
USB-Stick auf dem Tisch. Wer auch immer ihn hinterlassen
hatte, musste Zugang zu seinem Grundstück gehabt haben.
War es jemand, den er kannte? Ein Verräter in seinem Team?
Oder war es ein weiterer anonymer Bote derer, die ihn zu Fall
bringen wollten? Die bloße Ungewissheit machte ihn rasend.
Ein gedämpftes Klopfen an der Hintertür ließ ihn aufhorchen.
Ethan griff nach der Pistole, bevor er vorsichtig zur Tür ging.
Durch die kleinen Scheiben der Tür erkannte er Daniels
Silhouette. Ethan entspannte sich und ließ ihn herein. "Ethan,
was zum Teufel ist los?" fragte Daniel, der noch immer seine
Jacke trug und aussah, als wäre er gerade aus dem Bett
gesprungen. Ethan reichte ihm den USB-Stick ohne ein Wort.
Daniel setzte sich und steckte ihn in seinen eigenen Laptop.
den er mitgebracht hatte. Er brauchte nur wenige Sekunden,
um das Video abzuspielen. Sein Gesichtsausdruck, sonst so
unerschütterlich, wurde mit jeder Sekunde ernster. Als das

Video endete, schloss er den Laptop langsam, als müsse er das Gesehene zuerst verarbeiten. "Das ist nicht irgendeine Drohung, Ethan", sagte Daniel mit leiser Stimme. "Das hier ist persönlich." Ethan nickte. "Ich weiß. Und das macht es so gefährlich.". Daniel lehnte sich mit verschränkten Armen zurück, seine Stirn in tiefen Falten. Der Laptop vor ihm war zugeklappt, als ob er sich von dem Video abgrenzen wollte, das so eindeutig gemacht hatte, wie weit Ethans Gegner bereit waren zu gehen. Ethan saß ihm gegenüber, die Pistole lag immer noch auf dem Tisch. Die Ruhelosigkeit des Raumes war klar erkennbar, ein leiser Dialog zwischen zwei Personen, denen klar war, dass der Kampf, den sie führten, eine neue und gefährliche Dimension erreicht hatte. "Das hat nichts mit Zufällen zu tun, Ethan", begann Daniel und brach die anhaltende Stille. "Jemand wusste konkret, wie er dich, deine Familie und dein Zuhause angreifen kann. Sie wollen dich in ein Ungleichgewicht bringen, dich nötigen, Fehler zu machen.". Ethan nickte zustimmend, seine kalten Hände um die Kaffeetasse geklammert. "Daniel? Wie haben sie es geschafft, in mein Haus einzudringen? Mein Zuhause ist eines der am besten bewachten Gebäude der Gegend. Die Kameras, die Codes, die Sensoren … das ist kein Amateurwerk.". Daniel entgegnete "Ethan, ich will dich nur ungern daran erinnern, aber es handelt sich um eine der größten Industrielobbies, die hinter dir her sind. Es ist offensichtlich, dass es sich hier nicht mal so um ein Amateurwerk handelt, was man so nebenbei aus Lust und …". Daniel stoppte abrupt, er ließ den Blick durch das Wohnzimmer schweifen, als würde er jeden Schatten und jede Ecke prüfen. "Das ist es nicht. Das bedeutet, sie hatten Hilfe. Zugang. Vielleicht jemand, der nah genug an dir dran ist, um deine Abläufe zu kennen.". Ethan fühlte, wie ein kalter Stich der Zweifel sich langsam in ihm reinbohrte. Er wollte widersprechen, wollte behaupten, dass sein Team loyal war, dass jeder in seinem Umfeld für die gleiche Sache kämpfte. Doch ein Teil von ihm wusste, dass Daniel recht hatte. Es war ein naheliegender Verdacht und ein gefährlicher. "Ich glaube nicht, dass es jemand aus dem inneren Kreis war", sagte Ethan mit Nachdruck, als wollte er sich selbst davon überzeugen. "Du und Susann … euch beiden vertraue ich am meisten.". Daniel nickte. "Das solltest du auch. Du weißt, Susann und ich stehen voll hinter dir, Ethan. Aber schau dir dein Team an, es ist groß und wahrscheinlich teilt nicht jeder deine Ethik. Vielleicht ist jemand eingeschüchtert worden, vielleicht aber auch bestochen. Es braucht mehr als eine Schwachstelle, um den Damm brechen zu lassen.". Ethan war nachdenklich und starrte auf die leere Kaffeetasse, die vor ihm stand. Seine Gedanken drifteten zu den Personen des Wahlkampfes, über die Menschen, die an seiner Seite standen. Wer könnte ihn verraten haben? War es jemand, den er jeden Tag sah? Jemand, der ihm lächelnd die Hände schüttelte, während er diese Informationen an seine Gegner weitergab? Der Gedanke zermürbte ihn. Daniel überlegte einen Moment. "Wir sollten das Team beobachten, aber diskret. Niemand darf merken, dass wir Verdacht schöpfen, sonst könnte derjenige, falls es wirklich jemand aus deinem Umfeld ist, noch gefährlicher werden. Lass mich das übernehmen, ich werde die Kommunikationskanäle überprüfen, das Sicherheitssystem verstärken und jeden Schritt dokumentieren.".

Ethan holte tief Luft und nickte schließlich. "Mach das. Aber ich will keine Panik im Team. Wir dürfen unser Team nicht noch mehr schädigen.". Daniel stand auf, er war immer noch so ruhig wie zuvor. "Du solltest dich ein paar Stunden hinlegen, Ethan. Du brauchst einen klaren Kopf, wenn die Sonne aufgeht. Es wird kein leichter Tag.". Ethan legte sich zu Bett und konnte trotz seiner Gedanken, aufgrund von absoluter Erschöpfung sofort einschlafen.

Die Sonne ging langsam auf, die Vögel zwitschernden, der Tag startete harmonisch, abseits des ganzen Terrors. Ethan

wachte trotzdem mit einem mulmigen Gefühl im Magen auf.
Petra lag neben ihm, ihr Atem war ruhig und gleichmäßig. Er
wollte sie nicht wecken, also schlich er sich leise aus dem Bett
und zog sich an. Im Erdgeschoss wartet bereits die erste
Herausforderung des Tages: Aurora und Danny hatten sich in
der Küche ein Duell um die Cornflakes geliefert. Petra war
inzwischen wach und versuchte, mit einem Lächeln die
Ordnung wiederherzustellen. "Ethan, gut, dass du da bist!
Vielleicht hörst du ihnen ja besser zu als ich.". Das familiäre
Chaos brachte ein schwaches Lächeln auf Ethans Gesicht,
aber seine Gedanken waren außer Kontrolle. Der rote Punkt,
das Video, die Drohung, sie schwebten wie eine unsichtbare
Wolke über allem, selbst in Momenten wie diesen, die ihm
sonst Trost und Ruhe brachten. Er verabschiedete sich von
Petra mit einem Kuss auf der Stirn und den Kindern mit einer
Umarmung, bevor er sich auf den Weg zu seinem
Wahlkampfhauptquartier machte. Daniel hatte ihm
versprochen, sich am Morgen mit den ersten Ergebnissen
seiner Untersuchung zu melden. Daniel verließ das Haus. Vor
der Einfahrt wartete schon der Konvoi mit dem
Sicherheitspersonal, das ihm zum Wahlkampfhauptquatier
eskortierte.

Ethan betrat das Gebäude und spürte sofort die beschäftige
Atmosphäre. Mitarbeiter telefonierten, die Schreibtische
übersät mit Dokumenten und an den Wänden hingen
Wahlkampfplakate mit Ethans Slogan: "Eine Stimme für die
Menschen". Susann war die Erste, die Ethan begrüßte. Sie
sah, dass er müde war und schob ihn sofort einen frischen
Kaffee in die Hand. "Ich weiß, es war eine lange Nacht",
sagte sie, ihr Blick voller Mitgefühl. "Aber wir haben Arbeit
vor uns. Der nächste Bundesstaat ist entscheidend und die
Umfragen sehen gut aus.". Ethan nickte. "Danke Susann. Ich
weiß deine Arbeit zu schätzen, wirklich." Er wollte mehr
sagen, ihr vielleicht von dem Video zu erzählen, doch er hielt
inne. Nicht aus Misstrauen - er vertraute Susann blind,
sondern weil er sie nicht unnötig belasten wollte. Sie trug
bereits genug Verantwortung auf ihren Schultern. Während
des Vormittags arbeitete Ethan wie gewohnt, führte
Gespräche, überprüfte Strategien und bereitete sich auf eine
bevorstehende Rede vor. Doch immer wieder schweifte sein
Blick zu den Gesichtern seines Teams. Einige wirken
angespannt, andere völlig unberührt. War das normaler
Wahlkampfstress? Oder versteckte sich hinter diesen
Gesichtern tatsächlich ein Verräter? Kurz vor der
Mittagspause zog Daniel ihn in einen Nebenraum. "Ich habe

die ersten Überprüfungen durchgeführt.", sagte er leise. "Es gibt keine offensichtlichen Hinweise, aber ... eine Sache ist seltsam. Es gibt einen Mitarbeiter, der in letzter Zeit ungewöhnlich oft mit externen Kontakten kommuniziert hat. Ich habe die Gespräche noch nicht genau analysiert, aber ich dachte, du solltest es wissen.". Ethan spürte, wie sich seine Brust zusammenzog. "Wer?". Daniel hielt inne, sein Blick ernst. "Mark Feldman. Er ist einer deiner Logistikleiter. Nichts ist bewiesen, aber ... ich werde dranbleiben"- Ethan nickte, doch das beklemmende Gefühl ließ ihn nicht los. Er wusste, dass der nächste Schritt entscheidend sein würde - für den Wahlkampf und für seine Sicherheit. Der Nachmittag zog sich in die Länge wie zäher Sirup. Ethan versuchte, sich auf seine Arbeit zu konzentrieren - die Rede für den nächsten Auftritt, die neuesten Umfragen, die ständigen Telefonkonferenzen mit Unterstützern. Doch in seinem Hinterkopf arbeitete es. Daniels leise Worte über Mark Feldman hallten nach wie ein dunkler Akkord, der nicht verklingen wollte. Mark war niemals wirklich auf Ethans Radar - ein präziser, gelassener Mann, der seinen Job zuverlässig machte. Allerdings sind dies nicht die Eigenschaften, die ein Verräter bevorzugen würde: jemand, der sich abseits aufhielt und versuchte, keine Aufmerksamkeit zu erregen. Ethan schob den Gedanken beiseite. Es war keine Zeit für Spekulationen. Noch nicht. Am Abend, als die ersten Schatten der Dämmerung über die Stadt fielen, wurde Ethan in das Konferenzzimmer gerufen. Daniel wartete bereits dort, das Gesicht streng, ein Stapel Unterlagen vor sich. Susann stand in der Nähe der Tür, ihre Arme vor der Brust verschränkt, ihre Miene besorgt. Ethan spürte die Spannung im Raum, noch bevor jemand ein Wort sprach. "Wir haben ein Problem", begann Daniel und zog ein ausgedrucktes Foto aus dem Stapel. Es zeigte eine Aufnahme von Ethan - aufgenommen aus der Ferne, gewohntes Terrain für Ethan, so ein Szenario gab es schonmal. Das Bild zeigte ihn mit seiner Familie im Garten spielen. Die Aufnahme war unscharf, aber eindeutig. "Das Bild wurde vor einer Stunde anonym an eine unserer externen Adressen geschickt", erklärte Daniel. "Keine Nachricht, kein Kontext. Aber ich denke, die Botschaft ist klar.". Ethan starrte auf das Bild. Sein Zuhause, sein sicherer Hafen, war offenbar nicht mehr sicher. Ein Gefühl der Hilflosigkeit kroch in ihm hoch, doch er zwang sich, es herunterzuschlucken. Er durfte jetzt keine Schwäche zeigen. Nicht hier, nicht vor Daniel und Susann. "Was ist mit den Kameras?" fragte er knapp. "Haben sie etwas aufgezeichnet?". Daniel schüttelte den Kopf. "Die Person war entweder vorsichtig oder …". Er zögerte. "Oder sie hatte Zugang zu den Sicherheitscodes.". Der Satz hing schwer im Raum. Ethan sah, wie Susanns Stirn sich runzelte, doch sie sagte nichts. Ihre Augen wanderten zwischen Ethan und Daniel hin und her, als würde sie abwägen, ob sie etwas hinzufügen sollte. "Das ist lächerlich", sagte Ethan schließlich und schlug mit der Faust auf den Tisch. "Wir haben diese Sicherheitsmaßnahmen genau für solche Fälle eingeführt. Wie zum Teufel können sie diese so einfach umgehen?". "Ich habe schon jemanden beauftragt, das gesamte System zu überprüfen.", antwortete Daniel ruhig. "Aber, Ethan …". Er hielt inne, als wollte er die nächsten Worte sorgfältig abwägen. "Es könnte bedeuten, dass jemand aus deinem Team damit zu tun hat. Jemand mit Zugang.".

Ethan lehnte sich in seinem Stuhl zurück und ließ die Worte sacken. Er dachte an Mark, an die Gespräche, die Daniel erwähnt hatte. War es möglich? Oder war das nur eine weitere Ablenkung, ein weiterer Versuch, Zwietracht in seinem Team zu säen. "Und wer genau könnte das sein?", fragte Ethan schließlich mit schneidender Stimme. Daniel zögerte. "Ich habe eine Liste von möglichen Verdächtigen. Aber Ethan, wir müssen vorsichtig sein. Wenn wir jemanden falsch beschuldigen, dann haben wir den perfekten Vorwand geliefert, um das Team auseinanderzubrechen.", unterbrach Susann scharf. Ihre Stimme war wie ein Messer, präzise und direkt. "Daniel, wir dürfen uns nicht in ein Netz aus Misstrauen verstricken lassen. „Wenn sie uns dazu bringen, uns gegenseitig zu verdächtigen, haben sie schon gewonnen." Ethan blickte sie an; ihre blauen Augen waren voller Entschlossenheit. Susann hatte Recht. Das machte es jedoch nicht leichter, die Zweifel zu unterdrücken, die langsam und leise in seinem Kopf aufkeimten. Obwohl er versuchte, sie zu verdrängen, blieben die Gedanken bestehen - hartnäckig und unwillkommen. Aber er konnte sich des beunruhigenden Gefühls nicht erwehren, dass etwas nicht stimmte, gerade weil er ihr immer vertraut hatte. Er dachte an die späten Treffen von Daniel, die ständige Wachsamkeit, die fast schon zu viel war. Und Susann - sie hatte Zugriff auf alle Pläne, alle Details. Wenn einer von ihnen… Er schüttelte den Kopf, um die Gedanken zu vertreiben. Nein, dachte sich Ethan. Das war genau das, was seine Gegner wollten. Als Daniel das nächste Beweisstück vor zeigte, erreichte die Spannung ihren Höhepunkt, es war eine kurze Nachricht, die er auf den Tisch legte: eine Notiz, Verfasser unbekannt, die an einen seiner Mitarbeiter gesandt wurde. Sie bestand aus nur drei Worten:

"Die Zeit läuft.".

Susann griff instinktiv nach der Nachricht und las sie, ihre Lippen pressten sich zu einer schmalen Linie zusammen. "Das ist eine Warnung", sagte sie schließlich. "Sie wissen, dass wir gegen sie arbeiten. Und sie wollen uns unter Druck setzen.".

"Oder sie wissen, dass wir nah dran sind", ergänzte Daniel düster. Ethan spürte, wie sich seine Kehle zuschnürte. Der Raum schien sich plötzlich zu verkleinern, die Luft schwer und stickig. Zum ersten Mal fühlte er sich, als wäre er nicht mehr Herr der Lage, sondern eine Figur in einem Spiel, das jemand anderes kontrollierte. "Wir werden keine Zeit verlieren", sagte Ethan schließlich und stand auf, seine Stimme fest, auch wenn er innerlich zerrissen war. "Daniel, ich will, dass du alles und jeden überprüfst. Aber diskret. Susann, du arbeitest weiter an der Strategie für die nächste Debatte." "Egal, was geschieht, wir dürfen uns nicht auseinanderreißen lassen," bemerkte Susann, während sie nickte; ihre Haltung blieb unverändert entschlossen. "Das werden wir nicht. Ethan, wir stehen hinter dir - egal was kommt." Daniel sah ihn ebenfalls an: seine dunklen Augen waren voller Ernst. "Du kannst auf uns zählen, jedoch, es gibt immer Herausforderungen, weil wir uns nicht zurückziehen werden.". Aber, Ethan, pass auf dich auf. Sie spielen nicht mehr mit Samthandschuhen.". Als Ethan später allein in seinem Büro saß, ging er die Ereignisse des Tages noch einmal durch. Der USB-Stick, das Foto, die Botschaften - all das wirkte wie ein unsichtbares Netz, das sich immer enger um ihn zog. Er konnte nicht länger ignorieren, dass die Gefahr real war, aber sie kam näher. Er starrte auf die nächtliche Skyline, ein vertrautes Bild, das ihm normalerweise Trost spendete. An diesem Abend jedoch erschien sie ihm als ein drohendes Monument der Gefahr. Irgendwo da draußen warteten seine Feinde und er wusste, dass sie keine Grenzen kannten. "Die Zeit läuft.". Er griff nach dem Bild seiner Familie auf dem Schreibtisch. Petra, Aurora, Danny - sie waren alles, was für ihn zählte. Und er würde um jeden Preis verhindern, dass ihnen etwas zustieß. Aber konnte er wirklich allen in seinem Umfeld vertrauen? Mit dieser Frage blieb er allein in der Dunkelheit seines Büros sitzen, während die Bedrohung wie ein Schatten in der Ferne lauerte, bereit, ihn zu verschlingen.

Der unsichtbare Feind

Dichter Nebel der Einsamkeit legte sich um Ethan Blake. "Die Zeit läuft", diese Worte waren wie eine tickende Zeitbombe in Ethans Kopf verankert. Jegliche Kommunikation innerhalb seines Teams wurde jetzt genau und präzise genommen. Ethan wusste, dass es gefährlich war, in Misstrauen zu verfallen, aber er sah keine andere Option. Jeder aus seinem Team könnte es sein, jeder hat die Mittel dazu. Es ist so, als wäre die Bedrohung unsichtbar, als würde sie nicht existieren, aber Auswirkungen zeigen. Je mehr Ethan sich den Kopf darüber zerbrach, desto sicherer wurde er sich, dass er möglicherweise schon längst inmitten eines Feldes aus Verrat stand. Ethan begann sich mehr und mehr zurückzuziehen und sich von allen zu distanzieren. Es war, als hätte jemand ein leises Flüstern in sein Ohr gehaucht, das er nicht mehr ignorieren konnte: "Wem kannst du wirklich trauen?".

Daniel war von Anfang an Ethans engster Vertrauter gewesen. Ein loyaler Berater, der stets Ruhe ausstrahlte, auch wenn alles um sie herum chaotisch wurde. Seine Strategien waren präzise, seine Einschätzungen messerscharf. Doch in den letzten Tagen war Ethan aufgefallen, dass Daniel anders wirkte, oder war es Ethan, der ihn anders wahrnahm?

Er dachte an die Szene gestern Abend, als Daniel ihm die anonym zugeschickten Fotos gezeigt hatte. Daniels unangenehmer Ausdruck war deutlich auf seinem Gesicht zu erkennen. Es war schwierig zu definieren, es hatte nichts mit Angst oder Sorge zu tun, sondern etwas anderes, das Ethan nicht beschreiben konnte. Möglicherweise war es reine Einbildung, aber möglicherweise auch nicht. Doch ihm kehrte die Art und Weise, wie Daniel seine Worte formulierte, ins Gedächtnis zurück: "Es könnte bedeuten, dass jemand aus deinem Team damit zu tun hat. Jemand mit Zugang.". Daniel selbst hatte Zugang zu allem. Wenn jemand die Sicherheitscodes kannte, dann war er es. Ethan wollte sich nicht vorstellen, dass Daniel ihn hintergehen könnte, doch je mehr er darüber nachdachte, desto mehr schien es Sinn zu ergeben. Daniel war immer in seiner Nähe, immer bei allen beteiligt. Daniel war die Person, die die Fäden zog, wenn Ethan Öffentlichkeitstermine hatte. Könnte es sein, dass Daniel hinter dem stand und ihn zu manipulieren versuchte? Ethan erinnerte sich an die E-Mail, die er gestern Nacht entdeckt hatte. "Denk an das Angebot. Die Zeit läuft.". Michael, der Eventplaner, war zwar der Empfänger, doch Daniel hatte Zugriff auf alle internen Kommunikation. Hatte er vielleicht dafür gesorgt, dass diese Nachricht Michael erreichte, um Verdacht auf ihn zu lenken? Oder war Daniel derjenige, der hinter den Vorhängen den Takt angab? Ethan beschäftigte noch ein weiterer Fakt: Daniel hatte erstmals jemanden im Team beschuldigt: Mark Feldman. War es also möglich, dass er absichtlich Mark ins Spiel brachte, um von sich abzulenken? Je länger Ethan darüber nachdachte, desto mehr nagten diese Fragen an ihm. Doch gleichzeitig spürte er, wie sehr er Daniel brauchte. Wenn Daniel tatsächlich unschuldig war, würde der gesamte Wahlkampf ohne ihn zusammenbrechen. Und das genau machte die Situation so kompliziert.

Susann wiederum war eine unerschütterliche Instanz in seinem Team. Sie verlor nie die Fassung, sie opferte sich für ihn und oft hat sie sich selbst zurückgestellt. Ethan hatte ihr immer blind vertraut. Aber genau diese Unerschütterlichkeit begann bei ihm Zweifel hervorzurufen. Er erinnerte sich an den Moment, als sie ihm die aktuellen Umfragen gebracht hatte. Susann war entschlossen, wie immer, doch Ethan hatte etwas in ihrem Blick bemerkt, etwas, das ihn stutzig machte. Es war keine Unsicherheit, sondern vielmehr eine Art … Zurückhaltung. Es war so, als würde sie etwas wissen, was sie ihm nicht verraten wollte. Ein zusätzlicher Gedanke, der sich in ihm breit machte, war, dass Susann, ebenfalls wie Daniel,

Zugang auf alles hatte. Sie war diejenige, die alle Informationen von Ethan sammelte, Entscheidungen und Termine koordinierte. Wenn jemand den Wahlkampf sabotieren wollte, dann war Susann in der perfekten Position dazu. Ihm fiel außerdem ein, dass Susann vor ein paar Wochen vorgeschlagen hatte, interne Mitarbeiter durch externe Instanzen zu ersetzen. Vor ein paar Wochen erschien ihm das noch plausibel, aber unter den neuen Umständen, hatte es einen faden Beigeschmack. Der Fund des USB-Sticks vor ein paar Tagen, es wirkte skurril, mit diesem Gedankengang. Susann war diejenige gewesen, die ihn zuerst untersucht hatte. Sie hatte ihm gesagt, dass nichts darauf war, was direkt auf eine Quelle hinwies, doch was, wenn sie gelogen hatte? Was, wenn sie etwas gefunden und es ihm verschwiegen hatte? Und dann war da noch die Frage ihrer Loyalität. Susann hatte ihm oft gesagt, dass sie an ihn glaube, dass sie überzeugt sei, er sei derjenige, der das Land verändern könne. Je länger Ethan darüber nachgrübelte desto mehr schien es ihm wie eine sorgfältig inszenierte Szene vorzukommen. War sie tatsächlich so loyal wie sie vorgab zu sein oder spielte sie lediglich die Rolle nach der Ethan sich sehnte?

Er fühlte sich wie gefangen in einem Labyrinth aus Unsicherheiten und Zweifeln. Daniel und Susann waren seine engsten Vertrauten und dennoch konnte er nicht mehr übersehen, dass sie beide die Macht hatten ihn zu beeinflussen. Er dachte an die vergangenen Tage zurück - an die Gespräche, die Blicke, die Entscheidungen. Alles schien plötzlich durchdrungen von verborgenen Signalen und geheimnisvollen Andeutungen, die Ethan zuvor übersehen hatte. Doch gleichzeitig war ihm bewusst, dass diese Zweifel ihn vernichten könnten. Wenn er begann, sich von Daniel und Susann zu distanzieren und offen anfing sie zu verdächtigen, würde sein Team zerbrechen - vielleicht sogar vollständig aufhören zu existieren. Dies war genau das Ziel seiner Gegner: sie wollten ihn isolieren und seine Kraft schwächen. Ethan sah sich einer schwierigen Wahl gegenübergestellt: Sollte er seinem Bauchgefühl vertrauen und das Risiko eingehen das Vertrauen seines Wahlkampfteams zu erschüttern oder sollte er seine Zweifel unterdrücken und darauf hoffend sie seien unbegründet? Sein Blick fiel auf den Bildschirm seines Laptops, auf dem die neuesten Wahlkampfstrategien von Daniel und Susann aufgelistet waren. Beide hatten wieder akribisch gearbeitet, alles bis ins Detail geplant. Und trotzdem … das Gefühl, dass irgendwo

etwas nicht stimme, ließ ihn nicht los. Ihm war klar, dass er
handeln musste. Die Zweifel und das Misstrauen lähmten ihn;
jedoch entschied er sich für einen riskanten Schritt, der ihm
notwendig erschien, um jemand Externes zu den internen
Ermittlungen hinzuzuziehen. Ethan verließ das Büro an
diesem Tag überraschend früh. Petra hatte er vage gesagt, dass
er noch ein Meeting hat, jedoch in Wahrheit steuerte Ethan ein
kleines Café in einem belebten Viertel an, weil das Ambiente
dort entspannend war. Dies war ein Ort, an dem er ungestört
nachdenken konnte. Jedoch war er sich bewusst, dass jede
seiner Entscheidungen riskant war. In einer hinteren Ecke des
Lokals wartete bereits ein Mann auf ihn: Jeffrey-Steven
Meyer, ein ehemaliger Ermittler, der sich nach zwanzig Jahren
bei der Polizei als Privatermittler selbstständig gemacht hatte.
Meyer war bekannt für seine Diskretion und dafür, dass er
keinen Auftrag annahm, den er nicht zu Ende bringen konnte
bekannt. Ethan setzte sich ihm gegenüber, die Atmosphäre
war angespannt. Sie bestellten keinen Kaffee, keine Snacks -
sie hatten keine Zeit für Höflichkeiten. Ethan lehnte sich nach
vorne und sprach leise, fast flüsternd:
"Ich brauche Hilfe, Jeffrey-Steven. Ich habe das Gefühl, dass
jemand aus meinem Team gegen mich arbeitet. Ich weiß nicht,
wer. Es könnte jeder sein - oder vielleicht auch niemand. Aber

ich muss sicher sein.". Meyer musterte ihn mit seinem kühlen, analytischen Blick. "Das ist ein gefährlicher Schritt, Mr. Blake. Wenn jemand davon erfährt, könnte das alles zerstören, wofür Sie kämpfen.". Ethan nickte kühn. "Ich weiß. Aber ich kann nicht mehr so weitermachen. Ich muss wissen, wem ich vertrauen kann, und wem nicht.". Meyer lehnte sich zurück und verschränkte die Arme. "Ich werde mich darum kümmern, aber stellen sie sich darauf ein, dass Ihnen die Antwort nicht gefallen wird. Ich benötige zudem absolute Freiheit, um alles Notwendige zu tun. Dies impliziert auch, dass ich Ihr engstes Team einer Überprüfung unterziehen muss: Daniel, Susann – jeder, der Zugang zu Ihnen hat. Die Erwähnung dieser Namen traf Ethan wie ein Schlag in die Magengrube. Er wusste jedoch, dass Meyer recht hatte. „Tu, was du tun musst, aber pass auf, dass es niemand merkt." Meyer nickte; ein leichtes Lächeln umspielte seine Lippen. „Das ist mein Job, Mr. Blake." Ethan ging an diesem Abend zurück zum Safehouse, aber sein Treffen mit Meyer ließ ihn innerlich zerrissen zurück. Petra sah, dass er angespannt war, sie stellte jedoch keine Fragen, weil sie wusste, dass Ethans Arbeit oft hart war. Ethan war dankbar, dass sie ihm Freiraum gab - aber es schmerzte ihn, dass er ihr nicht alles sagen konnte. Aurora und Danny kamen kurz zu ihm ins Wohnzimmer, um ihm ihre Hausaufgaben zu zeigen und über ihren Tag zu sprechen. Ethan gab sich Mühe, interessiert zuzuhören, doch seine Gedanken waren längst woanders. Der Wahlkampf war ein ständiges Ringen, ein Marathon, der ihm alles abverlangte - und jetzt dieser zusätzlichen Druck, den er niemandem anvertrauen konnte.

In dieser Nacht lag Ethan lange wach. Die Uhr tickte, das Licht der Straßenlaterne fiel durch den Vorhang auf die Wand. Er dachte an Daniel, an Susann, an Mark, sogar an die Sicherheitskräfte, die ihn täglich begleiteten. Jeder war ein potentieller Verräter. Doch gleichzeitig wusste er, dass er ohne sein Team verloren wäre.

Am nächsten Morgen trat Ethan mit einem festen Blick ins Hauptquartier. Er hatte keine andere Wahl, als einfach weiterzumachen – zumindest nach außen hin. Die Erwartungen waren hoch, und er wusste, wie wichtig es war, Stärke und Zuversicht zu vermitteln, auch wenn in ihm selbst alles zu zerbrechen schien. Und Susann - war ihre Entschlossenheit echt, oder spielte sie eine Rolle?

Nach dem Meeting zog sich Ethan in sein Büro zurück. Er öffnete eine Nachricht von Meyer, die er vorher erhalten hatte:

"Die Überprüfung läuft. Noch nichts
Verdächtiges, aber ich bleibe dran.".

Ethan spürte einen Hauch von Erleichterung, doch es war nur
ein schwacher Trost. Er wusste, dass dies erst der Anfang war.
Meyer würde tiefer graben müssen und Ethan hatte keine
Ahnung, was er finden würde.

Je mehr Ethan darüber nachdachte, desto mehr fühlte er sich
wie ein Mann, der auf dünnem Eis stand. Er musste seine
Fassade aufrechterhalten, musste jeden Tag die Rolle des
charismatischen Kandidaten spielen, der für die Menschen
kämpfte. Doch innerlich wurde der Druck immer größer. Sein
Team begann, seine Distanz zu bemerken. Susann klopfte an
seiner Bürotür, als er gerade versuchte, sich auf eine Rede
vorzubereiten. "Ethan", sagte sie mit vorsichtiger Stimme, "du
bist in letzter Zeit anders. Was ist los?"- Er zwang sich zu
einem Lächeln. "Ich bin nur müde, Susann. Das ist alles.". Sie
musterte ihn, als wollte sie ihn durchschauen, doch schließlich
nickte sie. "Wenn du irgendwas brauchst, lass es mich
wissen.". Als sie ging, fühlte sich Ethan noch einsamer. Sie
meinte es gut - das wusste er. Aber genau das machte die
Situation so schwierig. Wenn Susann tatsächlich loyal war,
dann hatte er ihr Unrecht getan, indem er sie verdächtigte.

Und wenn sie nicht loyal war, dann war sie gefährlicher, als er sich vorstellen konnte.

Ethan wusste, dass Meyers Ermittlungen Zeit brauchen würden. Doch die Ungewissheit war eine Qual. Er konnte nur hoffen, dass die Wahrheit ans Licht kommen würde, bevor es zu spät war. Währenddessen musste er weitermachen, so tun, als sei alles in Ordnung. Doch die Unsichtbarkeit des Feindes nagte weiter an ihm und Ethan fragte sich, wie lange er dieses Spiel noch aushalten würde, bevor er zusammenbrechen würde.

In der Zeit wurde es dunkel, das Büro allmählich leerer, Ethan entschied sich, da er mit den Gedanken sowieso wo anders war, zum Safehouse, zu seiner Frau und seinen Kindern zu fahren. Wie immer, musste er sich dem alltäglichen Prozedere, um nach Hause zu kommen, unterstellen. Ethan steigt in einen riesigen Konvoi ein, als wäre er eine wertvolle Ware und wird zuhause abgesetzt. Das Sicherheitspersonal macht die Tür auf und begleitet ihn bis ins Haus.

Ethan saß alleine im Wohnzimmer, die Nacht hatte das Haus längst umhüllt und die Dunkelheit drückte schwer auf ihn. Er versucht, sich mit Arbeit abzulenken, seine Gedanken auf die bevorstehenden Reden und Veranstaltungen zu lenken, aber es war sinnlos. Die Zweifel, die Schuldgefühle, die Isolation all das hatte sich wie ein dichter Nebel um ihn gelegt, der ihm die Luft abschnürte. Seine Hände zitterten, als er die Whiskyflasche betrachtete, die vor ihm auf dem Couchtisch stand. Er hatte das Glas in der Hand, aber konnte sich nicht dazu bringen, es zu trinken.

Das Haus war still. Petra und die Kinder schliefen längst, doch Ethan hatte kein Gefühl von Ruhe. Jeder Gedanke schien ihn tiefer in einen Abgrund zu ziehen. Das Vertrauen, das er einst so selbstverständlich in Daniel und Susann gesetzt hatte, schien zerbrochen. Und jetzt? Jetzt hatte er nichts und niemanden mehr, auf den er sich stützen konnte - oder so fühlte es sich zumindest an.

Seine Schultern zitternden, als er sich nach vorne beugte, die Ellbogen auf den Knien, den Kopf in den Händen. "Was mache ich hier? Was mache ich bloß?", flüsterte er heiser in die Leere. Er hatte diese Worte schon oft gedacht, doch zum ersten Mal sprach er sie laut aus.

Er begann mit einem leisen Schluchzen. Ethan, der Mann, der immer Stärke und Entschlossenheit zeigen musste, fühlte, wie die Mauer, die er so lange aufrechterhalten hatte, in sich zusammenbrach. Tränen liefen ihm über das Gesicht, als er schwer ein- und ausatmete, die Luft wie Scherben in seiner Kehle.

Dann kam es wie eine Welle über ihn: die Einsamkeit, die

Zweifel, die Angst, die Überforderung, brach mit voller

Wucht hervor. Ethan rutschte von der Couch auf den Boden,

kniete da, die Hände in sein Gesicht, während er laut

schluchzte. Es war, als ob alle Emotionen, die er so lange

unterdrückt hatte, sich auf einmal entluden.

"Ich kann nicht mehr ... ich kann einfach nicht mehr ..."

keuchte er zwischen den Tränen hindurch. Er fühlte sich wie

ein Kind, das in einer Welt gefangen war, die zu groß, zu

gefährlich war. Ein Teil von ihm schämte sich - was würde

Petra denken, wenn sie ihn so sehen würde. Aber ein anderer

Teil wusste, dass er nicht mehr alleine damit klarkam. Das

war der Moment, in dem er es begriff: Er musste mit

jemandem reden. Nicht mit einem Berater, nicht mit einem

Ermittler. Er brauchte jemanden, der ihn nicht als den

"mächtigen Präsidentschaftskandidaten Ethan Blake" sah,

sondern als den Menschen, der er wirklich war. Und es gab

nur eine Person, der er das anvertrauen konnte. Seine Frau,

Petra. Petra erwachte von den Wimmern und dachte, es sei

eines der Kinder. Sie ging dem Geräusch nach und fand Ethan

auf, wie er immer noch auf dem Boden kniete. Sie trug ihren

Morgenmantel, das Haar zerzaust, doch ihr Blick war voller

Sorge. "Ethan?" fragte sie vorsichtig, als sie die Treppe

herunterkam. Er konnte nicht antworten. Alles, was er tun konnte, war den Kopf zu schütteln, unfähig, Worte zu finden. Petra zögerte nicht lange. Sie kniete sich zu ihm, legte ihre Arme um seine zitternden Schultern und hielt ihn fest. "Es ist okay", flüstert sie sanft. "Ich bin hier.".

Ethan vergrub sein Gesicht in ihren Schultern, während die Tränen weiterflossen. Es war das erste Mal seit Wochen, dass er sich nicht wie ein Mann fühlte, der eine Rolle spielen musste. "Ich … ich kann das nicht mehr, Petra. Es ist alles zu viel. Ich weiß nicht, wem ich trauen kann. Ich fühle mich so allein.".

Petra strich ihm beruhigend über den Rücken, während sie ihn weiter festhielt. "Du bist nicht allein, Ethan", sagte sie mit ruhiger Stimme. "Ich bin hier. Ich war immer hier. Willst du mir nun endlich erzählen was los ist?".

Es dauerte Minuten, bis Ethan sich genug gesammelt hatte, um überhaupt einen klaren Gedanken zu fassen. Schließlich setzte er sich auf die Couch, während Petra sich neben ihn setzte und seine Hand nahm. Ihr Blick war ruhig, verständnisvoll, ohne Urteil.

"Ich glaube, jemand in meinem Team verrät mich", begann Ethan leise. Seine Stimme war brüchig, als ob jedes Wort ihm die Lust abschnitt. "Ich weiß nicht, wer. Daniel … Susann …

vielleicht sogar jemand anderes. Ich sehe überall Zeichen.

Und ich … ich weiß nicht mehr, wem ich trauen kann.".

Petra schwieg einen Moment, während sie ihn weiter ansah.

Dann sagte sie sanft: "Warum denkst du das? Was ist

passiert?".

Ethan erzählte ihr von den anonymen Nachrichten, den Fotos,

dem USB-Stick und dass das der Grund sei, warum sie in

einem Safehouse wohnen würden und auch weshalb bei ihnen

eingebrochen wurde. Er erzählte ihr auch von der

Entscheidung, einen Privatdetektiv zu engagieren. "Ich wollte

es dir nicht sagen", gestand er schließlich. "Ich wollte dich

nicht belasten. Aber … ich kann das nicht mehr alleine

durchstehen.".

Petra drückte seine Hand fester. "Ethan, du bist nicht alleine.

Du hast mich, Aurora und Danny. Und ich weiß, dass Daniel

und Susann für dich durchs Feuer gehen würden. Vielleicht ist

jemand in deinem Team nicht loyal, aber du darfst nicht

vergessen, wie viele Menschen hinter dir stehen. Die meisten

wollen, dass du erfolgreich bist. Du musst dir das immer

wieder ins Gedächtnis rufen.". Ethan sah sie an, seine Augen

immer noch voller Zweifel. "Aber was, wenn ich falsch liege?

Was, wenn ich den Falschen vertraue?".

Petra lehnte sich näher zu ihm, ihre Stimme war leise, aber eindringlich. "Dann wirst du es herausfinden. Aber du darfst dich nicht von diesen Zweifeln auffressen lassen. Sie wollen, dass du zerbrichst. Und das darfst du ihnen einfach nicht geben.".

Ethan wusste, dass Petra recht hatte. Es gab keine einfache Antwort, keine schnelle Lösung. Aber das Gespräch mit ihr hatte etwas in ihm verändert. Zum ersten Mal seit Wochen fühlte er sich nicht mehr völlig verloren.

Als sie sich später in ihr gemeinsames Bett legten, schloss Ethan die Augen und atmete tief durch. Die Sorgen waren nicht verschwunden, aber sie fühlten sich weniger erdrückend an. Er wusste, dass der nächste Tag genauso schwierig sein würde wie die letzten - aber jetzt hatte er das Gefühl, dass er nicht mehr allein war.

Was er nicht wusste, war dass Meyer an diesem Abend eine neue Spur entdeckt hatte. Doch es war eine, die alles nur noch komplizierter machen würde.

Die Sonne brach langsam durch die schweren Wolken am Horizont, als Ethan in der Küche seines Hauses saß, mit einer Tasse Kaffee in der Hand. Die Nacht war kurz gewesen - zu kurz, um sich wirklich ausgeruht zu fühlen. Das Gespräch mit Petra hatte ihn emotional ausgelaugt, aber es hatte auch eine

kleine Klarheit in seinem Kopf geschaffen. Er wusste jetzt,
dass er handeln musste. Die Zweifel und die dunklen
Gedanken, die ihn so lange verfolgt hatten, nicht die
Oberhand gewinnen durften.

Aurora und Danny saßen bereits am Frühstückstisch. Aurora,
vertieft in ihr Handy, und Danny, der gedankenverloren in
seinem Müsli rührt, nahmen kaum Notiz von ihrem Vater.
Ethan warf ihnen einen kurzen Blick zu, fragte sich, wie sehr
sie seine Anspannung und seinen inneren Kampf bemerkt
hatte. Er zwang sich zu einem Lächeln, als Petra hereinkam
und ihm eine Hand auf die Schultern legte. "Alles in
Ordnung?" fragte sie leise, während sie ihm einen
ermutigenden Blick zuwarf. Ethan nickte, obwohl sie beide
wussten, dass es nicht ganz stimme. "Ich mache mich auf den
Weg ins Büro", sagte er schließlich und erhob sich von seinem
Platz. "Es gibt viel zu tun.".

Der Weg ins Büro fühlte sich zäh an, als Ethan durch die Stadt
fuhr. Der Morgenverkehr schob sich vorwärts, doch seine
Gedanken rasten. Er hatte Meyer am Vorabend noch eine
Nachricht geschickt und ihn gebeten, ihn so früh wie möglich
in seinem Büro anzutreffen. Ethan war klar, dass Meyer
diskret und gründlich war - genau das, was Ethan so sehr
brauchte, in dieser brenzligen Situation. Als Ethan schließlich

sein Büro betrat, wartete Meyer bereits auf ihn. Der Detektiv,
ein Mann mittleren Alters mit scharf geschnittenen
Gesichtszügen und einem ernsten Ausdruck, saß an der
kleinen Besprechungsecke und blätterte durch ein Dossier
voller Notizen und Fotos. "Guten Morgen", sagte Meyer mit
einem knappen Nicken, als Ethan die Tür hinter sich schloss.
"Was haben Sie herausgefunden?", fragte Ethan ganz
aufgeregt, ohne sich hinzusetzen. Seine Stimme war
angespannt, beinahe ungeduldig. Meyer zögerte, bevor er
antwortete. Er legte das Dossier auf Ethans Schreibtisch und
schob sie in Ethans Richtung.
"Es gibt einige Entwicklungen, die Sie sich ansehen sollten.
Aber ich warne Sie Mr. Blake - das hier wird nicht leicht zu
verdauen sein.". Ethan zog das Dossier zu sich und öffnete es.
Sein Blick fiel zuerst auf ein Foto: Susann, wie sie an einem
kleinen Cafétisch saß, gegenüber einem Mann, den Ethan
sofort erkannte - Wayne Lopez, ein Lobbyist, der eng mit
Ethans politischen Gegnern verstrickt war. Die beiden lachten,
die Körpersprache deutete auf eine vertraute Unterhaltung hin.
"Das war vor drei Tagen", erklärte Meyer. "Ein dezentes
Treffen. Keine offizielle Agenda.". Ethan fühlte, wie ihn
unwohl wurde. "Und Daniel?" fragte er schließlich, mit einer

verzweifelten Stimmlage, ohne den Blick vom Foto zu nehmen.

Meyer griff nach einem weiteren Stapel in dem Dossier. "Daniel war gestern Abend in einem Hotel in der Innenstadt gesehen worden. Er hat sich dort mit einem Vertreter eines großen Energiekonzerns getroffen - einem derjenigen, die Sie öffentlich kritisiert haben. Das Treffen dauert fast drei Stunden. Daniel hat alles getan, um unentdeckt zu bleiben.".

Ethan versank in seinem geliebten Lederstuhl. Die Fotos, die Notizen, die Information - alles deutete darauf hin, dass die beiden Personen, denen er am meisten vertraut hatte, aktiv gegen ihn arbeiteten. Das musste Ethan erstmal sacken lassen. Es schien so surreal für Ethan, es fühlte sich nicht real an.

"Das ergibt einfach keinen Sinn", sagte Ethan schließlich, mehr zu sich selbst als zu Meyer. "Susann und Daniel, sie sind seit Jahren an meiner Seite. Warum sollten sie das tun?".

Meyer verschränkte die Arme und lehnte sich zurück. "Ich kann Ihnen die Motive nicht mit Sicherheit sagen, Mr. Blake. Aber die Beweise sprechen für sich. Lopez und die großen Konzerne haben viel zu verlieren, wenn Sie gewählt werden. Sie könnten Susann und Daniel gekauft haben oder sie erpressen. Es könnte eine Menge Gründe geben.". Ethan starrte auf die Fotos und fühlte, wie die Last auf seinen

Schultern schwerer wurde. "Haben Sie Beweise dafür, dass sie tatsächlich Informationen weitergeben?". Meyer schüttelte stark den Kopf. "Noch nicht. Aber ich arbeite daran. Ich wollte Sie so früh wie möglich informieren, damit Sie Bescheid wissen.". Ethan atmete tief ein, ringte mit sich, gegen den Drang, das Dossier einfach zuklappen und alles zu ignorieren. "Fahren Sie mit Ihren Ermittlungen fort", sagte er schließlich. "Aber halten Sie es diskret. Wenn sie tatsächlich gegen mich arbeiten, will ich sie nicht alarmieren.". Meyer nickte. "Alles klar. Ich melde mich bei Ihnen, sobald ich mehr habe.".

Nachdem Meyer gegangen war, saß Ethan alleine in seinem Büro. Das Dossier lag geschlossen vor ihm, doch die Bilder und Informationen hatten sich in sein Gedächtnis eingebrannt. Er fühlte sich hintergangen, verloren und doch war da ein Teil von ihm, der noch immer an Susann und Daniel glaubte. Er rief sich ins Gedächtnis, wie oft Susann ihn in schwierigen Momenten unterstützt hatte, wie Daniel stets an seiner Seite für Sicherheit und Ordnung sorgte, selbst in den dunkelsten Tagen des Wahlkampfes. Es klopfte an der Tür und Ethan schrak zusammen. "Herein", rief er, bemüht, seine Stimme ruhig zu halten. Susann trat ein, mit einem Stapel Dokumente in der Hand. Sie lächelte, doch Ethan spürte, wie sich ein

Knoten in seinem Magen bildete. "Ich habe die neuesten Zahlen von der letzten Veranstaltung", sagte sie, während sie die Unterlagen auf seinen Schreibtisch legte. "Wir haben ein deutliches Plus bei den Wählergruppen in den Vororten.". Ethan zwang sich zu einem Lächeln. "Das sind gute Neuigkeiten", sagte er, obwohl er kaum auf ihre Worte hörte. "Alles in Ordnung?" fragte sie, als sie ihn forschend ansah. "Ja", log er. "Ich bin wie immer, nur müde.". Susann nickte, doch ihr Blick sagte etwas anderes. Ethan wusste, dass er weitermachen musste, dass der Wahlkampf trotz allem weiterging. Doch der Gedanke, dass jemand aus seinem engsten Kreis gegen ihn arbeitete, nagte unaufhörlich an ihm. Die Frage war nicht mehr, ob er ihnen vertrauen konnte, die Frage war, wie lange er durchhalten konnte, bevor er sich mit der Wahrheit konfrontieren musste. Ethan versuchte sich erstmal auf seine Arbeit zu konzentrieren. Er ging die Dokumente durch, die Susann ihm brachte. Erschreckend stellte Ethan fest, dass seine Umfragewerte, trotz einem Plus in dem Vororten, weiter runter gingen. Nun lagen die beiden Kontrahenten nahezu gleichauf. Durch die ganzen internen Unsicherheiten, die Ethan hatte, konnte er sich kaum noch auf seine wirkliche Aufgabe, den Wahlkampf konzentrieren. Er hatte nur noch wenige öffentliche Termine wahrgenommen und hatte den Fokus ganz woanders. Nun machte sich seine Wahlkampfpolitik auch in den Umfragewerten sichtbar. Für Ethan stand deshalb fest, es muss sich dringend in seinem Team was ändern. So radikal es nur sei.

Ethan erledigte noch ein wenig Büroarbeit, bis der Abend eintrat. Ethan fuhr wie gewöhnlich mit seinem Sicherheitspersonal im Konvoi zum Safehouse und ließ den Abend ausklingen.

Der nächste Tag begann mit einem trügerischen Hauch von Normalität. Ethan hatte kaum geschlafen; die Zweifel, die Meyers Ermittlungen in ihm zusätzlich geweckt hatten, nagten an seinem Verstand. Als er sich an den Frühstückstisch setzte, war es, als würde ein unsichtbarer Nebel die Atmosphäre im Haus durchdringen. Petra war bereits auf, doch sie sagte nichts. Sie hatte gelernt, Ethan Raum zu lassen. Aurora und Danny waren längst außer Haus.

Ethan blickte auf seine Tasse Kaffee, die mittlerweile nur noch lauwarm war. Seine Hände umfassten den Keramikrand, als könnte der schwache Rest an Wärme ihm Trost spenden. Doch innerlich war es ein Sturm aus Wut, Enttäuschung und Furcht. Die Beweise, die Meyer ihm präsentiert hatte, ließen keinen Zweifel daran, dass etwas im Hintergrund geschah - etwas, das seine gesamte Wahlkampagne schlichtweg zerstören könnte. Ethan hatte das innerliche Gefühl, sich auf einem sehr schmalen Grat zu wandeln. Einerseits wollte er an die Integrität von Susann und Daniel glauben, andererseits konnte er sich nicht mehr leisten, blind zu vertrauen. Ganz zu schweigen von den Auswirkungen, die es haben würde, wenn das alles an die Öffentlichkeit gerät. Die Zeit war nicht auf Ethans Seite und der Druck, Antworten zu finden, wuchs von Sekunde zu Sekunde.

Im Wahlkampfbüro herrschte die alltägliche Hektik. Assistenten eilten von einem zum anderen Tisch, Telefone klingelten ohne Unterlass und das Klicken von Tastaturen war allgegenwärtig.

Ethan fühlte sich fehl am Platz, fast wie ein Zuschauer inmitten des Trubels, obwohl er doch der zentrale Punkt von all dem war. Susann kam mit ihrem gewohnten energischen Schritt auf ihn zu. Sie hielt ein Tablet in der Hand, auf dem die neuesten Umfragewerte standen. "Ethan, wir haben bei den Wählergruppen in den ländlichen Regionen wieder ein kleines Plus erzielt. Die letzte Rede hat anscheinend gewirkt.". Ihr Lächeln war professionell, perfekt und doch fühlte sich Ethan unwohl. Meyers Worte waren ihm noch immer im Kopf nach: *Lopez, das Café, keine offizielle Agenda.*

"Das hört sich doch gut an", antwortete er knapp, ohne wirklich hinzusehen. Susann hob eine Augenbraue, verwundert von der milden Reaktion. "Alles okay? Du wirkst schon seit einigen Tagen so abwesend?". "Nur müde, nur müde.", erwidert er und vermied es, ihr in die Augen zu schauen. Sie nickte zustimmend, dennoch war in ihrem Blick ein Funke der Skepsis zu erkennen, der unübersehbar war. "Du kannst mir alles sagen, das weißt du, oder? Ich bin hier, um dich zu unterstützen.". Ethan schaute sie kühl an und antwortete ohne weiteres Potential einer Diskussion: "Ich weiß.". Nachdem sie gegangen war, seufzte Ethan schwer. Die Unsicherheit zerrte an ihm, ließ ihn jeden Satz, jede Geste hinterfragen. Er griff in die Innentasche seines Jacketts und zog das Handy hervor. Eine neue Nachricht von Meyer war eingegangen:

"Ich habe weitere Informationen. Lassen Sie uns heute Abend treffen und vergessen Sie nicht, Diskretion ist dabei signifikant wichtig."

Ethan verließ, wie in letzter Zeit üblich, das Büro früher als gewöhnlich. Er begründete es damit, dass ein wichtiger

Privattermin anstände. Niemand stellte seine Aussage laut infrage. Während er unbemerkt das Büro verlassen musste, um ohne Konvoi oder Sicherheitspersonal durch die Stadt fahren zu können, waren seine Gedanken bei dem bevorstehenden Treffen mit seinem Privatdetektiv. Wenn die neuen Informationen den Verdacht gegen Susann und Daniel weiter untermauerten, würde er handeln müssen.

Die Vorstellung, gegen die beiden vorzugehen, verursachte in ihm eine starke Unruhe und Übelkeit. Susann war seit Beginn seiner politischen Karriere an seiner Seite gewesen, hatte unzählige Stunden für seine Kampagne investiert und ihn in Momenten unterstützt, in den er selbst an sich gezweifelt hatte. Und Daniel, ein weiterer enger Vertrauter, beinahe ein Freund, jemand, mit dem er lange Abendstunden strategische Diskussionen geführt hatte.

Aber was, wenn es stimme? Was, wenn sie tatsächlich gegen ihn arbeiteten?

Ethan schob die Gedanken beiseit, als er in die Einfahrt eines kleinen, unauffälligen Cafés fuhr, das Meyer als Treffpunkt ausgemacht hatte. Der Privatdetektiv saß bereits in der Ecke, las eine Zeitung, als Ethan eintrat.

"Ich hoffe auf gute Nachrichten", begann Ethan, während er sich neben Meyer setzte. Meyer sah auf, sein Blick ernst.

"Das kommt darauf an, was Sie als gute Nachricht interpretieren.". Er zog ein kleines Tablet hervor und überreichte es Ethan. Ethan betrachtete den Bildschirm, auf dem mehrere Dokumente und E-Mails zu sehen waren. Einige waren anonyme Nachrichten, andere schienen aus internen Quellen zu stammen. "Kommunikation zwischen Susann und mehreren bekannten Lobbyisten", erklärte Meyer. "Leider nichts Handfestes, dennoch genug, um einige Fragen stellen zu können. Und dann wäre da noch Ihr Sicherheitsberater Daniel. Dieser hat sich gestern Nacht mit einem Vertreter eines der größten Pharmaunternehmen getroffen. Es bestehen enge Verbindungen zwischen den Vertreter und den Republikanern inklusive Steel.". Ethan wurde nachdenklich und beugte sich nach vorne. "Sind Sie sicher, dass das echt ist? Könnte es eine Falle sein?". Meyer zuckte mit den Schultern. "Ich bin mir zu 90 Prozent sicher, dass es echt ist. Aber ich arbeite weiter daran, definitive Beweise zu finden.". "Das reich nicht", sagte Ethan schließlich. "Ich kann nicht auf Verdacht handeln. Finde Sie mehr heraus, Meyer. Ich brauche etwas, das keine Zweifel hat.".

Zurück in seinem Büro zwang sich Ethan, die Routine des Wahlkampfs weiterzuführen. Reden mussten geschrieben, Strategien angepasst, Termine eingehalten werden. Doch in

seinem Inneren tobte ein Krieg. Jeder Moment, den er mit
Susann oder Daniel verbrachte, fühlte sich an, als würde er
auf einem schmalen Seil balancieren, das jederzeit reißen
könnte. Abends, als er allein in seinem Büro saß, griff er zu
seinem Handy und öffnete die Nachrichten von Meyer erneut.
Ethan schaute sich das Dossier noch einmal gründlich an, er
wurde unruhiger und seine Finger fingen an zu zittern.
Dennoch ging es gnadenlos im Wahlkampf weiter, ihm war
klar, dass er keine Schwäche zeigen durfte. Die Kameras
warteten, die Wähler ebenfalls. Und irgendwo da draußen
wartete die Wahrheit, versteckt zwischen Loyalität und Verrat.

Ethan straffte die Schultern, als er in den grellen
Scheinwerferkegel des nächsten Wahlkampftermins trat. Der
Applaus brandete auf, doch er fühlte sich wie in einer Welle,
die ihn nicht trug, sondern überrollte. Nach außen hin
versuchte Ethan, das Bild eines unerschütterlichen Anführers
zu bewahren, aber er drohte in einem Gefühlschaos zu
versinken. Ethan musste lernen, Zweifel und Unsicherheit
auszublenden. Mit jedem Redetermin wurde ihm bewusster,
dass der Wahlkampf nicht nur ein Kampf gegen seinen
politischen Gegner war, sondern auch ein Kampf darum, nicht
unter der Last ihrer Erwartungen zusammenzubrechen.

"Wir müssen in Michigan punkten", begann Susann in einer Teambesprechung, die wenige Momente nach der Rede stattfand. "Die letzten Umfragen zeigen, dass wir dort zurückliegen. Es ist entscheidend, diese Arbeiterstimmen zurückgewinnen.".

Ethan nickte und zog sich die Krawatte ein wenig lockerer, während er die Zahlen auf dem Bildschirm studierte. "Das sind die ehemaligen Industriezentren, richtig? Regionen, die durch Outsourcing und Automatisierung schwer getroffen wurden?". "Genau", bestätigte Susann. "Wir haben bereits Botschaften ausgearbeitet, die direkt auf ihre Sorgen eingehen. Aber Howard Steel fährt eine aggressive Kampagne dort - er verspricht Wiederbelebung der Industrie, Jobs durch Steuererleichterungen. Wir brauchen etwas, das dem entgegenhält.". Ethan legte die Hände flach auf den Tisch. "Wir brauchen keine Versprechen, die wir nicht halten können. Das wird uns auf lange Sicht nur schaden. Wir müssen mit Ehrlichkeit punkten. Fakten. Ein Plan, der realistisch ist.". "Also gut!," sagte Daniel und brach sein Schweigen. "Natürlich ist die Wahrheit wichtig. Aber Wahrheit allein bringt dich nicht weit. Glaub mir, die Leute wollen mehr als Zahlen. Sie wollen Visionen. Hoffnung." Ethan sah ihn einen langen Moment lang an, mit leichten

Falten auf der Stirn. War er sich dessen wirklich sicher, oder war es eine geschickte Strategie, um seine Gedanken abzulenken? Diese Zweifel in seinem Kopf wurden in letzter Zeit immer häufiger. Später am Tag trat Ethan in ein weiteres Schlachtfeld: ein Interview in einer der landesweit am stärksten diskutierten politischen Talkshows.

Der Moderator war bekannt dafür, Kandidaten mit spitzfindigen Fragen in die Enge zu treiben. Ethan war vorbereitet, aber nichts konnte ihn von der unerwarteten Wucht der Angriffe schützen.

„Mr. Blake, Sie sprechen oft davon, die Macht wieder in die Hände des Volkes zu legen. Aber ist es nicht so, dass Sie von großen Geldgebern abhängig sind, um diesen Wahlkampf überhaupt führen zu können?". Ethan lächelte, aber es war kein warmes Lächeln. Es war das Lächeln, das die wachsende Anspannung in ihm zur Arbeit werden ließ. „Das stimmt, ich nehme Spenden an." Aber im Gegensatz zu meinem Gegner mache ich sie transparent. Jeder Amerikaner kann einsehen, wer mich unterstützt. Ich habe keine versteckte Agenda. Für mich steht der Wähler an erster Stelle.".

Der Moderator ließ nicht locker. "Aber Sie glauben doch nicht wirklich, dass Sie ohne die Hilfe großer Konzerne eine Chance haben. Selbst in Ihrem eigenen Team gibt es Berichte über interne Spannungen. Können Sie garantieren, dass diese nicht mit finanziellen Interessen zusammenhängen?".

Der Schlag saß. Ethan sah man an, wie sich sein Magen zusammenzog, doch er hielt dem Blick des Moderators stand. "Mein Team arbeitet unermüdlich daran, diesen Wahlkampf erfolgreich zu machen. Wir sind nicht perfekt, aber wir stehen für die Werte, die dieses Land braucht. Das ist es, was zählt.".

Hinter der Bühne, als die Kameras erloschen waren, hatte er das Gefühl, er habe gerade eine Schlacht überlebt, nur um sich auf die nächste vorzubereiten.

Als Ethan schließlich das Studio verließ, war es bereits dunkel. Sein Sicherheitspersonalleiter, ein stämmiger Mann namens Gregor, wartete mit verschränkten Armen neben dem gepanzerten SUV. "Es gibt etwas, das Sie wissen sollten, Gouverneur", sagte Greg mit gedämpfter Stimme, sobald Ethan in den Wagen gestiegen war. "Ja?", entgegnet Ethan ihn mit einem trägen Gesichtsausdruck an. "Heute hat uns ein weiterer Drohbrief erreicht. Nur dieses Mal war er an die Ehrenamtlichen adressiert. Der Brief enthüllte Aspekte Ihres Besuchs, die nur Ihre engsten Leute wissen würden". Ethan nickte schwach, ohne eine geschockte Reaktion von sich zu gerben. Während das Auto durch die dunklen Straßen rollte, spürte Ethan, wie sich die Schlinge um ihn enger zog. Die

Bedrohungen waren nicht mehr abstrakt, sie waren real, greifbar und gefährlich nah. Währenddessen wusste er, er könne die Kampagne nicht mehr stoppen. Egal, wie hoch der Preis war. Eines der wichtigsten Ereignisse folgte am nächsten Tag: "Die Rede in Detroit" und sie war ein Erfolg. Im Convention Center war keine freie Ecke zu finden, und Banner zogen Ethans Namen in die Luft. In diesen 15 Minuten im Detroits State-of-the-Art Museum, das Ethan ein Gefühl von Freiheit gab, war in Wirklichkeit jedoch anders.. Kaum war er von der Bühne getreten und durch die Menge geschritten, die ihm Hände entgegenstreckte, Fragen schrie und ihre Hoffnungen in kurzen Blicken und Gesten ausdrückte, spürte er erneut die Schwere, die ihn seit Wochen begleitete.

Im engen Hinterzimmer des Veranstaltungsortes, wo das Kampagnenteam sich bereits sammelte, um die nächsten Schritte zu besprechen, herrschte gedämpfte Betriebsamkeit. Susann beugte sich über einen Laptop und diskutierte leise mit einem der Koordinatoren, während Daniel am Telefon war und sich hektisch gestikulierte. Ethan lehnte sich an die Wand, atmete tief durch und spürte, wie der Raum sich enger an fühlte, je länger er dort stand. Alles fühlte sich falsch an. Die Geräusche der Gespräche, das Klappern der Tastaturen, sogar die drängende Hitze des Raums, es war, als würde sich die Atmosphäre gegen ihn verschwören.

"Ethan", sagte Susann und wandte sich zu ihm um. Ihre Stimme war beruhigend, beinahe zu beruhigend, wie ein Bach, der einen drohenden Wasserfall kaschierte. "Wir müssen den Plan für Ohio finalisieren. Die letzten Umfragen sehen uns dort auf der Kippe. Wir brauchen dich, um ein klares Signal zu setzen.".

Ethan nickte nur, sagte nichts. Sein Blick blieb auf Daniel hängen, der noch immer telefonierte und mit einer Hand hektisch Papiere durchsuchte. Es war eine vertraute Szene - Daniel, der immer einen Schritt vorauszudenken schien, der nie den Überblick verlor. Aber jetzt, in diesem Moment, konnte Ethan nicht verhindern, dass die vertraute Präsenz des Mannes, der ihn seit Jahren begleitet hatte, ihn misstrauisch machte. Was, wenn das alles nur Fassade war?

Die Stimme Meyers hallte in seinem Kopf nach. *Es gibt Muster, die wir nicht ignorieren können, Ethan. Jemand gibt Informationen weiter. Es ist jemand, der dir sehr nahesteht.* Diese Worte hatten sich in seinen Gedanken festgekrallt wie Dornen, die bei jeder Bewegung tiefer schnitten.

"Alles okay bei dir?" Susanns Stimme riss ihn aus seinen Gedanken. Diese Frage war bei Susann direkt Alltag geworden. Sie hatte sich vor ihn gestellt und musterte ihn mit einem Ausdruck, der Besorgnis vortäuschen könnte oder echt sein könnte. Ethan konnte es nicht mehr unterscheiden. "Ja", antwortete er knapp. "Ich brauche nur eine Moment ". Ohne eine weitere Erklärung zu geben, schob er sich an ihr vorbei und verließ den Raum. Die kühle Nachtluft schlug ihm entgegen, als er durch die Hintertür ins Freie trat. Er lehnte sich gegen die kalte Mauer des Gebäudes und atmete tief ein. Sein Herz schlug schneller, als es sollte und er spürte, wie seine Hände zitterten.

Im Hotelzimmer später in der Nacht konnte Ethan nicht schlafen. Er saß am Schreibtisch, vor sich eine Tasse kalten Kaffees und starrte auf die Notizen, die Meyer ihm hinterlassen hatte. Nichts davon war eindeutig. Keine klaren Beweise, nur Puzzlestücke, die auf Daniel und Susann hindeuteten oder auf jemanden, der gezielt Spuren hinterließ, um sie in Richtung zu lenken.

Die Gedanken wirbelten in seinem Kopf. Die Vorstellung, dass Daniel oder Susann ihn verrieten, fühlte sich an wie ein Dolchstoß. Sie waren Teil seiner Familie, seine engsten Vertrauten. Aber was, wenn genau das sie zu den perfekten Werkzeugen für seine Gegner machte?

Eine Nachricht auf seinem Handy ließ ihn zusammenzucken. Es war eine E-Mail von Meyer:

`"Ich habe jemanden, der uns helfen kann. Ein Experte für digitale Spuren. Er könnte Licht ins Dunkle bringen, aber ich brauche grünes Licht von Ihnen, um ihn einzusetzen."`

Ethan starrte auf den Bildschirm. Es war ein Schritt, der seine Zweifel manifestieren würde. Ein Schritt, der bedeutet, dass er aktiv gegen die Menschen vorging, die er einst für unantastbar gehalten hatte. Aber was war die Alternative? Blindes Vertrauen hatte ihn bereits in eine gefährliche Position gebracht. Mit zitternden Händen tippte er eine kurze Antwort:

`"Machen Sie es. Aber diskret."`.

Am nächsten Morgen war Ethan ein Schatten seiner selbst. Dunkle Ringe zeichneten sich unter seinen Augen ab und sein Schritt war langsamer und schwerer. Der Zeitplan des Tages war wie immer eng getaktet: Besprechungen, Interviews, ein privates Treffen mit Gewerkschaftsvertretern. Aber während er durch diese Verpflichtungen navigierte, war sein Geist woanders. Jeder Blick, den Daniel ihm zuwarf, jedes Lächeln von Susann - alles fühlte sich wie ein Prüfstein an. Ethan analysierte jede Nuance, jede Geste, auf der verzweifelten Suche nach einem Zeichen, das ihm die Wahrheit verraten konnte.

Bei einem Treffen mit Gewerkschaftsführern in Ohio versuchte er, sich zu konzentrieren. Die Männer und Frauen vor ihm erzählten von Fabrikschließungen, von Arbeitslosigkeit, von Familien, die um ihre Existenz kämpften. Ethan hörte zu, machte sich Notizen und versprach, sich für sie einzusetzen. Aber tief in seinem Inneren brodelte eine andere Sorge: Waren die Versprechungen überhaupt etwas wert, wenn sein eigenes Team möglicherweise Teil eines Komplotts war, um ihn zu Fall zu bringen?
Am Abend zurück im Hotelzimmer, erhielt Ethan eine verschlüsselt Nachricht von Meyer:

"Die digitale Analyse ist im Gange.
Erste Ergebnisse deuten darauf hin, dass
die durchgesickerten Information von
einem Gerät innerhalb Ihres engeren
Kreises stammen. Es ist entweder Daniels
Laptop oder Susanns Tablet. Ich arbeite
an weiteren Details."

Ethan las die Nachricht mehrmals, während sein Herz wie ein
Trommelschlag in seiner Brust pochte. Die Worte waren wie
ein Schlag ins Gesicht, selbst wenn sie nichts Endgültiges
bewiesen. Die Vorstellung, dass einer von ihnen tatsächlich
gegen ihn arbeitete, war unerträglich. Und doch, tief in seinem
Inneren, hatte er bereits begonnen, sich mit dieser Möglichkeit
abzufinden.

Er schloss die Augen und rieb sich die Schläfen. Es war, als
würde sich die Welt um ihn herum immer enger ziehen, wie
ein goldener Käfig, dessen Gitterstäbe er nicht mehr biegen
konnte. Aber er wusste, dass er handeln musste - und zwar
bald. Die Wahrheit würde ihn befreien oder zerstören. Es gab
keine andere Möglichkeit.

Ethan hatte das Gefühl, als würde er in einem unsichtbaren
Netz gefangen sein, das sich bei jeder Bewegung enger zog.

Die Tage vergingen wie im Nebel, überlagert mit Misstrauen, Zweifeln und der ständigen Präsenz von Menschen, die er nicht mehr als Verbündete wahrnahm. Selbst die Routinen seines Wahlkampfes, die ihm einst Halt gegeben hatten, wirkten mechanisch, kalt - sie waren kein Teil mehr von ihm. Als wäre es ein Schauspiel, bei dem er die Hauptrolle spielte, aber längst den Text vergessen hatte. An diesem Morgen begann der Tag mit einem Meeting in einem edlen Konferenzsaal eines Hotels in Cleveland. Der Raum war voll von Beratern, Unterstützern und Pressevertretern. Das Gemurmel und Klappern von Kaffeetassen hallte durch den Raum, während Susann am Kopfende des Tisches stand und die neuesten Strategien präsentierte. Ethan saß da, sein Gesicht unbewegt, doch in seinem Inneren tobte nach wie vor ein Sturm. Ihr Lächeln, die sichere Art, mit der sie sprach - es fühlte sich falsch an, gekünstelt, als wäre sie eine Schauspielerin in einem Stück, das nur darauf abzielte, ihn zu täuschen.

"Ethan was meinst du?", fragte sie plötzlich, ihre Stimme durchdrang den Lärm in seinem Kopf wie eine Messerklinge. Er hob den Blick, bemühte sich um einen neutralen Ausdruck und nickte langsam. "Klingt solide", murmelte er, obwohl er nicht die geringste Ahnung hatte, wovon sie sprach. Susann

musterte ihn, inzwischen gehörte es zu jeder Interaktion
zwischen den beiden dazu, bevor sie weitersprach und Ethan
fragte sich, ob sie den Zweifel in seinen Augen erkannt hatte.
Nach dem Meeting zog Daniel ihn beiseite. "Ethan, wir
müssen sprechen", begann er, während sie in einen ruhigen
fFlur traten.
"Ich merke, dass du angespannt bist. Du bist nicht mehr ganz
bei der Sache. Ist etwas los?".
Daniel wirkte ehrlich besorgt, seine Stirn leicht gerunzelt, sein
Blick direkt. Doch genau diese scheinbare Aufrichtigkeit
machte Ethan umso misstrauischer. Er wusste nicht mehr, ob
er die Sorge in Daniels Augen als echt oder als Teil eines gut
inszenierten Schauspiels sehen sollte.
"Es ist der Druck", antwortete Ethan ausweichend. "Die
Kampagne, die Angriffe von außen - du weißt, wie es ist.".
Daniel legte ihm eine Hand auf die Schulter. "Wir schaffen
das. Du schaffst das. Aber du musst mir vertrauen, Ethan".
Die Worte hallten in Ethans Kopf nach, während Daniel sich
entfernte, um einen Anruf entgegenzunehmen. Merkte Daniel
das Misstrauen von Ethan und versuchte er so
entgegenzuwirken?
Am Nachmittag stand ein weiterer Wahlkampfauftritt an.
Diesmal war es eine Werksbesichtigung in einer Stadt, die

schwer von der Deindustrialisierung getroffen war. Ethan
bewegte sich durch die Werkshallen, schüttelte Hände und
sprach mit Arbeitern, die in ihm ihre letzte Hoffnung sahen.
Doch während er lächelte und nickte, fühlte er sich immer
distanzierter. Jeder Satz, den er sagte, klang hohl in seinen
eigenen Ohren, als wäre er nur ein Echo seiner früheren
Überzeugungen.

Nach der Besichtigung setzte er sich mit einigen
Gewerkschaftsführern zusammen, um ihre Sorgen anzuhören-
Doch noch bevor dieses Gespräch richtig begann, vibrierte
sein Handy in der Tasche. Es war Meyer:

```
"Ethan, ich habe etwas, das musst du dir
ansehen. Ich bin in der Lobby deines
Hotels."
```

Inzwischen waren sie beim Du angekommen, bei solch einer
engen Zusammenarbeit war ein starkes Vertrauen
aufgekommen.

Kaum eine halbe Stunde später saß Ethan in einem kleinen
Konferenzraum im Hotel, der Blick starr auf Meyer gerichtet.
Der Privatdetektiv hatte ein Dossier vorgelegt und seine
Miene war ernst. "Es gibt neue Hinweise", begann Meyer und
öffnete das Dossier. "Ich habe Zugriff auf

Kommunikationsdaten bekommen, die ich mit den geleakten Informationen abgeglichen habe. Und es gibt beunruhigende Parallelen.".

Es waren E-Mails, Textnachrichten, Zeitpläne. Ethan erkannte sofort, dass sie aus seinem engsten Kreis stammen mussten. Einige davon trugen Daniels Signatur, andere waren mit einem Gerät gesendet worden, das eindeutig Susann gehörte. Doch Meyer sprach weiter, bevor Ethan die Informationen vollständig verarbeiten konnte.

"Ich sage nicht, dass sie die Verräter sind, Ethan", fuhr Meyer fort, seine Stimme fest, aber mit einem Hauch von Vorsicht.

"Aber jemand benutzt ihre Geräte. Entweder wissen sie davon oder sie wurden hintergangen. Beides ist möglich.".

Ethan lehnte sich zurück, seine Hände umfassten die Armlehnen seines Stuhls so fest, dass diese weiß wurden. Der Raum schien sich zu drehen, die Luft plötzlich zu schwer, um sie einzuatmen. Die Möglichkeit, dass Daniel und Susann tatsächlich Teil eines Verrats waren, war schon schwer genug zu ertragen. Aber die Idee, dass jemand sie nur benutzt haben könnte, machte alles nur noch komplizierter.

"Was schlagen Sie vor?", fragte er schließlich, seine Stimme rau.

Meyer zögerte. "Wir brauchen Zeit, um mehr Beweise zu sammeln. Ich will nichts überstürzen - wir können uns keine Fehler leisten. Aber ich muss ehrlich sein, Ethan. Je mehr ich sehe, desto mehr … passen die Teile zusammen.".

Ethan nickte langsam, sein Blick auf die Dokumente wurde immer gezielter. Jeder Satz, jede Zeile brannte sich in sein Gedächtnis ein.

Später in seinem Hotelzimmer ließ Ethan sich schwer auf das Bett fallen, das Dossier noch immer in seiner Hand. Seine Gedanken rasten, sein Herz pochte wie ein Trommelwirbel in seiner Brust. Er wusste, dass die Wahrheit näherkam, doch sie fühlte sich an wie ein dunkler Schatten, der ihn verfolgen würde, egal wie weit er lief.

Die Tür klopfte. Es war Petra. "Ethan", sagte sie leise, als sie eintrat. "Du siehst aus, als hättest du seit Tagen nicht geschlafen.".

Er warf einen kurzen Blick zu ihr, öffnete den Mund, um etwas zu sagen, doch dann hielt er inne. Wie sollte er ihr erklären, dass seine ganze Welt am Zerbrechen war? Dass er nicht mehr wusste, wem er vertrauen konnte oder ob er überhaupt noch jemandem vertrauen sollte. "Es ist nichts", murmelte er schließlich. Doch Petra trat näher, setzte sich zu ihm und legte ihre Hand auf seine.

"Ethan", sagte sie sanft, aber bestimmt. "Natürlich ist etwas los. Ich sehe es dir an. Du kannst mit mir reden.".

Für einen Moment überlegte er, ob er so tun sollte. ob er ihr die Wahrheit sagen sollte, dass er an seinen engsten Vertrauten zweifelte, dass er nicht mehr wusste, wie er weitermachen sollte. Doch etwas hielt ihn zurück - er will sie nicht weiter belasten, nicht nach dem Tränenausbruch vor Wochen.

"Ich schaffe das", sagte er stattdessen, seine Stimme leise, aber mit einer Härte, die ihn selbst überraschte.

Petra musterte ihn einen Moment lang, bevor sie nickte. "Ich bin hier, falls du reden willst", sagte sie nur und ließ ihn alleine.

Als die Tür hinter ihr ins Schloss fiel, starrte Ethan auf die Dokumente in seinen Schoß. Die Spannung in seinem Inneren wuchs weiter, wie eine tickende Zeitbombe, die nur darauf wartete, explodiert zu werden.

Die Wahrheit war wie ein lautes Dröhnen, das Widerhallen, als er in seinem Büro auf und ab lief. Meyers neueste Beweise lagen auf dem Tisch, jedes Dokument, jede Zeile ein Messerstich in sein ohnehin schon brüchiges Vertrauen. Die Informationen waren eindeutig: Daniel und Susann - die beiden Menschen, die er für seinen engsten Vertrauten gehalten hatte, waren entweder unfassbar nachlässig oder aktiv gegen ihn. Die Beweise deuteten auf eine Zusammenarbeit mit den politische Gegnern und den Lobbies hin, die sein gesamtes Wahlprogramm zu Fall bringen sollten. Ethan wusste, dass die Zeit des Zögerns vorbei war. Er konnte nicht länger schweigen, nicht länger hoffen, dass es ein Missverständnis war.

Der Verrat hatte einen Namen – oder besser zwei.

Als Susann und Daniel ins Büro traten, ihre Gesichter ernst, schien die Luft im Raum zu knistern. Ethan, der hinter seinem Schreibtisch stand, ballte die Hände zu Fäusten. Er wusste, dass das, was gleich passieren würde, irreparabel war - und doch gab es keinen anderen Weg. "Setzt euch", begann er, seine Stimme eisig. Susann und Daniel tauschten einen kurzen Blick aus, bevor sie sich widerwillig auf die Stühle setzten. Ethan atmete tief ein, dann war er das Dossier mit den Beweis auf den Tisch vor ihnen. Die Papiere rutschten heraus, manche fielen zu Boden, aber das kümmerte ihn nicht.

"Was zum Teufel ist das, Ethan?", fragte Susann, ihr Ton war verwirrt, aber mit einem Hauch Empörung. Daniel griff nach einem der Dokumente, überflog es und runzelte die Stirn.

"Das", sagte Ethan; seine Stimme klang, als schneide sie, "ist der Beweis, dass ich die ganze Zeit recht hatte. Jemand in meinem Team hat mich verraten. Und alle Beweise zeigen auf euch beide.". Susanns Gesicht erstarrte, und sie wurde blass. "Quatsch, das ist doch lächerlich!", rief sie aus und klang, als würde sie weinen. "Ethan hörst du, was du da sagst? Wir haben für dich alles riskiert, alles für diesen Wahlkampf gegeben und jetzt unterstellst du uns …". "Es geht nicht um Unterstellungen!", unterbrach Ethan sie, seine Stimme lauter werdend. "Es gibt Nachrichten, E-Mails, Informationen, die aus diesem Büro nach draußen gelangt sind - und zwar zu meinen Feinden. Wenn ihr nicht verantwortlich seid, dann sagt mir verdammt noch mal, wer es ist!".

Daniel erhob sich langsam, sein Gesicht eine Maske aus Wut und Enttäuschung. "Du verlierst den Verstand, Ethan. Der Druck … er frisst dich auf. Aber das hier? Das ist eine Grenze, die du gerade überschreitest.". "Eine Grenze?!, fauchte Ethan, ebenfalls aufstehend. "Die einzige Grenze, die überschritten wurde, sind die, die meine Prinzipien verraten haben! Ich habe für diesen Wahlkampf gekämpft, mein Leben dafür geopfert und jetzt sehe ich mich von denen betrogen, die ich am meisten gebraucht habe!".

Der Streit eskalierte, die Stimmen wurden lauter. Susann sprang auf, die Tränen standen ihr in den Augen. "Du weißt nichts, Ethan! Gar nichts! Wir haben für dich geblutet und das ist der Dank? Du zerstörst gerade alles, wofür wir gearbeitet haben!".

"Vielleicht sollte ich es zerstören!", rief Ethan zurück. "Vielleicht sollte ich alles niederreißen, weil es schon vor langer Zeit ein verdammtes Lügenkonstrukt war!". Daniel griff nach seiner Tasche, seine Aktionen waren abrupt und voller Zorn. "Wenn du uns nicht mehr vertraust, Ethan, dann sind wir weg. Aber erinner dich: Ohne uns bist du verloren.". ‚Dann verschwindet!", heulte Ethan, seine Stimme heiser. "Ich brauche euch nicht!". Susann drehte sich um und zurück: Ihre Augen brannten vor Zorn. „Du hast dir den Dolch nur selbst in den Rücken gestoßen. Viel Glück ohne uns.". Ein lauter Knall ertönte, als sich die Tür hinter ihnen schloss. Ethan blieb allein zurück, gequält von den Emotionen, die den gesamten Raum erfüllten. Diesen Sieg hatte er aufregender erwartet, doch sie sprengten seine Sinne und hinterließen heftige Krater in ihm. Er fühlte sich leer, kaputt. Eines Tages würden die Konsequenzen dieser Entscheidung auf ihn zukommen und er würde es auch wissen.

Die Nachrichten explodierten am nächsten Morgen. Bilder und Videos von dem Streit zwischen Ethan, Daniel und Susann gingen viral. "Team Blake zerfällt!" lauten die Schlagzeilen. "Interne Machtkämpfe im Lager der Demokraten!". Selbst die treuesten Unterstützer begannen zu zweifeln, während seine Gegner das Chaos genüsslich ausschlachten.

Ethan beobachtete die Berichterstattung von seinem Wohnzimmer im Safehouse aus, seine Hände fest um eine Tasse Kaffee geschlossen. Petra saß neben ihm, schweigend, während Aurora und Danny in ihren Zimmern waren. Der Wahlkampf hatte das Familienleben ohnehin an den Rand gedrängt, doch jetzt schien die Distanz unüberwindbar. Ethan wusste, dass er den größten Fehler seines Lebens begangen hatte oder vielleicht die einzig richtige Entscheidung, doch die Kosten waren immens.

Ein Anruf unterbrach die Stille. Es war Meyer: "Ethan, ich habe Neuigkeiten. Aber ich warne dich, das, was ich dir gleich sagen werde, wird alles ändern."

Gefährlicher Pfad

Ethan fühlte den Druck greifbar, wobei er sich jedes Mal beim Einatmen und bei jeder Bewegung anfühlte, als würde ein unsichtbares Gewicht auf seinen Schultern liegen und ihn immer tiefer ziehen. Aber er war nicht allein im Fokus. Seine Familie bewegte sich immer weiter ins Fadenkreuz der Lobbies. Paparazzi belagerten das Haus, in dem sie wieder vor kurzem zurückgezogen sind, rund um die Uhr, ihre Kameras waren auf jedes Fenster gerichtet. Petra war fast täglich den Tränen nahe, versuchte aber, vor Aurora und Danny eine Fassade der Stärke zu bewahren. Doch die Kinder spürten die angespannte Situation, selbst wenn sie die Details nicht verstanden. Aurora, sonst so fröhlich und voller Energie, zog sich zurück und verbrachte die meiste Zeit in ihrem Zimmer. Danny, der Jüngste, klammerte sich an Petra, suchte Schutz, den sie kaum noch bieten konnte. Ethan wusste, dass er tätig werden musste. Aber beide ergriffenen Maßnahmen schienen ihn zu weiteren Sackgassen zu treiben. Der Verlust von Susann und Daniel hatte nicht nur Reibungen in seinem Team geschaffen, sondern auch ein Loch in sein Vertrauen in die Menschen gewebt, die ihn umgaben. Um die Kampagne am Laufen zu halten, hatte er Joe Wolfman eingestellt, einen

neuen Stratege. Joe war ein erfahrener Mann, der in der
Vergangenheit viel Arbeit für Wahlkampfvereine geleistet hat,
aber Ethan hatte schnell begriffen, dass ihm der Funke fehlte.
Joe hatte die theoretische Seite, aber ihm fehlte die
Leidenschaft und die Aufregung, die Ethan brauchte. Seine
Präsentationen waren seltsam ausgearbeitet und die ersten
strategischen Sessions hatten sich im Sande verlaufen. Ethan
hatte auch schnell realisiert, dass er tatsächlich Daniel nicht so
einfach ersetzen könnte, wie er es ursprünglich geplant hatte.
"Wir sollten konservative Wähler ansprechen, die
möglicherweise durch Steels radikale Position eingeschüchtert
sind", schlug Joe vor. Aber Ethan wusste, dass es gegen
seinen Kodex und seine Stimme gehen würde. "Ich bin nicht
hier, um halbe Sachen zu machen", entgegnete er scharf. "Ich
stehe für Veränderung, nicht für Kompromisse.".
Dann war da noch Michael Smith, der als Wahlkampfleiter
Susann ersetzen sollte. Michael war ein freundlicher Mann
mit beeindruckendem Lebenslauf, doch er wirkte verloren in
der hektischen Welt von Ethans Kampagne. Er hatte
Probleme, Entscheidungen zu treffen und zögerte, wenn
schnelle Reaktionen gefragt waren. Während Susann eine
unerschütterliche Präsenz gewesen war, die selbst in

chaotischen Momenten den Überblick behielt, wirkte Michael
wie ein Mann, der von der Flut mitgerissen wurde.

"Ich arbeite daran, Ethan", sagte er oft, wenn Ethan ihn zur
Rede stellte. Doch das reichte nicht. Nicht in einer Kampagne,
die jede Sekunde um ihre Existenz kämpfte.

Die Ineffektivität seines neuen Teams zeigte sich schnell in
den Umfragen. Ethans Umfragewerte sanken noch weiter und
ließen den Gegner Steel in der Momentaufnahme ganz klar
gewinnen.

Petra war besonders alarmiert, als eine Zeitung eine Kolumne
veröffentlichte, die Aurora und Danny ins Zentrum eines
politischen Angriffs rückte. *"Ethan Blake: Ein Mann, der
nicht einmal seine Familie schützen kann."*, lautete die
Überschrift.

Es war ein schmerzlicher Schlag, der Petra die Tränen in die
Augen trieb. Ethan fand sie später in der Küche, die Zeitung
zusammengeknüllt in ihrer Hand. "Wie weit werden sie noch
gehen?" flüsterte sie, ihre Stimme zitternd. "Unsere Kinder
haben nichts damit zu tun!".

Ethan legte seine Hände auf ihre Schultern, doch er fand keine
Worte, die trösten konnten. Er wusste, dass sein Wahlkampf
einen hohen Preis hatte. Doch nun schoben sie auch seine

Kinder hinein und stellten ihn in eine missliche Lage. Der Druck, den sie auf ihn ausüben würden, würde keine Grenzen kennen. Doch der Druck war nicht nur von außen. Innerhalb der Kampagne begann es auch zu brodeln. Joe und Michael, die verzweifelt versuchten, ihre neuen Rollen zu spielen, kämpften immer wieder gegeneinander, wenn Sie sich trafen, um zu debattieren. „Das ist unsinnig!", "Wer hat die Schuld an der Führung?", einer von ihnen würde jammern, während Ethan, der Anführer, nur darin stand und fühlte, wie die Zeit bitter davonlief. Er war wütend. „Hört auf, euch die Schuld zu geben!", mahnte Ethan die beiden. "Wir haben keine Zeit für interne Kämpfe. Entweder findet ihr einen Weg, um zusammenzuarbeiten oder ich werde jemanden finden, der es kann!".

Die Worte hatten ihre Wirkung gezeigt, diese Wirkung hielt aber nicht lange an. Joe und Michael bemühten sich zwar, dennoch blieb die Kluft zwischen den beiden bestehen. Ethan merkte, dass er in ihnen nicht die Anführer gefunden hatte, die er dringend brauchte. Doch wo sollte er sie finden? Jeder potentielle Kandidat wurde von Meyer überprüft und die Liste derjenigen, denen Ethan noch vertrauen konnte, wurde immer kürzer.

Eines Abends, nachdem er den ganzen Tag damit verbracht hatte, Termine wahrzunehmen und auf einer Veranstaltung in Kansas City zu sprechen, kehrte er erschöpft nach Hause zurück. Das Haus war dunkel, bis auf das schwache Licht, das aus dem Wohnzimmer drang. Ethan trat ein und fand Petra auf dem Sofa, ein Glas Wein in der Hand, ihre Augen auf den Fernseher gerichtet. Ein Nachrichtenbericht lief, in dem erneut über die Spannungen in Ethans Kampagne berichtet wurde. Petra sah ihn an, ihre Augen voller Sorge. "Ethan, ich weiß, dass du alles tust, was in deiner Macht steht.", sagte sie leise. "Aber ich habe Angst, dass du dich dabei selbst verlierst.". Ethan setzte sich neben sie, legte seinen Kopf in die Hände. „Ich weiß nicht, wie lange ich das noch durchhalten kann, Petra.", murmelte er.

Zwei Tage später fand Ethan Freude in der Stille der menschenleeren Atmosphäre. Im Büro stach ein unbekannter Brief auf seinem Schreibtisch jenseits von Demut und Arroganz direkt ins Auge. Das Papier war makellos, der Schriftzug elegant, beinahe einschüchternd in seiner Perfektion. Eine Einladung zu einem The National Outlook-Exklusivinterview. Der Mann, der Woche für Woche die mächtigsten Menschen des Landes duellierte. Moderator Ryan

Caldwell war nicht nur der ehrlichste und einflussreichste Journalist Amerikas, sondern ein "Kampfpanzer", wie ihn das amerikanische Volk nannte. Politiker aus allen äußeren Ecken der Erdkugel zitterten vor Angst, bevor sie seinen Lieblingsstuhl betraten, um das Beste daraus zu machen. „Ich muss ehrlich sein, Ethan. Das hier ist verdammt nochmal eine Gratwanderung", sagte Joe Wolfman ernst.

"Es ist eine Chance, unsere Botschaft zu verbreiten, wenn du es richtig anstellst.".

Ethan lehnte sich in seinem Stuhl zurück, die Einladung noch immer in der Hand. Seine Gedanken waren schwer, doch er wusste, dass Joe ausnahmsweise recht hatte. Der Wahlkampf war bereits auf Messers Schneide, die Unterstützung der Basis bröckelte und die Medien hatten ein regelrechtes Blutbad aus dem Drama um sein Team gemacht. Dieses Interview war eine Möglichkeit, die Erzählung wieder in die eigene Hand zu nehmen oder sie endgültig zu verlieren.

"Caldwell wird mich auf die Turbulenzen in meinem Team ansprechen", sagte Ethan langsam, mehr zu sich selbst als zu Joe. "Er wird versuchen, mich vorzuführen."

Joe nickte. „Deshalb müssen wir uns vorbereiten. Kein Raum für Fehler, Ethan. Wir üben jedes mögliche Szenario. Wir entwickeln klare und durchdachte Antworten. Und vor allem, wir kontrollieren die Erzählung. Du darfst nicht defensiv wirken. Du bist der Kandidat, der im Wandel steht. Das muss in jeder Antwort spürbar sein.".

Ethan atmete tief ein. "Dann los. Wir haben nicht viel Zeit.".

Die Tage bis zum Interview waren eine Mischung aus intensiver Vorbereitung und unnachgiebigen Wahlkampfalltag. Joe und Michael, die neuen Wahlkampfleiter, schufteten Tag und Nacht, um ihn auf jede Frage, die ihm gestellt werden könnte, vorzubereiten. Sie setzten ihn auf Situationen aus, beschleunigten den Wettbewerb und stellten ihm die härtesten Fragen, die ihnen einfielen. Zu Ruhepausen flüchteten Ethans Gedanken noch stärker zu der Verantwortung, die nun auf seinen Schultern lastete. Er fühlte sich wie auf einem Drahtseil, bei jedem Schritt drohende Ungewissheit wie ein Abgrund unter ihm. Der Druck auf seine Familie nahm immens zu. Petra erhielt Drohbriefe, in denen sie aufgefordert wurde, ihn davon zu überzeugen, aufzugeben. Selbst Aurora wurde in der Schule bedroht und auch Danny wurde von anonymen Accounts über soziale Medien bedroht. Ethan wollte als Beschützer seiner Familie auftreten, doch die Realität ist, er weiß nicht, wie er es noch tun soll. Er fühlte sich wie ein Mann, der zwischen zwei Feuern gefangen war, dem Druck des Wahlkampfs und dem unerbittlichen Angriff auf seine Familie.

Am Tag des Interviews stand Ethan früh auf.

Er hatte kaum geschlafen, sein Blick war fest und er fühlte sich vorbereitet. Petra brachte ihm eine Tasse Kaffee und legte eine Hand auf seine Schulter. "Du bist stark, Ethan. Du bist dafür gemacht, das durchzustehen.", sagte sie leise. Ethan sah sie an und nickte, aber er konnte nicht verhindern, dass ein Schatten von Zweifel über sein Gesicht kam.

Die Fahrt ins Studio war still. Joe saß neben ihm und ging ein letztes Mal die vorbereiteten Antworten durch, doch Ethan hörte kaum zu. Sein Blick war auf die vorbeiziehende Stadt gerichtet, auf die Menschen, die ihrer Arbeit nachgingen, auf die Leben, die so weit von seinem eigenen entfernt schienen. Alles, wofür er kämpfte, war für diese Menschen, doch in diesem Moment fühlte er sich wie ein Fremder in seiner eigenen Welt.

Das Studio von The National Outlook war eine Mischung aus kühler Eleganz und bedrückender Sterilität. Die Kameras waren perfekt positioniert, die Lichter so hell, dass sie beinahe blendeten.

Ein Assistent führte Ethan in den Raum, in dem bereits Ryan Caldwell wartete. Der Moderator stand auf und reichte Ethan die linke Hand. „Mr. Blake, schön, dass Sie hier sind. Ich hoffe, Sie sind bereit." Ethan drückte Caldwells Hand fest, bevor er antwortete. „Vielen Dank für die Einladung, Mr. Caldwell. Ich freue mich über unser Gespräch", sagte er mit einem lächeln. Die ersten Minuten des Interviews liefen nach dem Skript. Caldwell fragte nach Ethans politisches Programm und versuchte, ihn aus der Fassung zu bringen, indem er sehr kritische Fragen stellte, die die Umwelt und die Gesundheit betraf. Ethan antwortete ruhig auf alle Fragen und drückte seine Vision klar und begrüßend aus.

Doch dann wechselte Caldwell den Ton. "Mr. Blake, Sie haben in den letzten Wochen einige Turbulenzen in Ihrem Team gehabt. Zwei Ihrer engsten Vertrauten haben Sie verlassen und es gibt Gerüchte, dass sie aufgrund von Spannungen oder Differenzen gegangen sind. Wie vermitteln Sie dies Ihren Wählern? Und vor allem: Wie können wir weiterhin mit Ihren Führungsqualitäten zufrieden sein, wenn nicht einmal Ihre engsten Mitarbeiter bereit sind, auf Sie zu wetten?". Ethan spürte wie der Raum, in dem er stand, förmlich schrumpfte. Ein langer Moment der Wahrheit stand ihnen zur Last. Das war es. Das könnte die ganze verdammte Sache sein, die alles entscheidet. Er atmete tief durch, ließ sich Zeit, bevor er antwortete:

"Mr. Caldwell, in jedem großen Kampf gibt es Herausforderungen und mein Wahlkampf ist da keine Ausnahme. Ja, ich habe Veränderungen in meinem Team erlebt. Aber diese Veränderungen waren notwendig, um voranzukommen. Ich bin ein Mensch, der mit Transparenz, Integrität und wirklicher Veränderung identifiziert wird, und ich erwarte, dass alle, die sich hinter mir versammeln, dasselbe beherzigen. Manchmal geht das mit schweren Entscheidungen einher. Noch wichtiger ist jedoch, dass all diese Menschen hier und da draußen sicher sein können, dass ich weiterhin meinen Dienst für sie verrichten werde. In dieser Kampagne geht es um mehr als einen Moment oder ein Problem.". Caldwell lächelte, obwohl sein Blick unmissverständlich war. "Eine starke Antwort, Mr. Blake. Aber seien wir mal ehrlich – bei einer Kampagne wie Ihrer lohnt sich jede Entscheidung, jedes Wort unterscheidet. Ich frage Sie also noch einmal, sind Sie bereit, Ihren Gegner zu schlagen?". Ethan lehnte sich nach vorn. "Ich weiß sicher, dass die Menschen in diesem Land einen Anführer wollen, der kämpft – nicht für sich selbst, nicht für Unternehmensgiganten und nicht für einmalige Interessenten, sondern für jeden einzelnen Mann, jede einzelne Frau und jedes einzelne Kind in diesem Land. Und ich werde bis zum

Ende kämpfen". Das Interview endete mit der letzten Frage von Ryan Caldwell: "Mr. Blake, wenn Sie könnten, würden Sie das hier hinter sich lassen – den Druck, die Bedrohungen, die ständigen Opfer Ihrer Familie. Würden Sie zurücktreten?". Ethan hielt kurz inne. Die Scheinwerfer brannten auf seiner Haut. Diese Frage schnitt durch seine Seele. Er wusste, dass sie nicht nur den Ausgang dieses Wahlkampfes, sondern auch seine menschliche Integrität beeinflussen würde. Er atmete durch und schaute direkt in die Kamera: "Nein", sagte er fest. "Ich werde nicht zurücktreten. Die Menschen in diesem Land, die an mich glauben, haben zu lange im Schatten gestanden. Wenn ich jetzt zurücktreten würde, würde ich sie fallen lassen. Wandel ist noch nie einfach gewesen, aber er war schon immer nötig. Und das verkörpere ich". Caldwell zeigte kurz ein überraschtes Gesicht, als hätte er eine weichere Antwort erwartet. Dann, trotzdem, nickte und wandte sich an die Kamera. "Das war es, Ethan Blake, potentiell künftiger Präsident und unermüdlicher Kämpfer für die Werte unserer Nation. Wir danken Ihnen fürs Zuschauen und wünschen Ihnen einen angenehmen Abend.".

Ethan stand auf, reichte Caldwell die Hand und verabschiedete sich mit einem knappen Nicken. Als er das Studio verließ, fühlte er sich ausgelaugt, als hätte er in diesem

Raum mehr von sich preisgegeben, als er es jemals geplant hätte. Doch es war zu spät, darüber nachzudenken.

Im Auto herrschte beeindruckende Stille, nur das leise Summen des Motors war zu hören. Joe Wolfman saß neben ihm auf dem Beifahrersitz, das Handy in der Hand. Seine Daumen glitten schnell über das Handy, während er die Reaktion auf das Interview verfolgte. "Du hast Caldwell gut pariert.", sagte Joe schließlich, ohne anzusehen. "Aber die Leute sind geteilter Meinung. Einige schätzten deine Ehrlichkeit, andere …". Er hielt kurz inne. "Andere fragen sich, ob du zu sehr mit dir selbst kämpfst.". Ethan lehnte sich zurück und starrte aus dem Fenster. Die nächtlichen Straßen zogen verschwommen an ihm vorbei, ein passendes Spiegelbild seiner inneren Unruhe. "Wie schlimm ist es?", fragte Ethan schließlich, die Stimme müde. "Schlagzeilen wie *'Ethan Blake - der Einzelkämpfer: Kann er sich halten?'* oder *'Ein Mann unter Druck: Wie lange hält Blake das aus?'* sind überall", sagte Joe. "Die Medien lieben es, Schwäche zu wittern. Aber es gibt wie gesagt auch positive Stimmen. Viele bewundern dich dafür, dass du so standhaft bleibst."

Ethan schloss kurz die Augen. Er spürte, wie der Druck auf ihm lastete, schwerer als je zuvor. Mit jedem Tag wurde seine Last immer unerträglicher, die Erwartungen an sich selbst, die

er sich und seinen Anhängern auferlegt hatte. Am nächsten
Morgen wachte Ethan früh auf. Die schonendsten Stunden
gaben ihm keine Kraft, dennoch drehten sich seine Gedanken
noch immer um das Interview und dessen Konsequenzen. Als
er die Küche betrat, wartete Petra bereits auf ihn. Sie hatte
ihm eine Tasse Kaffee hingestellt und schaut ihn mit einer
Mischung aus Sorge und Mitgefühl an.

"Wie lief es gestern?", fragte sie schließlich, ihre Stimme
ruhig, aber vorsichtig. Ethan nahm einen Schluck Kaffee,
spürte die Wärme in der Hand, die ihn jedoch nicht tröstete.
"Ich habe durchgehalten", antwortete er knapp. "Aber
Caldwell hat mich bis an meine Grenzen gebracht. Jetzt sind
die Medien in ihrem Element.". Petra legte ihre Hände auf
seine. "Ich bin stolz auf dich. Ein Teil habe ich im Fernseh
mitverfolgt und habe mitgefiebert. Du hast gute Arbeit
gemacht.". Ihre Worte berührten ihn. Er nickte langsam,
obwohl er wusste, dass sie nur teilweise recht hatte. Die
Wahrheit war, dass er zerrissen war und er nicht genau wusste,
ob er wirklich gute Arbeit noch leistete. Er schien den ganzen
Tag zu kämpfen, in Bedrohungen und tausendfachen
Kompromissen verbracht zu haben, all dies nagte an ihm und
brachte ihn dazu, zu zweifeln, wie lange er noch standhalten
konnte. Der Nachmittag brachte keine große Erleichterung;

stattdessen traten die Nachwirkungen des Interviews jetzt in Kraft. Jeder Kommentator in den Medien gab seine Analyse, Kommentare und Spekulationen ab. Ethans Wahlkampfteam arbeitete unterdessen hart daran, die Kontrolle über den Verlauf zu erlangen. Im Wahlkampfbüro herrschte wie immer hektisches Treiben. Joe und Michael hatten ein kurzes Treffen mit einigen Beratern anberaumt, um die Stratege für die nächsten Tage zu diskutieren. Ethan saß schweigend am Kopf des Tisches und beobachtete, wie die Diskussionen immer hitziger wurden. "Wir müssen die Narrative ändern", sagte Michael energisch. "Die Leute müssen aufhören, ihn als Opfer des Drucks zu sehen. Sie wollen einen Präsidenten, keinen Märtyrer.". "Das ist Blödsinn", widersprach Joe scharf. "Ethan ist genau deswegen so stark, weil er authentisch ist. Die Leute lieben ihn, weil er echt ist. Wir dürfen das nicht opfern, nur um glatt und politisch korrekt zu wirken.".

Die Stimmen wurden lauter, bis Ethan schließlich die Hand hob. Die Stille, die folgte, war fast greifbar. "Ich brauche keine Debatte darüber, was ich bin oder nicht bin", sagte er ruhig, aber mit einer Schärfe, die den Raum erfüllte. "Ich brauche Lösungen. Wie bringen wir die Menschen dazu, zu verstehen, dass es hier nicht um mich geht, sondern um sie?".

Die Frage wurde nicht beantwortet.

Als sich das Meeting auflöste, blieb Ethan zurück. Der
Wahlkampf schien mehr und mehr ein Minenfeld zu werden,
in dem jeder Schritt eine Katastrophe bedeutete. Und Ethan
wusste, dass er sich keine weiteren Katastrophen mehr leisten
konnte. Aber was ihn wirklich fertig machte, war, ob er am
Ende des gefährlichen Weges, den er betrat, noch ganz bleiben
würde.

Ethan ging in sein Büro nach dem kurzen Moment des
Durchatmens. Vor ihm lag ein Stapel Berichte,
zusammengetragen von Wahlkampfanalysten, Statistikern und
Beratern. Es war der Tag, der die Richtung der Stimmung im
Land maßgeblich definierte - die neuen Umfragewerte waren
da. Während der Fernseher im Hintergrund leise Stimmen
über die neuesten Wahlkampfentwicklungen ausstrahlte,
richtet sich Ethans gesamte Aufmerksamkeit auf die Zahlen
vor ihm. Es war nicht nur eine Analyse. Es war eine Art
Überlebenskarte, die ihm zeigte, wo er stand und welchen
Weg er als Nächstes einschlagen musste. Die
Umfrageergebnisse waren wie bereits erwartet, ernüchternd.
Seine Zustimmung war zwar stabil geblieben, aber die
Dynamik der letzten Wochen hatte spürbar nachgelassen.
Ethans öffentliche Auseinandersetzung mit Daniel und Susann

hatte ihre Spuren hinterlassen. Ein Teil der Wählerschaft sah

darin ein Zeichen von Schwäche und Chaos in seinem Team.

Vor allem unentschlossene Wähler - die Gruppe, die Ethan

verzweifelt für sich gewinnen musste, hatten sich teilweise

zurückgezogen und schwanken nun zwischen seinem

konservativen Konkurrenten Howard Steel und dem

aufkommenden Independent-Kandidaten Steppano Hart.

Das gedämpfte Licht der Schreibtischlampe tauschte die

Umrisse des Raums in ein trübes Halbdunkel, während sich

die Schatten auf den Papieren vor ihm zu bewegen schienen.

Die neuen Umfragezahlen lagen ausgebreitet vor ihm, als

wären sie Beweismaterial in einem Prozess, der gegen ihn

selbst geführt wurde. Jeder Wert, jede Statistik fühlte sich wie

ein Urteil an. Stabile Zustimmung, sagten die Berater. Aber in

der Politik, wusste Ethan, war "stabil" oft nur ein Synonym

für "kurz vor dem Abrutschen".

Sein Blick wanderte über die Tabellen. Bundesstaat für

Bundesstaat. Region für Region. Im Nordosten, wo er

traditionell stark war, hatte er Rückhalt - aber die

Begeisterung war abgeflaut. Eine kleine, kaum sichtbare

Erosion, die auf den ersten Blick unbedeutend schien, aber in

der Gesamtschau beunruhigend war. Im Mittleren Westen,

dem Herzstück des Wahlkampfs, waren die Zahlen deutlich

kritischer. Auch die Swing States waren alles andere als rosig für Ethan. Dort hatte er anfangs großen Zuspruch gehabt, insbesondere bei den Fabrikarbeitern und Landwirten, denen er seine Stimme gegeben hatte. Doch Jetzt? Jetzt begann der Vorsprung zu schmelzen. Seine Gegner - unterstützt von mächtigen Lobbies, hatten das Narrativ gedreht. Seine Vision von Reformen und Gerechtigkeit?

Die Leute hörten nun, dass das Arbeitsplätze kosten würde, dass es riskant sei, ihn zu wählen. Angst war ein effektives Werkzeug im Wahlkampf. Und es wirkte.

Der Süden war erwartungsgemäß verloren. Selbst seine kühnsten Strategen hatten das von Anfang an als "gegnerisches Gebiet" abgehakt. Dort dominierte Howard Steel mit einer erdrückenden Mehrheit. Aber was wirklich an ihm nagte, waren die Verluste unter den jungen Wählern. Sie waren sein Anker gewesen, die Gruppe, die ihn getragen hatte. Sie hatten auf ihn gesetzt, weil er anders war, weil er versprochen hatte, den *Status quo* aufzubrechen. Doch die letzten Wochen, die öffentlichen Streitereien, die Skandale, hatten ihn zermürbt. Sie begannen zu zweifeln. Nicht an seinen Zielen, sondern daran, ob er stark genug war, sie zu erreichen. Er schloss die Augen und lehnte sich zurück, während sein Atem schwerer wurde. Es war nicht die

Müdigkeit des Körpers, die ihn überwältigte, sondern die des

Geistes. Die Art von Erschöpfung, die durch Monate des

Kämpfens ohne Pause entsteht. Kämpfen gegen ein System,

gegen Gegner, gegen sich selbst.

Ein leises Klopfen unterbrach den Gedankengang von Ethan.

Joe Wolfman trat ein - wie immer direkt und mit einer

gewissen Rauheit in der Stimme.

"Die Reaktionen auf das Interview sind da", sagte er und

schob ein Tablet über den Tisch. "Ein paar positive Stimmen,

aber ehrlich gesagt, es ist ein gemischtes Bild. Einige sagen,

dass du ehrlich und authentisch warst.". "Andere?",

unterbrach Ethan Joe direkt. "Naja, sie sehen darin

Schwäche.", erwiderte Joe. Ethan nickte langsam, ohne

hinzusehen. "Und die Umfragen?", fragte er, obwohl er die

Antworten bereits kannte. "Wir haben Kalifornien sicher",

begann Joe, während er sich in den Stuhl vor Ethans

Schreibtisch setzte. "Im Mittleren Westen wirds eng. Ohio,

Michigan, Wisconsin, die Staaten, die wir brauchen, stehen

auf der Kippe. Noch führen wir, aber die Differenz ist

hauchdünn. In der Fehlertoleranz. Und Steel … naja, seine

Kampagne hat ordentlich nachgelegt. Die haben da richtig

Geld reingepumpt.". Ethan ballte die Hände zu Fäuste,

während Joes Wort in seinem Kopf ankamen. "Was ist mit den

Unentschlossenen?". Seine Stimme war leise, fast ein Flüstern. Joe zögerte kurz, als wägte er ab, wie ehrlich er sein sollte. "Sie schwanken. Ein Teil von ihnen könnte sich für dich entscheiden, aber viele sehen in dir jetzt ... Unsicherheit. Die Nummer mit Daniel und Susann, die ist nicht spurlos an den Leuten vorbeigegangen. Es sieht chaotisch aus.". Chaos. Das Wort schmerzte sehr, als Ethan erwartet hatte. Er hatte immer geglaubt, dass seine Stärke in seiner Unnachgiebigkeit lag, in seiner Klarheit. Doch nun sahen die Menschen in ihm offenbar etwas anderes. Zweifel. Bruchstellen. Und in der Politik waren Bruchstellen etwas Gefährliches.

"Ich brauche eine Strategie, so kann und darf es nicht weitergehen, nicht nach dem, was alles passiert ist.", murmelte Ethan und griff nach den Papieren, die noch immer auf seinem Schreibtisch lagen. "Eine klare Linie. Keine Verteidigung mehr, keine Rechtfertigungen. Angriff. Wir müssen die Wähler daran erinnern, warum ich hier bin. Warum sie mich gewählt müssen.". Joe nickte, doch sein Gesichtsausdruck verriet, dass auch er skeptisch war. "Wir haben ein paar Ideen. Social Media-Kampagnen, aggressive Spots gegen Steel, stärkerer Fokus auf die Jugend. Aber das wird Zeit brauchen. Und vor allem Geld.".

"Beides haben wir nicht im Überfluss", entgegnete Ethan trocken und rieb sich die Augen. "Also müssen wir improvisieren.". Als Joe ging, kehrte die Stille ins Büro zurück. Ethan blickte hinaus in die Dämmerung, die langsam über die Stadt hereinbrach. Der Kampf ging weiter, aber er wusste, dass die größten Herausforderungen noch vor ihm lagen. Und diesmal war er sich nicht sicher, ob er genug Kraft hatte, sie zu überwinden.

Ethan starrte weiter aus dem Fenster, die Lichter der Stadt funkelten wie Sterne, unnahbar und kalt. Der Wahlkampf hatte sich über die Wochen des Kampfes zu einem endlosen, ermüdeten und zermürbenden Krieg gewandelt, ein Kampf, in dem jeder Schritt schwerer wurde. Er hatte nie gedacht, dass er eines Tages an diesem Punkt ankäme, so verloren, so völlig erschöpft. Seine Hand, die das Glas des Fensters berührte, fühlte sich eiskalt an. War er zu weit gegangen? Hatte er zu viel geopfert? Die Gedanken wirbelten, wie ein ständig wiederkehrender Sturm in seinem Kopf. Was, wenn er die falsche Entscheidung getroffen hatte? Was, wenn all das, was er für richtig hielt, nun nur noch ein gigantischer Fehler war? Er hatte immer gesagt, dass er kämpfen werde, bis zum Ende, für die Menschen, für seine Familie, für seine Vision. Aber der Preis, den er jetzt zahlte, war hoch. Und manchmal war er sich nicht sicher, ob er den Kampf noch gewinnen konnte. Es war nicht nur der Wahlkampf, der ihn erschöpfte. Es war das ständige Gefühl, allein zu sein, das Gefühl, dass er den Draht zu allem verloren hatte. Zu sich selbst. Zu den Menschen, die ihm am nächsten standen.

Da klopfte es an der Tür. Langsam drehte er sich um. Es war Petra.

Ihre Augen suchten ihn, als sie eintrat, ein sanftes Lächeln auf ihren Lippen, aber in ihren Augen war mehr: Besorgnis, Zweifel, die Fragen, die sie nie laut ausgesprochen hatte. "Wie geht's dir?". Ihre Stimme war leise, fast vorsichtig. "Wie es aussieht?", er ließ sich in den Sessel sinken und rieb sich das Gesicht. "Nicht gut." Petra setzte sich gegenüber. Ihre Augen verengten sich, als sie ihn ansah, als wollte sie alles wissen, jede Angst, jeden Gedanken, der ihn quälte. "Du siehst aus, als ob du gegen Windmühlen kämpfst.". Sie zog eine Augenbraue hoch. "Ethan … du musst dir nicht alles alleine aufbürden.". „Ich weiß.", entgegnete Ethan und schloss kurz die Augen. „Aber es fühlt sich an, als ob alles, was ich tue, nichts mehr ändert. Der Druck ist so groß… Es gibt immer jemanden, der gegen mich kämpft. Immer mehr Leute, die mir Steine in den Weg legen." „Das bedeutet nicht, dass du aufgegeben sollst. Es bedeutet nur, dass du weiterkämpfen

musst.". Ihre Worte hatten eine beruhigende, aber auch feste
Kraft. Ethan atmete tief ein und versuchte, sich zu sammeln.
„Ich wollte das nie für mich. Ich habe nie nach Macht oder
Ruhm gestrebt, aber es ist ein gefährlicher Pfad, den ich
gerade gehe. Je weiter ich gehe, desto unsicherer wird alles.".
Petra lächelte ihn an. "Ethan, wir sind hier. Die Kinder und
ich. Du kannst uns immer vertrauen und alles erzählen.".
Doch auch in ihren Worten hörte er eine kleine Unsicherheit.
Sie wusste, dass sie ihm nicht all das nehmen konnte, was er
fühlte. Dass sie ihm nicht die Arbeit abnehmen konnte, die er
mit sich herumtrug. "Ich weiß, dass du es gut meinst", sagte er
leise. "Aber es ist schwer. Jeder Schritt fühlt sich so an, als
würde er mich weiter von allem entfernen, was ich mir so sehr
erhofft habe. Ich bin nicht sicher, ob ich den richtigen Weg
gehe.". "Du bist der einzige, der das wissen kann", erwiderte
Petra, ihre Stimme ruhig, aber mit einer Sorge, die sie nicht
ganz verbergen konnte. "Aber du musst dir selbst treu bleiben,
Ethan. Denke daran, warum du angefangen hast.". Er blickte
aus dem Fenster, inzwischen wurde die Dämmerung zur
Finsternis. Ethan wusste, dass es kein Zurück mehr gab, er
hatte sich für diesen Weg entschieden und er würde ihn
weitergehen müssen. Wohl oder Übel. Aber die Zweifel
nagten immer stärker an ihm. Wer war er noch? Was hatte er

wirklich erreicht und was würde er verlieren, wenn er
weitermacht? "Ich hoffe, du hast recht", sagte er leise und
legte seine Hand auf ihre. "Ich hoffe, ich kann das alles
durchstehen, ohne zu vergessen, wer ich bin.". Petra drückte
seine Hand, dann stand sie auf. "Du bist stärker, als du denkst.
Wir sind alle hier.".

Als sie den Raum verließ, blieb Ethan alleine zurück, der
Blick wieder auf die Lichter der Stadt gerichtet. Die Nacht
war noch lang. Aber er wusste, dass er sich ihr stellen musste,
mit allem, was er hatte.

Die Drohung, die sein Sicherheitschef ihm vor wenigen
Stunden mitgeteilt hatte, brannte noch immer in seinem Kopf.
Seine Familie - Petra, Aurora, Danny - sie waren alles für ihn,
der Anker in einem Meer aus Intrigen und Täuschungen.

Doch jetzt waren sie in Gefahr. Er massierte sich die Schläfen,
während er den leeren Schreibtisch anstarrte.

Die Stunden zuvor auf dem Marktplatz hatten Ethan einiges
abverlangt. Während er sprach, hatte er versucht, die Energie
der Menge aufzufangen, aber innerlich war er ausgebrannt.
Die Menschen jubelten, applaudierten, riefen seinen Namen,
doch es fühlte sich anders an als früher. Nicht ihre
Begeisterung, sondern ihre Skepsis blieb in seinem
Gedächtnis hängen – jene vereinzelten Blicke, die ihm

signalisierten, dass er vielleicht nicht so unumstößlich war, wie er es gern glauben wollte.

Doch das war jetzt nicht wichtig. Nicht, wenn die Sicherheit seiner Familie auf dem Spiel stand. Er stand auf, lief nervös durch den Raum und wählte schließlich Petras Nummer. Die Sekunden, bis sie abhob, zogen sich quälend in die Länge.

„Ethan? Alles in Ordnung?" Petras Stimme war ruhig, fast zu ruhig. Er zögerte, nicht sicher, wie er die Situation ansprechen sollte. Schließlich sprach er: „Es gab eine Drohung." Eine lange Pause entstand am anderen Ende der Leitung. „Gegen dich?" fragte sie, ihre Stimme plötzlich schärfer.„Nicht nur gegen mich. Sie haben euch erwähnt. Nichts Konkretes, aber genug, um mir Sorgen zu machen." Petra atmete hörbar aus, und Ethan konnte fast spüren, wie sie ihre Gedanken ordnete. „Wir haben darüber gesprochen, dass so etwas passieren könnte. Du wusstest, worauf wir uns einlassen, Ethan, und ich auch. Wir schaffen das." Ihre Worte beruhigten ihn ein wenig, aber nicht genug, um die wachsende Anspannung zu lindern. Es war ein gefährlicher Tanz, den er aufführte – und jetzt wusste er, dass der nächste Fehltritt fatale Konsequenzen haben könnte. Später an diesem Abend, allein in seinem Büro, ließ er den Tag Revue passieren. Die Menge auf dem

Marktplatz, das Interview, die Drohung … Es war, als ob sich alles vor seinen Augen überschlug. Die Wahlkampfmaschine fuhr ohne Einhaltung der Geschwindigkeit fort. Es machte vorbestimmt keinen Unterschied. Aber Ethan spürte die Risse unter all dem, kleine Risse, die allmählich immer größer wurden. Auf dem Tisch vor ihm befanden sich die neuesten Umfrageergebnisse, das chaotische Durcheinander von Statistiken, Diagrammen und Zahlen. Seine Beliebtheit war stabil, aber nicht unerschütterlich. Irgendwie hat die Kontroverse um den Streit mit Daniel und Susann ihm geschadet, besonders in den mäßig regierten Gebieten. Zwar war seine Basis loyal, doch er spürte, dass das Fundament anfing zu bröckeln. Jeder Schritt musste jetzt sitzen – jeder Fehler könnte der letzte sein. Während Ethan die Zahlen studierte, klingelte sein Telefon. Es war Joe Wolfman, sein neuer Berater. „Ethan, ich habe gerade mit dem Team gesprochen. Nächste Woche würde sich eine Fernsehdebatte für dich anbieten. Die Moderatorin ist im Umgang ziemlich hart, aber fair, ich vermute, dass sie nichts erzwingt. Ethan starrte auf den fest montierten Hörer, ohne eine Antwort zu geben, die ihn getroffen hatten. Jede Gelegenheit war gleichzeitig ein Risiko. Doch er hatte keine Wahl – er musste kämpfen. Für sich. Für seine Familie. Für die Vision, an die er glaubte. Aber als er sich zurücklehnte und erneut an die Drohung dachte, spürte er, wie der Boden unter ihm noch ein wenig mehr nachgab. Es war kein Kampf mehr um Stimmen. Nein, das war ein Überlebenskampf, und die Frage war, ob er die Kraft hätte, bis zum Schluss durchzuhalten. Die Nacht hatte ihn zerrissen. Als der Morgen unterschwellig durch die Fenster seines Arbeitszimmers drang, saß Ethan immer noch in dem Sessel und starrte auf dieselben Umfragen und Analysen, die er stundenlang beobachtet hatte. Die Zahlen waren die gleichen, aber seine Sicht darauf hatte sich verändert. Mit jedem verstrichenen Moment, festigte sich die Erkenntnis, dass dies nicht nur ein politisches Rennen war. Dies war ein Test seiner Willenskraft, seiner Entschlossenheit, seiner Fähigkeit, durch das Chaos zu steuern, das ihn von allen Seiten umgab. Das Klopfen an der Tür riss ihn aus seinen Gedanken. Petra trat ein, die Haare noch zerzaust vom Schlaf, in der Hand zwei dampfende Tassen Kaffee. Sie stellte eine vor ihm ab, musterte ihn kurz und setzte sich ihm gegenüber. „Du hast nicht geschlafen", stellte sie fest, ohne Vorwurf, aber mit einer Sorge, die Ethan nur allzu gut kannte. „Es gibt zu viel, was ich verstehen muss", antwortete er und rieb sich die müden Augen. „Die Umfragen... das Interview gestern... und die Drohung. Es ist, als würde alles gleichzeitig eskalieren."Petra lehnte sich zurück und betrachtete ihn nachdenklich. „Du bist müde, Ethan. Das macht es schlimmer, als es ist. Aber du bist immer noch derselbe Mann, der vor ein paar Monaten dieses Rennen begonnen hat – und du weißt, wofür du das tust.".

Ihre Worte waren beruhigend, doch sie reichten nicht aus, um das Gewicht der Situation von seinen Schultern zu nehmen. Ethan wusste, dass er weitermachen musste, aber wie viel würde es ihn kosten?

Später am Tag rief Joe an. „Ich habe ein paar Neuigkeiten, Ethan", begann er ohne Umschweife. „Die Fernsehdiskussion ist bestätigt. Sie wollen dich gegen Steel antreten lassen. Es wird das erste Mal sein, dass ihr euch in einer offenen Debatte gegenübersteht. Es könnte ein Wendepunkt sein – im Guten oder Schlechten.". Ethan warf einen Blick auf die Uhr. Noch drei Tage bis zur Diskussion. Drei Tage, um sich vorzubereiten, um jede mögliche Frage, jede Angriffsfläche, durchzugehen. Doch inmitten all dieser strategischen Überlegungen lag etwas anderes: eine leise, stetige Angst, dass die Diskussionsbühne mehr offenbaren könnte, als es ihm lieb war. In den Stunden, die folgten, ging er die Inhalte mit Joe und seinem zweiten Berater, Michael Smith, durch. Das klingt inspirierend. Michael war analytisch und präzise;

Susann war innovativ und oft unkonventionell. Joe war
pragmatisch; altmodisch in der Herangehensweise auf einer
höheren Ebene. Ethan fühlte sich für alles gerüstet, aber
gleichzeitig fühlte er auch, wie viel Platz Daniel und Susann
in ihm aufzufüllen hatten. Fast abends rief Aurora an. Ihre
Stimme war zögerlich und belegt. „Papa", sagte sie. „Du
musst vorsichtig sein. Ich weiß, dass du das Richtige tun
willst, aber… aber ich fürchte, du wirst dich verlieren.".
Etwas in ihren Worten warf ihn um. Aurora war immer
diejenige, die fest von ihm überzeugt war, selbst in dem
Moment, in dem er sich selbst verleugnen musste. Aber jetzt
klang ihre Stimme so schwach und heiser und voller
Unsicherheit. Als er auflegte, ging Ethan hinaus in den
Garten. Die kalte Nachtluft gab ihm die Klarheit, die er
brauchte. Er dachte an die Menschen, für die er kämpfte – an
jene, die keine Stimme hatten, die Hoffnung in ihn setzten.
Doch er dachte auch an seine Familie, die immer mehr unter
dem Druck zerbrach, den dieser Wahlkampf mit sich brachte.
Er wusste, dass er Entscheidungen treffen musste. Und er
wusste, dass es nicht leicht sein würde.
Die Kälte der Nacht hatte Ethan für einen Moment die
Gedanken klären lassen, doch als er zurück in sein
Arbeitszimmer ging, fühlte sich die Stille des Hauses

erdrückend an. Er schaltete die Schreibtischlampe ein, die den Raum in ein warmes, aber scharfes Licht tauchte. Die Umfragen lagen immer noch offen auf dem Tisch, doch diesmal wagte er nicht, sie noch einmal anzusehen. Es war, als könnte der bloße Anblick der Zahlen die Wahrheit lauter schreien lassen, als er ertragen konnte. Der Druck nahm zu, spürbar und greifbar. Nicht nur von außen – der Druck in seinem Inneren, die wachsende Sorge, dass er alles verlieren könnte, lähmte ihn mehr, als er zugeben wollte. Seine Familie war angespannt, seine Berater wirkten mehr wie Kollegen aus einer Zweckgemeinschaft, und die Tage bis zur Fernsehdebatte rückten unaufhaltsam näher. Diese Debatte würde entscheidend sein. Nicht nur für seinen Wahlkampf, sondern auch für die Glaubwürdigkeit, die er nach dem öffentlichen Streit mit Daniel und Susann wiedergewinnen musste. Am nächsten Morgen war der Wahlkampfkalender gnadenlos: ein Treffen mit lokalen Gewerkschaftsführern, ein Mittagessen mit Spendern und später ein Auftritt vor einer Handvoll Journalisten, die ihn seit Wochen immer kritischer beäugten. Ethan war müde, aber die Maschine musste laufen. Als er in den schwarzen SUV stieg, dass ihn zu seinem ersten Termin bringen sollte, hatte er das Gefühl, als würde er in einer Blase leben – einer, die jederzeit platzen könnte. Im

Wagen herrschte Schweigen, abgesehen vom leisen Tippen von Joe Wolfman auf seinem Laptop. „Das Gewerkschaftstreffen ist wichtiger, als es aussieht", sagte Joe plötzlich, ohne den Blick vom Bildschirm zu nehmen. „Die Presse wird genau beobachten, wie du dich präsentierst. Zeig Stärke, aber auch Nahbarkeit. Du weißt, dass Steel da angreifbar ist." Ethan nickte mechanisch. Die Worte waren klug, aber sie fühlten sich leer an. Alles fühlte sich leer an. Als sie vor dem Veranstaltungsort ankamen, zog Ethan die Krawatte zurecht, atmete tief ein und setzte ein Lächeln auf, das mehr eine Maske war als ein Ausdruck echter Freude. Der Raum war gefüllt, dicht gedrängt durch Gewerkschafter, die mit verschränkten Armen und skeptischen Augen auf ihn warteten. Ethan hielt seine Rede und sprach von Arbeitsrechten, von der Machtergreifung der Konzerne, von seiner Vision einer gerechteren Zukunft. Die Worte handelten unabhängig voneinander, wie auswendig gelernt, aber er konnte die wachsende Kluft zwischen ihm und den Menschen in dem Raum spüren. Nicht, dass sie ihm nicht glaubten – es ist, dass sie zu oft ähnliche Versprechen gehört hatten und zu oft enttäuscht worden waren. Dann kamen die Fragen, scharf und unerwartet unbequem. Einer der Männer, ein Gewerkschaftsführer, mit rauchiger Stimme, stellte ihn weiter zur Rechenschaft: „Wie sollen sich seine an deinen Worten festhalten, Blake? Du sagst, du kämpfst gegen die Lobbies, aber dein Team scheint nur aus Beratern zu bestehen, die das System, gegen das du angeblich bist, vertreten". Der Mann folgte weiter auf Ethans Gesicht. „Was macht unseren Kampf anders?". Ethans Magen kippte. Er spürte den Hauch der Wahrheit, als er in den Augen dieses Mannes sah, diesen Zweifel. Ein Dutzend scharfe Antworten sprang in seinen Kopf, aber stattdessen stand er einfach da und fand seine Worte. „Ich verstehe, warum du das denkst. Denn ich war auch dort, und ich war so blind wie alle anderen. Ich werde nicht sagen, dass ich jede Antwort habe, dass ich nie einen Fehler gemacht habe. Aber was ich dir versprechen kann, ist, dass ich weiter kämpfen werde. Für euch, für eure Familien, für eine Zukunft, in der Macht nicht mehr bedeutet, dass man sich über die Schwächeren stellt." Der Raum blieb still, als Ethan seine Worte beendete. Ob er überzeugt hatte, wusste er nicht, aber er hatte gesprochen, was er fühlte – und das war mehr, als er sich in den letzten Tagen zugetraut hatte. Später, zurück im Wagen, sah Joe ihn an, die Stirn in Sorgenfalten gelegt. „Das war... ehrlich", sagte er nachdenklich. „Aber wir brauchen mehr als Ehrlichkeit, Ethan. Wir brauchen einen Plan. Und wir brauchen ihn jetzt.". Ethan schwieg. Er wusste, dass Joe recht hatte. Die Wahrheit war allerdings, dass sogar er sich nicht mehr sicher war, ob sein Plan ausreichte, um die wachsenden Herausforderungen zu bewältigen. In der Stille des Wagens spürte er, wie die Spannung in seiner Brust wuchs. Nicht nur die Kampagne, nicht nur die Bedrohungen, nicht nur die Zweifel – es war die Erkenntnis, dass er auf einem unbeständigen Weg lag, der ihn sehr bald ins Verderben werfen könnte. Und doch musste er weitermachen. Die Nacht brach über der Stadt herein und Ethan saß in seinem Büro allein und in der Dunkelheit, die nur von einer alten Schreibtischlampe erhellt wurde. Die Geräusche des Wahlkampfteams, die normalerweise den Korridor füllten, waren weg. Joe und Michael gingen nach Hause, sogar das Reinigungspersonal war weg. Ethan blieb mit seinen Gedanken, offenen Umfragen und einem Druckgefühl übrig, der ihn lähmte. Auf dem Tisch lag eine Akte, die Joe ihm vor ein paar Stunden stillschweigend überreicht hatte. Es handelte sich um eine Analyse der letzten Umfragen. Es stand nicht schlecht – in ein paar der Staaten war er sogar leicht vorne. Aber die Zahlen sagten nur die Hälfte der Wahrheit aus. Es war das Vertrauen der Menschen, das verblasste. Der Skandal, der zwischen Ethan und Daniel und Susann ausgebrochen war, war immer noch das vorherrschende Thema in allen

Leitartikeln, und Ethans Gegner nutzten ihn geschickt, um Zweifel in Ethans Zuverlässigkeit zu pflanzen. Jede kleine Unachtsamkeit wurde aufgeblasen, jede noch so kleine Abweichung von seiner Botschaft gnadenlos seziert. Ethan lehnte sich zurück und starrte zur Decke. Das Exklusivinterview hatte ihm zwar kurzfristig etwas Luft verschafft, aber die Nachwirkungen waren spürbar. Die Fragen, die ihm gestellt worden waren, hallten noch in seinem Kopf wider, besonders jene, die seine Familie betrafen. *Wie schützen Sie Ihre Familie in dieser chaotischen Zeit?* Glauben Sie, dass Ihre Kinder dies ohne weiteres überstehen werden? Diese Sätze hatten ihm Kopfzerbrechen bereitet. Nicht, weil sie unhöflich oder unangebracht waren, sondern weil sie mit seiner unterdrückten Wahrheit Ethan trafen. Er setzte sich schnell auf den wackeligen Stuhl und holte sein Handy heraus, um seine Fotos anzusehen. Ein Lächeln seiner Tochter Aurora blickte ihn an. Dieses Foto stammt von vor drei Jahren, in einem so warmen Sommer, dass er sich direkt an das erinnerte und fast surreal wirkte. Aurora hatte damals ihren ersten Schultag gehabt, und Petra hatte darauf bestanden, diesen Moment festzuhalten. Jetzt schien es eine Ewigkeit her. Aurora sprach kaum noch mit ihm, und wenn sie es tat, dann mit der vorsichtigen Distanz eines Kindes, das

nicht versteht, warum der Vater, der einst immer da war,
plötzlich so weit weg erschien. Ethan spürte, wie sich sein
Magen zusammenzog. Wie lange würde seine Familie diesen
Druck noch aushalten können? Petra war stark, ja, aber auch
sie war nicht unerschütterlich. Danny hatte sich
zurückgezogen, verbrachte die meiste Zeit in seinem Zimmer
oder mit Freunden, und Ethan konnte nicht einmal sicher
sagen, ob sein Sohn stolz auf ihn war oder ihn insgeheim für
das Chaos verachtete, das er in ihr Leben gebracht hatte.
Irgendwie riss das Vibrieren des Handys in seiner Hand ihn
aus seinen Gedanken. Eine Nachricht von Joe:

„Treffen mit Vorstand, morgen. Stellung
zu Steels letztem Angriff beziehen.“

Ethan seufzte schwer. Der Wahlkampf ließ ihm keine Zeit für
Schwäche, keine Zeit, um zur Ruhe zu kommen oder seine
Familie in den Arm zu nehmen und ihnen zu sagen, dass alles
gut werden würde – auch wenn er selbst nicht sicher war, ob
das stimmte.

Am nächsten Morgen saß Ethan im Konferenzraum, der
übergroße Bildschirm an der Wand zeigte Schlagzeilen aus
den größten Medienhäusern des Landes. Steel hatte in einem
Interview unverhohlen behauptet, dass Ethans Team

zerbröckele, dass er isoliert sei und nicht in der Lage, die Führung zu übernehmen, die das Land brauche. Es war ein dreckiger, aber effektiver Schachzug, und Ethan wusste, er musste ihn korrigieren – klug, aber auch hart, um die Wähler wieder auf seine Seite zu bekommen. Joe stand um einen langen Tisch herum und hielt eine Mappe.

„Steel spielt mit der Angst der Menschen, und er trifft genau ins Schwarze", begann er und deutete auf die Schlagzeile eines Boulevardblatts, die in großen Lettern verkündete: *„Blake verliert die Kontrolle: Kann er das Land überhaupt führen?"* „Wir brauchen eine klare Linie", sagte Joe und schaute Ethan direkt an. „Kein Herumeiern, kein Versuch, es allen recht zu machen. Du musst zeigen, dass du noch immer der Anführer bist, der in den Vorwahlen so viel Hoffnung geweckt hat. Aber…" – er zögerte kurz – „du kannst es dir nicht leisten, defensiv zu wirken. Oh Gott … ja. Das wäre wirklich schlecht." Ethan nickte. „Was schlägst du vor?" Joe warf Michael einen Blick zu, der zurückgezogen, schweigend in der Ecke saß. „Wir müssen angreifen. Steel hat auch eine Menge Schwächen. Seine ganze Verbindung käme, denke ich, zu den Öl-Lobbies und so weiter. Er liebt es, über die Mittelschicht zu sprechen, aber die ganze Kampagne wird von den gleichen Unternehmen unterstützt, die die Leute ausnutzen. Wir holen uns die Gewerkschaften zurück und machen klar, dass wir die einzige echte Alternative sind.". Die Worte klangen logisch, aber Ethan spürte den Kloß in seinem Hals. Es war eine Sache, gegen politische Gegner zu kämpfen. Doch es war eine andere, wenn man dabei das Gefühl hatte, dass man selbst kaum noch Boden unter den Füßen hatte. Als der Morgen des folgenden Tages heranzog und die Besprechung sich ihrem Abschluss näherte, versprach Ethan das zu überstehen. Aber während er am Nachmittag wieder in seinem Büro saß und die Einzelheiten des Plans an prahlte, schlich sich ein Gedanke ein. Wie lange würde er noch diesen gefährlichen Weg gehen können, bevor er alles verlieren würde: seine Frau und Tochter, seinen Ruf oder sogar sich selbst? Der Abend war klar, fast zu still, als dass Ethan Blake sein Büro verließ. Die Luft war schneidend kalt, der Wind biss ihm ins Gesicht, als er die kurze Strecke zu seinem Wagen überquerte. Das Sicherheitsteam hatte darauf bestanden, ihn zu begleiten, aber Ethan hatte abgewunken. „Es ist spät, und ich brauche frische Luft", hatte er gesagt, obwohl er tief in seinem Inneren wusste, dass es mehr war als das. Die Einsamkeit war mittlerweile seine einzige Konstante geworden, und er sehnte sich nach einem Moment der Ruhe – so flüchtig dieser auch sein mochte. Doch die Ruhe war trügerisch. Kaum hatte er die Fahrertür seines Wagens geöffnet und sich hineingesetzt, summte sein Handy in der Jackentasche. Es war Petra. Ethan starrte auf den Bildschirm, zögerte einen Moment und nahm schließlich ab. „Hey", sagte er, versuchte, seiner Stimme einen Hauch von Gelassenheit zu verleihen. Doch Petras Stimme am anderen Ende der Leitung klang panisch, brüchig. „Ethan... wo bist du? Komm sofort nach Hause! Es ist... Aurora... sie..." Die Worte brachen ab, und Ethan spürte, wie ihm das Blut in den Adern gefror. „Was ist mit Aurora? Was ist passiert? Petra, sprich mit mir!" Seine Stimme war nun scharf, fast fordernd, aber es kam keine Antwort. Nur ein ersticktes Schluchzen, dann das Geräusch, wie das Telefon auf der anderen Seite zu Boden fiel. Ethan verlor keine Sekunde. Er startete den Wagen und raste durch die fast leeren Straßen. Sein Kopf war ein Wirbelsturm aus Gedanken, aus Angst und aus Wut. Er hatte es kommen sehen, hatte gespürt, wie sich der Druck auf seine Familie aufgebaut hatte – auf Petra, auf Danny und vor allem auf Aurora. Doch dass es jetzt so eskalierte, ließ ihn beinahe den Verstand verlieren. Er wusste nicht, was ihn zu Hause erwarten würde, aber er wusste, dass es nichts Gutes sein konnte.

Als er die Auffahrt erreichte, sah er schon von weitem die Lichter der Polizeiwagen, die vor dem Haus parkten. Blaue und rote Lichter tanzten an den Fenstern entlang und warfen einen gespenstischen Schein auf die Fassade. Noch bevor der Wagen ganz zum Stillstand gekommen war, sprang Ethan aus und rannte die wenigen Meter zur Haustür. Ein Polizist versuchte, ihn aufzuhalten, aber Ethan stieß ihn zur Seite und stürmte ins Haus. Drinnen war es drückend. Petra saß auf der Couch; ihre Arme lagen um ihren Körper geschlungen und ein Sanitäter saß neben ihr und versuchte, sie zu beruhigen. Ihr Gesicht war von Tränen durchlaufen, ihre Augen leer; sie sah so aus, als hätte sie den Boden unter ihren Füßen verloren. Und Danny, stand reglos in der Ecke des Raumes. Seine Hände zu Fäusten geballt, sein Gesicht bestand aus Wut und Angst. Aurora – Aurora war nirgendwo in Sicht. Ethan stürzte zu Petra. „Was ist passiert? Wo ist Aurora?". Petra erhob langsam das Haupt, und ihre Lippen begannen zu zittern. „Sie… sie ist weg, Ethan. Jemand hat sie mitgenommen.". Die Worte schlugen ihm wie ein Faustschlag in die Magengrube. „Was meinst du, jemand hat sie mitgenommen? Wie zum Teufel ist das passiert? Wann?". Der Polizist intervenierte und versuchte, die Situation zu erklären. „Mr. Blake, wir vermuten, dass es sich um eine gezielte Entführung handelt. Ihre Tochter wurde zuletzt gegen 19 Uhr gesehen, als sie im Garten spielte. Ein Nachbar meldete einen schwarzen

Van vor Ihrem Haus, aber er konnte keine Modelldetails aufnehmen. „Wir haben eine Fahndung eingeleitet." Ethans Welt fiel um ihn herum zusammen. Sein Geist tobte, als er versuchte, die Informationen zu verarbeiten, aber alles, was er fühlte, war ein dichter Schleier um ihn herum. Jemand hatte seine Tochter entführt. Seine Aurora. Sein kleines Mädchen. Und es war keine zufällige Tat. Er wusste es, ohne dass es jemand aussprechen musste. Es war der Wahlkampf, es war der gefährliche Pfad, den er eingeschlagen hatte. Und jetzt hatte es seine Familie erreicht. „Das sind die Lobbies", sagte er schließlich, seine Stimme brüchig, aber voller Zorn. „Sie wollen mich zerstören, und sie machen nicht einmal vor meiner Familie halt." Seine Hände ballten sich zu Fäusten, und er wandte sich an den Polizisten. „Sie müssen sie finden. Sie müssen sie finden, hören Sie mich? Ich will jeden Beamten, jede Ressource – alles, was nötig ist!" Doch in seinem Inneren wusste Ethan, dass dies größer war als das, was die Polizei allein bewältigen konnte. Dies war kein einfacher Kriminalfall. Es war eine Botschaft, es war eine Warnung. Es war an ihn gerichtet. In den Stunden, die folgten, versuchte Ethan, die Kontrolle zu behalten, wie schwer es auch war. Der Druck, die Angst und die Schuld wogen schwer... Petra brach immer wieder in Tränen aus, und Danny schloss sich in seinem Zimmer ein, unfähig, mit der Situation umzugehen. Ethan rief Joe an, bat ihn, die Ermittlungen zusätzlich privat voranzutreiben. Er wusste, dass jede Minute zählte. Als der Morgen graute, war Ethan noch immer wach, saß am Küchentisch, den Kopf in den Händen. Seine Gedanken wollten nicht stillstehen. Wer steckt wirklich dahinter? War es Steel? War es eine Industrielobby? Oder… war es die Hand eines Mannes oder einer Frau aus seinem eigenen Team? Ein Verräter, eine Verräterin, wer wollte ihn ins Chaos stürzen. Aber eines war sicher: Dieser Wahlkampf war kein politischer Kampf mehr. Es war Krieg geworden, denn schließlich vereinten sie sich alle gegen ihn, und Ethan selbst musste kämpfen. Nicht nur für sich selbst und seine Karriere, sondern auch für das Leben seiner Tochter.

Die Entscheidung

Die ersten Sonnenstrahlen des Tages brachen durch die dichten Wolken, aber für Ethan fühlte sich die Welt weiterhin grau und hoffnungslos an. Der Esstisch in der Küche, an dem er immer saß, war leer, abgesehen von einer kalten Tasse Kaffee, die er nie angerührt hatte. Seine Familie schlief nicht mehr im oberen Stockwerk - sie war weg. Geschützt, in Sicherheit. Aus Sorge um Aurora und aus Sorge um sich selbst. Zumindest wollte das Ethan glauben.

Es war eine der schwersten Entscheidungen seines Lebens gewesen, Petra und Danny aus dem Land zu schicken. Solange sich die Polizei nicht mit dem Fall Aurora befasste und die Verwaltung keine Anstrengungen unternahm, den Fall weiter zu untersuchen, verstrickte sich Ethan in seine eigenen Schlussfolgerungen. Lobbyisten und politische Gegner hatten ihm bereits hinreichend bewiesen, dass sie bereit sind, alles zu zerstören, was ihm lieb und teuer ist. Der gesamte Wahlkampf, der viele Machtspiele und sogar Drohungen beinhaltete, wurde zu einem belanglosen Spiel, verglichen mit dem heiligen Gut seiner Familie. Petra zögerte; sie wollte ihn nicht allein lassen, aber Ethan bestand darauf. Ihre Sicherheit bedeutete ihm mehr als alles andere.

Die Behausung gab einem das Gefühl, in einem trostlosen Gefängnis zu stehen. Allein, in Gedanken bei sich, war Ethan, zusammen mit einem unstillbaren Durst nach Gerechtigkeit. Nein, „Gerechtigkeit" war nicht das richtige Wort - es war „Rache", kalte und gnadenlose Rache. In der Nacht zuvor hatte er die Entscheidung getroffen, einen unumkehrbaren Weg in die Dunkelheit zu beschreiten. Während die Polizei weiterhin im Dunkeln tappte, hatte Ethan begriffen, dass er auf eigene Faust handeln musste. Die Tage der politischen Taktik und der schwelenden Geduld waren vorbei. Wenn er Antworten wollte, musste er sie sich holen. Mit den Mitteln, die ihm zur Verfügung standen. Wie viel es auch kosten würde, wie legal oder illegal es auch sein mochte, es war ihm egal.

Sein erster Schritt war brutal pragmatisch: Er hatte sich Zugang zu geheimen Wahlkampfberichten und internen Dokumenten der Konkurrenten verschafft, die Joe und Michael zurückgelassen hatten. Diese würden ihm nicht nur Aufschluss über seine Gegner geben, sondern ihm auch Verbindungen zu verschiedenen zwielichtigen Gestalten, die möglicherweise mit der Lobby in Verbindung standen, vor Augen führen. Es war ein Risiko, diese Daten zu nutzen, da Joe und Michael, diese illegal beschafft hatten, um sich einen Vorteil zu verschaffen. Jede Entscheidung könnte Ethan später auf die Füße fallen, aber Ethan interessiert sich nicht für später. Er hatte keine Wahl.

Sein Plan war ebenso einfach wie gefährlich: Er würde die Fäden ziehen, bis er auf die richtigen Namen stieß.

Am Nachmittag verließ Ethan das Haus. Er trug eine dunkle Lederjacke und eine alte Baseballkappe, die seine markanten Gesichtszüge teilweise verdeckten. Seine Augen waren blutunterlaufen, ihre Tiefen von unzähligen schlaflosen Nächten verschattet. Niemand sollte wissen, wohin er ging, niemand sollte auch nur erahnen, was er vorhatte. Die Stadt, die ihn einst als Vorboten gepriesen hatte, sollte ihn nicht in diesem Zustand sehen.

Sein Ziel war ein stillgelegtes Industriegebiet am Rande der Stadt - eine große Odyssee, weit weg von den hell erleuchteten Wahlkampfbüros und den funkelnden Skylines, die einst seine Träume symbolisiert hatten. In diesen Flecken aus Korrosion und Dreck lebte eine andere Realität - eine, mit der Ethan in seinem früheren Leben nicht in Berührung kommen sollte. Über einen alten Kontakt hatte er einen Mann namens Victor ausgegraben, der als inoffizieller "Informationsbeschaffer" bezeichnet wurde. Victor war weder freundlich noch vertrauenswürdig, aber äußerst effizient. Und das war genau das, was Ethan jetzt brauchte.

Es geschah in einer verlassenen Lagerhalle. Der Ort war dunkel, die Luft war dick, und der Geruch von Öl und verrottetem Holz stach in die Nase.

Ethan stand mit angespannten Schultern vor einem klapprigen Tisch, hinter dem Victor saß. Der Mann war breitschultrig, trug einen Bart, der an einen Grizzlybären erinnerte, und hatte Augen, die nichts als Berechnung zeigten.

„Nun, Herr Politiker", sagte Victor und wölbte eine Augenbraue mit einem abfälligen Lächeln. „Was verschafft mir die Ehre? Sind die Umfragen nicht so gut, wie Sie gehofft hatten?"

Ethan wischte das spöttische Lächeln mit der gleichen Bedeutungslosigkeit beiseite... „Ich brauche Namen", sagte er kühl, sein Tonfall direkt und auf den Punkt gebracht.

Ethan beugte sich nach vorne, seine Hände auf den Tisch gestützt, sein Blick unerbittlich. "Meine Tochter wurde entführt. Glauben Sie, ich mache mir noch Gedanken darüber, worauf ich mich einlasse?". Das Grinsen verschwand aus Victors Gesicht und einen Moment lang herrschte Stille. Dann nickte er langsam.

"Gut. Aber das wird Sie etwas kosten. Informationen dieser Art sind nicht billig und schon gar nicht sauber.".

Ethan zog einen Umschlag aus seiner Jackentasche und warf ihn auf den Tisch. "Das sollte für den Anfang reichen. Ich will Ergebnisse. Keine Ausreden.".

Victor öffnete den Umschlag, zählte das Geld und schien zufrieden zu sein. "In Ordnung. Geben Sie mir zwei Tage. Ich werde sehen, was ich finden kann.".

Ethan wollte gerade gehen, als Victor noch einmal sprach. "Und, Mr. Blake … seien Sie vorsichtig. Wenn Sie auf diesem Weg weitergehen, gibt es kein Zurück mehr.".

Ethan hielt kurz inne, drehte sich dann aber um und verließ die Lagerhalle ohne ein weiteres Wort. Draußen schlug ihm die kalte Nachtluft ins Gesicht, aber sie fühlte sich nicht belebend an. Sie war nur ein weiterer Teil der Leere, die ihn umgab. Der Weg, den er eingeschlagen hatte, war gefährlich, das wusste er. Aber es war der einzige Weg, den er gehen konnte. Zurück im Auto ließ Ethan den Motor an und starrte eine Weile auf das Lenkrad. Ethan hatte leicht zitternde Hände. Er fragte er sich, ob es das Klügste wäre, jetzt in die Dunkelheit zu gehen? Der Druck, eine Entscheidung treffen zu müssen, dass alles, was er tat, Konsequenzen haben würde - nicht nur für ihn, sondern für alle, die ihm etwas bedeuteten. Aber dafür war kein Platz in seinem Kopf. Die Familie war alles, was er noch hatte, und jede Entscheidung, die er jetzt traf, würde sie um jeden Preis schützen, selbst wenn er dafür seine Seele verkaufte. Die Straße, die Ethan zur Erinnerung an sein Zuhause führte, war dunkel und leer, nur die Scheinwerfer des Autos durchschnitten die trübe Dämmerung, während er das Lenkrad mit verkrampften Fingern umklammerte. Victors Worte hallten in seinem Kopf nach, unauslöschlich und schwer wie Blei. „Es gibt kein Zurück mehr." Ethan wusste, dass er die Schwelle schon längst überschritten hatte. Was auch immer auf ihn wartete, er hatte seine Entscheidung getroffen - und Entscheidungen hatten Konsequenzen.

Im Haus war es still, bedrückend still, wenn man nach Hause kam. Kein Lachen von Aurora, kein leises Brummen von Petra, die in der Küche arbeitete, kein Klirren von Geschirr. Diese Stille trug eine eigene Schwere in sich, die ihn fast in die Knie zwang. Ethan schloss die Haustür hinter sich und lehnte sich für einen Moment dagegen, schloss die Augen und versuchte, seine Atmung unter Kontrolle zu bringen. Aber die Leere im Inneren war zu laut. Sie war überall, wie ein unsichtbarer Feind, der ihn aussaugte.

Er ging in sein Arbeitszimmer, eine Flasche Scotch in der Hand, und setzte sich in den Sessel, der ihm mittlerweile wie eine zweite Haut vorkam. Auf dem Schreibtisch lag eine

Mappe mit aktuellen Wahlkampfinformationen. Der Zeitplan in den nächsten Wochen war genau auf die Minute festgelegt - eine ganze Reihe von Auftritten, Interviews, sogar öffentlichen Auftritten. Es sollte alles Ethans Perfektion als Präsident beweisen, doch für ihn war es nur eine endlose Serie von Dingen, die mit seinem Leben nichts zu tun hatten. Mechanische Hände griffen nach der Mappe, warfen sie aber nach kurzem Blick wieder auf den Tisch. Der Wahlkampf fühlte sich an wie ein Schatten. Sicher war er sich nicht mehr, ob er den Gewinn wollte oder ob er es überhaupt könnte.

Es brannte in seiner Kehle, als er das erste Glas leerte. Der Kopf senkte sich vor und für einen kurzen Moment gab er sich der Schwäche hin, einen Riss in der Fassade entstehen zu lassen. Er war allein. Die Lehnlast hatte seine schmerzhafte enge Kapuze, die ihn atemlos machte. Es war das Bild von Aurora, das durch ihr Lachen und ihre Lebendigkeit immer mit ihr und der Familie leuchtete. Sie war immer das Licht im Leben der Familie, jetzt war sie weg, entführt, und Ethan konnte nicht einmal sicher sein, ob sie noch lebte. Plötzlich vibrierte sein Handy auf dem Tisch. Das leuchtende Display durchbrach die Dunkelheit des Raumes. Ein anonymer Anruf. Ethans Herz setzte für einen Moment aus. Er starrte auf das Telefon, sein Atem beschleunigte sich. Konnte es sein…? Die

Hoffnung, so klein und zerbrechlich wie sie war, kehrte zurück, aber sie brachte Angst mit sich. Was, wenn es jemand war, der ihn weiter erpressen wollte? Was, wenn sie ihn mit Informationen über Aurora quälten? Seine Hände zitterten, als er das Telefon aufnahm und zögerlich antwortete. „Blake." Eine tiefe, kratzige Stimme ertönte am anderen Ende der Leitung. „Haben Sie Fortschritte gemacht?". Es war Victor. Ethan ließ die Luft aus seinen Lungen entweichen, spürte aber sofort eine neue Welle der Anspannung. „Haben Sie etwas für mich?", fragte er, seine Stimme scharf, fast flehend. „Noch nicht", sagte Victor langsam, und Ethan konnte den Zynismus in seiner Stimme hören. „Aber ich habe eine Spur. Ein Mann, der für einige Ihrer politischen Gegner arbeitet, könnte mehr wissen. Es wird Zeit brauchen, ihn zu erreichen.". Ethan presste die Augen zusammen und schlug mit der freien Hand auf den Tisch. „Zeit ist das Einzige, was ich nicht habe, Victor. Meine Tochter…" Seine Stimme brach, und er hielt inne, bevor er wieder sprach, diesmal kälter, härter. „Sorgen Sie dafür, dass ich Antworten bekomme. Egal wie." „Das wird Sie kosten", sagte Victor schlicht. „Ich zahle alles. Aber ich will Ergebnisse.". Das Gespräch endete abrupt, und Ethan ließ das Telefon auf den Tisch fallen. Er lehnte sich im Sessel zurück und starrte an die Decke. Eine Spur. Es war nicht viel, aber es war etwas. Doch es fühlte sich wie ein Tropfen im Ozean an. Der Weg vor ihm war gefährlich, und er wusste, dass er sich immer tiefer in einen Strudel aus Verzweiflung und Dunkelheit ziehen ließ. Am nächsten Morgen, nachdem er nur wenige Stunden geschlafen hatte, traf Ethan sich mit seinem neu eingestellten Wahlkampfmanager, Joe Wolfman, in einem kleinen Café abseits der Innenstadt. Joe war ein Mann, der für seine unkonventionellen Methoden bekannt war, aber Ethan spürte schnell, dass ihm die Situation über den Kopf wuchs. Joe wirkte nervös, seine Worte waren voller Optimismus, aber es fehlte ihnen die Substanz. Ethan hörte ihm zu, sagte nur das Nötigste und ließ den Mann reden. Er wusste, dass Joe keine Ahnung hatte, wie er den Wahlkampf unter diesen Umständen steuern sollte. Und insgeheim wusste Ethan, dass Joe ihn nicht retten konnte. Nicht jetzt, wo alles auf der Kippe stand. Ethan war wieder allein. Allein mit seiner Verzweiflung, seinem Zorn und dem immer enger werdenden Netz, das sich um ihn und seine Familie spannte. Der Druck wuchs weiter, ein unaufhörliches Crescendo, das ihn unausweichlich auf eine Entscheidung zutreiben ließ. Und obwohl er es noch nicht wusste, war der Moment, in dem alles explodieren würde, bereits viel näher, als er ahnte. Ethan fuhr in sein Büro, er brauchte Ablenkung, irgendetwas,

was ihn auf andere Gedanken bringen würde. Er nahm Platz
in seinem Lederstuhl und drehte sich zur Skyline hinaus. Eine
bekannte Szenerie für ihn, wenn er Zeit zum Nachdenken
brauchte. Das glitzernde und geordnete Panorama, stand im
völligen Kontrast zu seinem Chaos. Die Worte Victors vom
Abend zuvor machten ihn wütend: "Es würde Zeit brauchen."
Zeit - ein Luxus, den er sich nicht leisten konnte. Jede Stunde,
die verging, war eine weitere, in der Aurora in den Händen
dieser Unbekannten war. Er fühlte sie, als ob er zerreißen
würde, hin- und hergerissen zwischen der Geduld, die Victor
predigte und der brennenden Dringlichkeit, selbst etwas zu
tun. Ethan griff zu seinem Telefon und suchte die Nummer
von Meyer, dem Privatdetektiv, den er vor Monaten bereits in
einer schwierigen Angelegenheit konsultiert hatte. Meyer war
nicht der Typ, der Fragen stellte. Er war effizient, diskret und
absolut skrupellos, wenn es darauf ankam, die Wahrheit ans
Licht zu bringen. Ethan zögerte einen Moment, bevor er die
Nummer wählte. Ein Gefühl des Versagens kroch in ihm hoch
- er hatte bereits Victor engagiert, warum fühlte es sich an, als
würde er doppelte Sicherheiten brauchen? War es mangelndes
Vertrauen in Victors Fähigkeiten oder die unerträgliche Angst,
dass er seine Tochter verlieren könnte? Das Telefon klingelte
zweimal, bevor Meyers markante, rauchige Stimme am

anderen Ende erklang. "Meyer.".

"Ich brauche Ihre Hilfe", sagte Ethan ohne Umschweife. "Es geht um meine Tochter. Sie wurde entführt.".

Eine kurze Stille brach an. Meyer war keiner, der sich überrumpeln ließ, aber selbst durch das Telefon spürte Ethan, wie der Detektiv die Dramatik der Situation erfasste. "Wann ist es passiert?", fragte Meyer mit seiner typischen Sachlichkeit. "Vor drei Tagen", antwortete Ethan knapp und fuhr dann für die Ereignisse in knappen und präzisen Worten zu schildern. Er ließ nicht aus, dass von den ersten Drohungen über die mysteriösen Botschaften bis hin zu Victors bisherigen, wenn auch spärlichen Fortschritten. Meyer hörte aufmerksam zu, stelle nur hier und da gezielte Fragen, die essentiell für seine beginnenden Ermittlungen sein würden. Als Ethan endete, war die Antwort des Detektivs so schlicht wie beruhigen. "Ich kümmere mich darum".

"Ich brauche Ergebnisse, Meyer. Schnell". Ethans Stimme zitterte leicht, etwas, das ihm selbst unangenehm war.

"Sie wissen, wie arbeite", entgegnete Meyer. "Ich bin gründlich. Und ich mache keine Fehler.".

Ethan legte auf und ließ das Telefon auf den Schreibtisch fallen. Für einen Moment starrte er darauf, bevor er sich auf den Stuhl sank. Zwei Männer, die für ihn arbeiteten, zwei

Männer, denen er seine Hoffnung anvertraute. Doch in dieser
Situation fühlte sich selbst doppelte Absicherung nicht
ausreichend an. Die Leere in seiner Brust wuchs weiter, eine
gnadenlose Leere, die keine Antworten, sondern nur weitere
Fragen bereithielt. Am Nachmittag fand ein Meeting mit Joe
Wolfman und Michael Smith statt. Beide bemühten sich, ihm
eine Strategie für die nächste Woche zu präsentieren - eine
Mischung aus Interviews, Wahlkampfauftritten und
Spendenveranstaltungen. Aber Ethan konnte kaum zuhören.
Ihre Stimmen klangen wie ein entferntes Summen und die
Worte verschwammen in seinem Kopf. Alles, wonach er
denken konnte, war Aurora, seine Tochter. Was sie wohl
durchmachte? Was sie verängstigt, allein? Hatte sie noch
Hoffnung, dass er sie finden würde?

Wolfman legte ein Diagramm mit den neuesten
Wahlumfragen auf den Tisch und begann, die Ergebnisse zu
analysieren. Doch Ethan unterbrach ihn abrupt. "Das ist
gerade nicht wichtig", sagte er scharf und lehnte sich zurück.
Seine Augen huschten über die beiden Männer, die ihn
fragend ansehen. "Machen Sie einfach, was Sie für richtig
halten. Ich werde mich auf das Nötigste konzentrieren". Smith
wirkte verunsichert, wollte etwas sagen, hielt aber inne, als er
Ethans steinernen Ausdruck bemerkte. Wolfman hingegen

nickte nur knapp , auch wenn deutlich war, dass er von der Situation überfordert war. Ethan bemerkte es, doch es war ihm gleichgültig. Er brauchte sie nicht, um seinen Kurs zu lenken - im Moment war sein Fokus auf etwas anderes gerichtet. Er verließ vor den anderen das Büro. Sobald er raus ging, bemerkte er, dass er vergessen hat. Die Tür war angelehnt, bevor er reinging, bemerkte Ethan ein Gespräch zwischen Smith und Wolfman. Sie hielten Ethan inzwischen nicht mehr fähig für den Wahlkampf, nicht mehr fähig für den Job eines Präsidenten, er hätte seinen Glanz und seine Professionalität verloren. Er verließ das Büro, ohne das Vergessene mitzunehmen.

Am Abend klingelte erneut sein Telefon. Diesmal war es Meyer. "Ich habe etwas", sagte der Detektiv und Ethans Herz schlug schneller. "Es ist noch nicht viel, aber es könnte eine Spur sein. Ich habe Verbindungen zu einem Mann hergestellt, der möglicherweise mit den Entführern in Kontakt stand. Er ist ein kleiner Fisch, jemand, den sie benutzen, um Informationen zu transportieren.". "Wann kann ich mit ihm sprechen?", fragte Ethan. "Das sollten sie nicht tun", entgegnete Meyer. "Das Risiko zu groß. Lassen Sie mich das erledigen. Aber ich wollte Sie wissen lassen, dass ich Fortschritte mache.".

Ethan drückte die Finger an die Schläfen, spürte, wie der Druck von allen Seiten zunahm. "Tun Sie, was Sie tun müssen. Aber halten Sie mich auf dem Laufenden.".

Als er auflegte, fühlte er sich für einen Moment erleichtert. Doch die Erleuchtung war flüchtig. Die Uhr tickte unerbittlich und jede Sekunde, die verging, war eine Sekunde, in der Aurora weiter in Gefahr war. Ethan griff nach der Scotchflasche, die noch auf dem Schreibtisch stand und goss sich ein Glas ein. Doch bevor er es trinken konnte, hielt er inne und stellte das Glas zurück. Er konnte sich keine Schwäche leisten, nicht jetzt.

Der Abend verging zynischerweise quälend langsam und die Dunkelheit, die sich draußen ausbreitete, schien sein Inneres zu spiegeln. Irgendwo dort draußen war seine Tochter und Ethan wusste, dass er alles tun würde, um sie zurückzubringen - egal was es kosten würde. Der Regen peitschte gegen die Scheiben des schwarzen SUVs, während Ethan durch die nächtlichen Straßen der Stadt fuhr. Neben ihm saß Michael Smith, schweigsam und sichtlich nervös, während der Fahrer stur geradeaus blickte. Der Wagen bog in eine schlecht beleuchtete Seitenstraße und kam vor einem unscheinbaren Gebäude mit heruntergekommenen Backsteinfassaden zum Stehen. Ethan löste seinen Sicherheitsgurt und griff nach der

Tür, bevor Smith ihn zurückhielt. „Ethan, ich sage es noch einmal: Das hier ist keine gute Idee." Smiths Stimme war ernst, fast flehend. „Diese Leute... sie spielen ein anderes Spiel. Wenn Sie hier Druck machen, werden Sie zurückschlagen. Und Sie wissen genau, dass das nicht mit Worten geschieht." Ethan wandte sich langsam zu ihm um. Sein Blick war kalt, beinahe unerschütterlich. „Smith, die spielen seit Jahren mit uns allen, und niemand stellt sie infrage. Aber heute Nacht tue ich das. Es gibt nichts, was sie mir antun können, was mich mehr schmerzen würde, als das, was sie meiner Familie bereits angetan haben." Smith ließ die Hand sinken und seufzte schwer. „Dann seien Sie wenigstens vorsichtig. Diese Männer leben nicht in der gleichen Welt wie wir." Ethan nickte knapp und stieg aus. Die schwere Tür des Gebäudes knarrte, als er sie aufstieß. Drinnen war es still, abgesehen vom tropfenden Wasser irgendwo in der Ferne. Zwei Männer in dunklen Anzügen standen am Ende des Ganges und musterten ihn, bevor sie wortlos eine Tür öffneten. Ethan trat ein. Der Raum war überraschend prunkvoll, mit tiefen Ledersesseln, einem schweren Holztisch und einer glimmenden Zigarre, die in einem Kristallaschenbecher lag. Drei Männer saßen am Tisch, jeder mit einer Aura von Macht und Arroganz, die Ethan sofort

erkannte. Lobbyvertreter – die Gesichter, die hinter den
unsichtbaren Fäden der Politik standen. „Blake", sagte einer
von ihnen und lehnte sich zurück. Er war groß, mit grauen
Schläfen und einem schneidenden Lächeln. „Ich muss sagen,
ich bin überrascht, Sie hier zu sehen. Ein
Präsidentschaftskandidat, der mitten in der Nacht unsere
bescheidene Gesellschaft aufsucht? Das muss wichtig sein."
Ethan blieb stehen, die Hände in die Taschen seines Mantels
gesteckt, seine Haltung angespannt, aber kontrolliert.
„Wichtig ist noch untertrieben. Wir wissen beide, warum ich
hier bin." Der Mann mit den grauen Schläfen zog die
Augenbrauen hoch und lachte leise. „Ich bin mir nicht sicher,
ob ich das tue. Vielleicht sollten Sie es mir erklären." Ethan
trat einen Schritt vor. „Sie haben einen Preis für meine
Tochter aufgerufen. Oder, wenn nicht direkt Sie, dann die
Leute, die für Sie arbeiten. Ich bin nicht naiv. Ich weiß, wie
tief Sie in der Politik stecken, wie sehr Sie die Dinge lenken.
Aber lassen Sie sich eines gesagt sein: Wenn meiner Tochter
etwas zustößt, werde ich alles in meiner Macht Stehende tun,
um Sie zu Fall zu bringen." Ein leises, kollektives Lachen
erfüllte den Raum, und der Mann auf der rechten Seite – klein
und drahtig, mit einer Brille, die auf seiner Nase balancierte –
schüttelte den Kopf. „Das klingt nach einer netten Drohung

Blake, aber Sie und ich wissen beide, dass Sie nicht die Mittel haben, um uns auch nur zu kratzen." Ethan lehnte sich nach vorne, seine Stimme wurde leise, aber eisig. „Dann unterschätzen Sie mich. Und das wäre Ihr erster Fehler." Die Männer musterten ihn, ihre amüsierte Fassade begann zu bröckeln. Der Mann mit den grauen Schläfen legte die Zigarre in den Aschenbecher und sah Ethan mit scharfem Blick an. „Sie haben Rückgrat, ich gebe es zu. Aber das hier ist kein Spiel, Blake. Wenn Sie uns angreifen, werden Sie alles verlieren – Ihre Karriere, Ihre Reputation, vielleicht sogar mehr." Ethan schluckte schwer, aber er wich keinen Zentimeter zurück. „Sie haben bereits alles genommen, was mir wichtig ist. Jetzt bin ich frei, um alles zu riskieren." Für einen Moment war der Raum erfüllt von einer schwer greifbaren Spannung, wie eine unsichtbare Macht, die zwischen den Männern hin und her schwang. Schließlich nickte der grauhaarige Mann langsam, ein gefährliches Lächeln auf seinen Lippen. „Dann wünsche ich Ihnen viel Glück, Blake. Sie werden es brauchen." Ethan drehte sich um und verließ den Raum, ohne ein weiteres Wort zu sagen. Seine Schritte hallten durch den stillen Gang, und als er wieder im Auto saß, schien die Last des Treffens auf seinen Schultern zu liegen wie ein Berg. Smith sah ihn besorgt an. „Und?" „Sie

haben keine Angst", sagte Ethan leise. „Aber das sollten sie."
In den kommenden Tagen spürte Ethan die Konsequenzen
dieses Treffens schneller, als er erwartet hatte. Zeitungen
veröffentlichten Artikel, die angebliche Affären und
zwielichtige Geschäfte enthüllten – alles unbewiesene
Anschuldigungen, aber genug, um seine Umfragewerte ins
Wanken zu bringen. Unterstützer zogen sich zurück, und die
Spenden für seinen Wahlkampf begannen zu versiegen. Es
war ein offener Angriff, und Ethan wusste genau, woher er
kam. Doch in seinem Inneren loderte eine Flamme, die nicht
so leicht zu löschen war. Aurora war noch immer dort
draußen, irgendwo, und Ethan schwor sich, dass er nicht
ruhen würde, bis sie sicher in seinen Armen war – koste es,
was es wolle. Ethan saß in seinem Büro, den Kopf in den
Händen vergraben. Es war kurz nach Mitternacht, aber an
Schlaf war nicht zu denken. Der Raum war still, bis auf das
leise Ticken der Wanduhr, das sich wie ein Messer in seine
ohnehin schon strapazierten Nerven bohrte. Vor ihm auf dem
Schreibtisch lag ein Ausdruck des neuesten Zeitungsartikels –
eine weitere verleumderische Schlagzeile, die seine Integrität
als Präsidentschaftskandidat infrage stellte. *„Ein Wolf im
Schafspelz? Neue Enthüllungen über Ethan Blakes dunkle
Vergangenheit."* Natürlich war alles erstunken und erlogen,

ein weiteres Werk der Lobbyisten, die ihn mundtot machen wollten. Aber es funktionierte. Seine Unterstützer schrumpften, sein Team war unorganisiert, und die Wähler begannen zu zweifeln. Ein Klopfen an der Tür riss ihn aus seinen Gedanken. Es war Meyer, der Privatdetektiv. Der Mann trat ein, seine Statur und seine kühle Professionalität füllten den Raum. Meyer war nicht der Typ, der lange um den heißen Brei redete. „Ich habe Neuigkeiten", sagte er knapp und legte eine dünne Akte auf den Tisch. Ethan richtete sich auf, seine Augen verengten sich. „Was für Neuigkeiten? Haben Sie Aurora gefunden?" Seine Stimme war rau, eine Mischung aus Hoffnung und Furcht. Meyer schüttelte langsam den Kopf. „Noch nicht. Aber ich habe eine Spur. Es gibt Transaktionen, die ich zurückverfolgen konnte. Große Geldsummen, die zwischen mehreren Konten hin- und hergeschoben wurden. Eines davon führt direkt zu einer Organisation, die dafür bekannt ist, politische Gegner zu... sagen wir mal, unter Druck zu setzen." „Und wer steckt dahinter?" Ethan lehnte sich vor, sein Herz pochte in seiner Brust. Meyer seufzte und schob die Akte über den Tisch. „Das ist der schwierige Teil. Es gibt keinen direkten Namen, aber... alle Hinweise deuten darauf hin, dass diese Leute eng mit denselben Lobbies verknüpft sind, die Sie seit Monaten bekämpfen." Ethan schlug mit der Faust auf den Tisch. „Verdammt! Ich wusste es. Diese Bastarde hören nicht auf, bis ich am Boden liege. Und jetzt benutzen sie meine Familie, um mich zu brechen." Meyer hob eine Hand, um ihn zu beruhigen. „Noch wissen wir nicht genug, um sie direkt anzuklagen. Aber wir kommen näher. Ich brauche nur mehr Zeit." „Zeit ist genau das, was ich nicht habe!" Ethan sprang auf, seine Stimme überschlug sich vor Wut und Verzweiflung. „Diese Leute spielen mit meinem Leben, mit dem Leben meiner Tochter! Und ich sitze hier und warte, bis sie den nächsten Zug machen." Meyer blieb ruhig, seine Augen fixierten Ethan. „Wenn Sie überstürzt handeln, werden Sie genau das tun, was sie wollen. Sie verlieren die Kontrolle. Und das wird Sie alles kosten – nicht nur die Wahl, sondern auch Ihre Familie." Ethan atmete schwer, seine Hände auf den Tisch gestützt. Meyer hatte recht, das wusste er. Aber die Ohnmacht, nichts tun zu können, nagte an ihm wie ein Raubtier, das sich an seine Beute klammert. Plötzlich klingelte Ethans Handy. Er griff hastig danach und sah die Nummer – unbekannt. Für einen Moment zögerte er, dann nahm er ab. „Blake." Eine kalte, mechanische Stimme ertönte. „Mr. Blake, Sie kommen näher, als uns lieb ist. Ich rate Ihnen, sofort aufzuhören, wenn Ihnen das Wohl Ihrer Tochter am Herzen liegt." Ethan erstarrte. Sein Blick traf den von Meyer, der sofort verstand, dass etwas nicht stimmte. „Wer ist da?" Ethans Stimme war kaum mehr als ein Flüstern, voller kalter Wut. „Das spielt keine Rolle. Was zählt, ist, dass Sie aufhören, Fragen zu stellen. Oder Ihre Tochter wird den Preis zahlen." Die Leitung wurde unterbrochen, bevor Ethan antworten konnte. Mit bebenden Händen legte er das Telefon auf den Tisch. Für einen Moment war der Raum still, nur das Rauschen seines eigenen Blutes in seinen Ohren war zu hören. „Was war das?", fragte Meyer, sein Tonfall scharf. Ethan sah ihn an, seine Augen voller Entschlossenheit und Schmerz. Nun beeilen wir uns; diese Leute spielen für immer. Die Nacht verging mit Ethan und Meyer, die jede Spur, die sie analysieren konnten, nach Hinweisen durchforsteten. Ethan spürte die Last, die auf ihm lastete, aber etwas Neues wuchs in ihm heran - etwas Unzerbrechliches, das sich standhaft gegen alles stellte, was das, was er liebte, zerstören würde.

Er saß vor seinem Schreibtisch, die Lampe warf schwaches Licht auf die verstreuten Akten und Notizen, die Meyer ihm hinterlassen hatte; die Worte auf den Seiten schwammen vor seinen Augen." Die Drohung vom Anrufer hallte immer wieder in seinem Kopf wider. *„Hören Sie auf, oder Aurora wird den Preis zahlen. "* Es waren keine Worte, die man einfach abschütteln konnte. Sie gruben sich ein, wie ein Gift, das langsam aber sicher seinen Verstand vergiftete. Er ballte die Hände zu Fäusten, seine Nägel bohrten sich in die Handflächen, doch er ließ den Schmerz zu. Es war das einzige, was ihn davon abhielt, die Kontrolle völlig zu verlieren. Er blickte auf die Uhr. Es war kurz vor fünf Uhr morgens, doch Schlaf kam ohnehin nicht infrage. Stattdessen griff er zum Telefon und wählte eine Nummer, die er nur in äußerster Verzweiflung anrühren wollte. Nach einigen Momenten ertönte eine müde, aber wachsame Stimme am anderen Ende. „Wolfman hier. Was gibt's? ". "Joe?", begann Ethan und räusperte sich, um die Anspannung aus seiner Stimme zu vertreiben. „Ich brauche dich. Sofort. Bring alles, was du hast, über diese verdammten Lobbys mit.". Joe Wolfman war nicht unbedingt der Mann, dem Ethan sein Leben anvertrauen würde, aber er hatte Kontakte – und manchmal zählten Kontakte mehr als Vertrauen. Joe zögerte einen Moment, bevor er antwortete. „In Ordnung. Gib mir eine Stunde.". Ethan legte auf und lehnte sich zurück. Wie um ihn noch tiefer in den Abgrund zu stürzen, verfolgte ihn bei jedem gequälten Schritt vorwärts die dröhnende Stille der Welt, und er war in ein Netz der Dunkelheit verstrickt. Dabei konnte er jetzt nicht aufhören; es gab viel zu viele Dinge, die auf der Strecke blieben.

Eine Stunde später betrat Joe Ethans Büro, mit seiner Aktentasche in den Händen und einem müden, aber entschlossenen Gesicht. „Ich habe ein paar Sachen zusammengesucht", sagte er, während er sich setzte und die Tasche öffnete. „Aber Ethan, lass mich dir eines sagen - das sind die Leute, denen du auf die Füße trittst, und sie wissen jetzt, dass du allein bist. Keine Susann, kein Daniel. Du bist eine leichte Beute." Ethan verwarf die beiläufige Bemerkung und nahm eine der Akten in die Hand. „Was hast du gefunden?". Joe zögerte einen Moment und fuhr dann fort. "Die Geschäfte, die Meyer entdeckt hat - sie waren nur der Anfang. Eine Kette von Unternehmen, die sich alle hintereinander verstecken, alle sauber auf dem Papier. Aber wenn man tief genug gräbt, findet man etwas Interessantes. Ein Unternehmen, Argus Solutions, taucht immer wieder auf. Und diese Leute haben Verbindungen zu jedem großen Lobbyverband, der in deinem Wahlkampf aktiv ist. Und ich meine *jedem*.". „Argus Solutions", murmelte Ethan, während er die Dokumente durchsah. Der Name sagte ihm nichts, doch er spürte, dass er bedeutend war. „Hast du jemanden, der für das Unternehmen arbeitet? Jemanden, mit dem wir reden können?" Joe schüttelte den Kopf. "Sie sind ziemlich verbarrikadiert. Aber ich habe einen Namen, der immer wieder im Zusammenhang mit ihren Geschäften auftaucht: Vincent Goodsman. Ein Berater, ein Mittelsmann - er bewegt sich in Kreisen, aus denen man sich besser heraushalten sollte. Und wenn er auch nur halb so gefährlich ist, wie man sagt, wirst du dir keinen Freund machen, wenn du ihm auf die Füße trittst.". Ethan schlug die Akte zu, seine Kiefer mahlten. „Das spielt keine Rolle. Wenn dieser Goodsman etwas mit Auroras Entführung zu tun hat, werde ich ihn finden.". Joe seufzte. „Hör zu, Ethan. Ich verstehe, warum du so handelst. Aber du musst strategisch bleiben. Geh zu früh auf Konfrontation, und sie machen kurzen Prozess mit dir – und vielleicht auch mit deiner Familie.". Ethan stand auf und ging zum Fenster. Die ersten Strahlen der Morgensonne krochen über die Skyline, doch sie schienen ihm keine Hoffnung zu bringen. „Wenn ich nichts tue, verlieren wir Aurora. Wenn ich handle, verlieren wir vielleicht alles andere. Es ist ein verdammtes Schachspiel, und ich weiß nicht mal, ob ich alle Figuren kenne.". Joe starrte ihn eine Minute lang schweigend an, dann nickte er langsam. „Ich werde weiter graben. Aber Ethan, du musst darüber nachdenken, wie weit du zu gehen bereit bist und vor allem, wen du auf dieser Reise noch im Schlepptau haben willst." Ethan nickte, ohne den Kopf abzuwenden, und antwortete. „Danke, Joe. Wir reden später weiter." Als Joe ging, war Ethan ganz allein mit seinen Gedanken. Er dachte an Aurora und ihr Lächeln, an jene Tage, bevor alles andere in seinem Leben von der Politik überschattet wurde. Es ist jedoch nicht die Zeit, sich zu erinnern. Jetzt ist die Zeit für Entschlossenheit - und für Entscheidungen, die er nie getroffen hatte. Plötzlich vibrierte sein Handy. Es war Meyer. „Ethan, ich habe Neuigkeiten. Ich bin mir nicht sicher, ob sie dir gefallen werden.". Ethan schloss die Augen, seine Hand umklammerte das Telefon. „Was ist es, Meyer?". „Ich habe Vincent Goodsman gefunden. Und er ist... nicht weit weg. Er war gestern Abend in der Stadt, Ethan.". Ethan öffnete die Augen, die Härte in seinem Blick kehrte zurück. „Dann ist das mein nächster Schritt." Meyer zögerte. „Sei vorsichtig, Ethan. Die falsche Bewegung, und du verlierst alles.". „Ich habe nichts mehr zu verlieren", murmelte Ethan und legte auf. Ethan saß in einer dunklen Ecke des Spitzenrestaurants, das für seine diskreten Treffen bekannt war. Der Tisch war gedeckt, das Besteck glitzerte im schummrigen Licht, doch es fühlte sich alles andere als eine Einladung an. Er hatte alle Warnungen von Meyer und Victor ignoriert und dieses Treffen mit den Lobbyisten arrangiert. Er konnte nicht länger warten und sich auf Andeutungen verlassen, die zu vage geworden waren, um glaubwürdig zu sein. Irgendjemand musste Antworten haben, und Ethan war fest entschlossen, diese Antworten zu bekommen, koste es, was es wolle. Die beiden Männer, die ihm gegenüber saßen, waren der Inbegriff von kühler Professionalität. Maßgeschneiderte Anzüge, tadellose Umgangsformen, Gesichter, die Masken glichen: keine Emotion, kein Zucken. Einer von ihnen, ein grauhaariger Mann mit scharfen Zügen, beugte sich leicht vor. "Mr. Blake, wir sind hier, weil wir Ihre Einladung respektieren", begann er mit einer Stimme, die so glatt war wie sein Auftreten. "Aber ich muss ehrlich sein: Wir sind etwas verwirrt. Was genau wollen Sie mit diesem Treffen erreichen?" Ethan lehnte sich vor, die Fäuste auf dem Tisch, und sah dem Mann direkt in die Augen. "Ich bin nicht hier, um jemanden zu verwirren. Ich bin hier, um Antworten zu bekommen. Meine Tochter wurde entführt. Ich werde seit Wochen bedroht. Und alles deutet darauf hin, dass Ihre Leute dahinterstecken. Also lassen Sie uns die Spielchen überspringen. Wer steckt dahinter? Was wollen Sie von mir?". Der andere Mann, etwas jünger, mit einem durchdringenden Blick, zog eine Augenbraue hoch. "Mr. Blake, das sind schwere Anschuldigungen. Wir sind Unternehmer. Ihre politischen Positionen mögen für uns unangenehm sein, aber glauben Sie wirklich, dass wir so tief sinken würden? Entführungen? Drohungen? Das ist lächerlich. „Absurd?" Ethan konnte die Wut in seiner Stimme kaum unterdrücken. "Absurd ist, dass meine Familie in Angst lebt. Absurd ist, dass ich jeden Morgen aufwache und mich frage, ob heute der Tag ist, an dem ich alles verliere. Und Sie wollen mir erzählen, dass Sie nichts damit zu tun haben?".

Der grauhaarige Mann hob beschwichtigend die Hände. „Mr. Blake, ich verstehe Ihren Ärger. Aber wir haben nichts damit zu tun. Wenn Sie Beweise haben, legen Sie sie vor. Ansonsten sollten wir diese Unterstellung beenden.". Ethan spürte, wie seine Geduld am Ende war. „Beweise?" Er lachte bitter. „Sie sind doch die Meister darin, Spuren zu verwischen. Glauben Sie wirklich, ich lasse mich von Ihrer Unschuldsschauspielerei täuschen?". Bevor einer der Männer antworten konnte, ging die Tür des Restaurants auf, und ein Blitzlichtgewitter brach los. Ethan fuhr herum und sah eine Schar von Journalisten, die ihn mit Kameras und Fragen überfielen. „Mr. Blake! Warum treffen Sie sich mit Lobbyisten, gegen die Sie öffentlich kämpfen?"
„Haben Sie eine Vereinbarung getroffen? Sind Sie bereit, Ihre Prinzipien zu verkaufen?".
„Was bedeutet das für Ihren Wahlkampf?" Ethan fühlte, wie

ihm der Boden unter den Füßen weggezogen wurde. Seine
Sicherheit, seine Fassade – alles schien in diesem Moment
zusammenzubrechen. Die beiden Männer erhoben sich ruhig
und schlüpften unbemerkt durch einen Seitenausgang,
während Ethan allein im Kreuzfeuer der Kameras
zurückblieb.

Später, in seinem Büro, war die Stimmung eisig. Meyer stand
mit verschränkten Armen in einer Ecke und sah Ethan an, als
würde er jeden Moment explodieren. Victor hatte sich auf
einen Sessel gesetzt, die Hände auf den Knien, und starrte ins
Leere. Der Raum war still, bis Meyer schließlich das
Schweigen brach. „Was zur Hölle hast du dir dabei gedacht,
Ethan?" Seine Stimme war scharf, fast zornig. „Ich habe dich
gewarnt. Wir haben alle gewarnt, dass das ein Fehler ist. Und
jetzt? Jetzt bist du in den Schlagzeilen. Jeder denkt, du bist ein
Heuchler. Deine Umfragewerte sind in den letzten zwei
Stunden um zehn Prozent gefallen. Zehn Prozent, Ethan!"
Ethan saß hinter seinem Schreibtisch, die Hände zu Fäusten
geballt. „Ich hatte keine Wahl. Niemand bewegt sich schnell
genug. Ich musste handeln." Victor hob endlich den Kopf und
sah ihn mit einem seltsamen Ausdruck an – einer Mischung
aus Frustration und Mitleid. „Und was hat es dir gebracht?
Nichts. Die Lobbyisten streiten alles ab. Die Presse zerreißt

dich. Und du bist jetzt noch isolierter als vorher." Ethan sprang auf und schlug mit der Faust auf den Schreibtisch. „Ihr versteht es nicht! Das hier ist kein verdammtes Spiel! Meine Tochter ist da draußen, und keiner von euch scheint auch nur ansatzweise die Dringlichkeit zu spüren, die ich spüre!" Meyer trat einen Schritt vor. „Und du glaubst, dass diese impulsiven Aktionen helfen? Du hast gerade jedem gezeigt, dass du bereit bist, mit genau den Leuten zu verhandeln, gegen die du angeblich kämpfst. Deine Gegner werden das bis auf den letzten Tropfen ausnutzen." Ethan ließ sich schwer in seinen Stuhl sinken, das Gesicht in den Händen verborgen. „Ich... ich weiß einfach nicht mehr, was ich tun soll", murmelte er. „Alles, was ich tue, scheint nur noch mehr Schaden anzurichten." Die Stille kehrte zurück, nur unterbrochen von dem leisen Summen seines Handys. Er hob den Kopf, sah auf das Display und spürte, wie sich ein Kloß in seinem Hals bildete. Es war eine neue Nachricht. Keine Nummer. Kein Name. Nur ein Satz:

„*Ein falscher Schritt mehr, und Aurora wird es bereuen.*"

Sein Atem stockte, und die Worte brannten sich in sein Bewusstsein ein. Meyer trat näher, seine Augen besorgt.

„Ethan? Was ist los?" Doch Ethan konnte nicht antworten.
Die Botschaft war alles, was er sehen konnte. Und sie
bedeutete, dass er noch lange nicht am Ende war.
Vor dem imposanten Eingang des Bürogebäudes hatte sich
eine Schar von Reportern und Kameraleuten versammelt. Das
Blitzlichtgewitter begann, noch bevor Ethan Blake die Treppe
hinabstieg. Der Himmel war grau, eine passende Kulisse für
den Sturm, der in den letzten Stunden über ihn
hereingebrochen war. Die aufgeregten Rufe der Presse
schienen förmlich die Luft zu zerschneiden, während Ethans
Sicherheitsleute bemüht waren, die Menge unter Kontrolle zu
halten. Ethan blieb kurz stehen, richtete seine Krawatte und
fuhr sich mit einer zittrigen Hand über das Gesicht, bevor er
vor das aufgestellte Podium trat. Sein Pressesprecher hatte
verzweifelt versucht, ihn von dieser Konfrontation abzuhalten,
doch Ethan wusste, dass es kein Entkommen gab. Die
Öffentlichkeit verlangte Antworten, und Schweigen wäre das
endgültige Todesurteil für seinen Wahlkampf – und
möglicherweise für die Zukunft seiner Familie. Er trat ans
Mikrofon, blickte kurz in die Menge und räusperte sich.
„Guten Abend", begann er, seine Stimme rau, aber fest. „Ich
stehe heute hier, weil die Ereignisse der letzten Stunden und
Tage ein Licht auf Entscheidungen geworfen haben, die ich

getroffen habe – Entscheidungen, die ich für notwendig hielt.". Ein Aufschrei ging durch die Menge, und die ersten Reporter riefen ihm Fragen entgegen. „Mr. Blake, warum haben Sie sich mit Vertretern der Lobbies getroffen, gegen die Sie in Ihrer Kampagne doch immer gekämpft haben?"
„Glauben Sie, dass Ihre Glaubwürdigkeit dadurch nicht unwiderruflich beschädigt ist?".
„Haben Sie eine Vereinbarung getroffen, um Ihre Tochter zu retten?". Ethan hob die Hand, um die Fragenden zum Schweigen zu bringen. „Lassen Sie mich ausreden", sagte er mit einer Autorität, die für einen Moment tatsächlich die Menge zum Verstummen brachte. „Ich habe mich mit den Lobbyvertretern getroffen, weil ich Informationen brauchte. Informationen, die meine Familie betreffen. Es war ein Schritt, den ich nicht leichtfertig gegangen bin, aber ich habe ihn getan, weil ich mich in einer Lage befinde, in der ich keine andere Wahl sah." Seine Worte brachten nur wenig Beruhigung. Die Journalisten begannen wieder zu rufen, die Kameras zeichneten jedes Zucken in seinem Gesicht auf. „Mr. Blake, rechtfertigt das Treffen mit Lobbies eine derart gravierende Abweichung von Ihren Prinzipien?".
„Und was ist mit den Berichten, dass Sie außerhalb des gesetzlichen Rahmens handeln? "Wenn Sie noch im Amt sind,

führen Sie denn persönliche Rachefeldzüge?" Ethan fühlte
Anspannung innerhalb dessen, als er versuchte, ruhig zu sein.
"Ich bin jedoch nicht auf Rachefeldzug", betonte er. "Ich
kämpfe als Vater für die Sicherheit seiner Tochter. Ich weiß
auch, dass ich als Gouverneur von Kalifornien anders
gearteten Kriterien unterliege. Aber wenn dieses Drama dann
vorbei ist, dann stelle ich mich diesen Kriterien." Die
emittierte Menge, und Ethan spürte, wie die Wellen der
Beleidigungen wieder auf ihn einschlugen. Und einem
besonders scharfen Reporter meldete sich: "Aber Mr. Blake,
wie können Sie denn wirklich behaupten, dieses Gewerbe
nicht zu missbrauchen? Es scheint ja so, als hätten Sie es
irgendwie hinbekommen, Ihre Macht und Ihre Mittel für
persönliche Vorteile zu nutzen? Wie wollen Sie sich denn das
Vertrauen des Publikums bewahren?".

Tiefe Einatmung Ethan. Er wusste, dass diese Art, die
Anklage zu finden, keine weltweit orientierten Resultate
haben würde. Alle Linsen waren unversöhnlich, und im
Moment fühlte sich die Plattform wie ein Gerichtssaal an.
"Ich erwarte nicht von den Leuten, was es bedeutet, so in
einer solchen Situation zu sein", schloss er. "Aber ich
garantiere Ihnen, dass das Wohl meiner Familie immer und in
jeder Hinsicht vor dem Wohle dieses Staates geht." Es wurde

still bei den Anwesenden, und Ethan wusste, dass diese Worte nicht den erhofften Effekt erzielen würden. „Ich werde weiterhin alles in meiner Macht Stehende tun, um diese Situation zu lösen", fuhr Ethan fort. „Und ich verspreche Ihnen allen, dass ich, sobald meine Tochter sicher zurück ist, alle Fragen beantworte und die Konsequenzen für meine Entscheidungen tragen werde.". Die Menge löste sich nicht auf, als Ethan sich vom Podium zurückzog. Stattdessen wurde das Rufen der Reporter noch lauter, die Kameras folgten ihm auf Schritt und Tritt, und die Schlagzeilen waren unausweichlich: *„Blake unter Druck – Ist er noch fit für das Amt?"*. Zurück in seinem Büro ließ sich Ethan schwer in seinen Stuhl sinken. Victor und Meyer folgten ihm, beide sichtlich angespannt. „Das war ein Desaster", begann Meyer sofort. „Die Presse wird dich in Stücke reißen. Die Umfragewerte…". "Ich kenne die Risiken. Aber was soll ich denn tun? Nichts sagen? Das hätte es nur noch schlimmer gemacht.". Victor seufzte und legte eine Hand auf Ethans Schreibtisch. Wir müssen uns auf das konzentrieren, was wir in diesem Moment tatsächlich kontrollieren können, nämlich Aurora zu bekommen; der Rest - die Presse, die Umfragen - ist zweitrangig. Wenn wir sie nicht kriegen…". Er ließ den Satz unvollendet, aber der unausgesprochene Gedanke hing in

der Luft, wie eine Gewitterwolke. Ethan starrte aus dem
Fenster, von dem aus er die Skyline sehen konnte. Er wusste,
dass jede Sekunde zählte. Aber jeder Schritt, den er tat, schien
den Boden unter seinen Füßen noch mehr zu zerbröckeln.
Ethan saß in seinem Büro, die schweren Vorhänge halb
zugezogen, sodass ein schmales Lichtband hineinfiel. Sein
Schreibtisch war mit Papieren, Berichten und Tabellen gefüllt.
Ein großer Bildschirm zeigte die neuesten Umfragewerte:
30 %. Ein Schlag ins Gesicht. Noch vor wenigen Wochen
hatte er auf soliden 45 % gestanden, beinahe unschlagbar.
Nun? Die Wähler hatten das Vertrauen verloren, die Presse
schlachtete ihn aus, und sein eigenes Team war kaum mehr als
ein zerbrechlicher Rest von dem, was es einmal gewesen war.
Sein Telefon vibrierte und holte ihn aus seinen Gedanken
zurück. Meyer war am Apparat. Ethan nahm den Anruf
zögernd entgegen. „Was ist los?", fragte er, seine Stimme
müde und kratzig. „Ich habe Neuigkeiten, Ethan", begann
Meyer sofort, bevor Stephen zu Wort kommen konnte. „Ich
bin den Hinweisen nachgegangen, die Victor uns bezüglich
Auroras letzter Bewegungen gegeben hat. Es hat eine ganze
Weile gedauert, aber ... ich glaube, wir haben etwas." Ethan
setzte sich in seinem Stuhl auf; sein Herz begann schneller zu
schlagen. „Was habt ihr?"

„Aurora ist außer Landes", sagte Meyer, mit einer Spur von Dringlichkeit in seiner Stimme. Alles deutet darauf hin, dass sie nach Kanada unterwegs ist." Ethan runzelte die Stirn und lehnte sich wieder zurück, um über diese Information nachzudenken. Kanada. Das ergab keinen Sinn; oder vielleicht doch? Petra und Danny waren in Kanada. Das Land war definitiv sicherer für seine Familie, zumindest hatte er das gedacht. Aber wenn Aurora jetzt auch dort war ... was bedeutete das? „In Kanada?" Ethan wiederholte es langsam, seine Gedanken rasten. „Bist du sicher?" „Ja", bestätigte Meyer. „Ich habe die Reisedaten überprüft. Es gab eine Flugbewegung, die auf ihre Beschreibung passt. Es sieht so aus, als sei sie über einen kleinen privaten Flugplatz ausgeflogen worden. Das Problem ist, dass wir nicht wissen, wer dahintersteckt. Es gibt keine offiziellen Hinweise, keine Flugbuchungen, die wir zurückverfolgen können. Alles wurde… verschleiert." Ethan stand abrupt auf und ging zum Fenster. Er blickte auf die Stadt hinaus, die ihm plötzlich noch fremder vorkam als zuvor. Seine Finger trommelten unruhig auf der Fensterbank. „Das ergibt keinen Sinn, Meyer. Wenn sie in Kanada ist… dann ist sie bei Petra und Danny. Aber warum sollten sie nichts gesagt haben? Warum sollte ich davon nichts wissen?" „Genau das frage ich mich auch", entgegnete Meyer ruhig. „Ich will nicht spekulieren, Ethan, aber ich sage dir, wir müssen mit äußerster Vorsicht vorgehen. Es könnte alles sein – ein Zufall, eine List oder etwas viel Größeres." Ethan spürte, wie sich ein Knoten in seinem Magen bildete. Irgendetwas stimmte nicht. Meyer hatte recht, die Situation fühlte sich falsch an. Aber was genau? War seine Familie wirklich sicher? Oder war sie Teil eines perfiden Spiels, dessen Regeln er noch nicht durchschaute? „Okay", sagte Ethan schließlich, seine Stimme fester, als er sich fühlte. „Ich will, dass du das weiterverfolgst. Finde heraus, wo sie ist, und vor allem, wer sie dorthin gebracht hat.". „Ich bin dran", versprach Meyer, bevor er auflegte. Ethan ließ das Telefon auf den Tisch fallen und rieb sich die Schläfen. Die Uhr tickte, und mit jedem Schlag fühlte es sich an, als würde ihm die Kontrolle weiter entgleiten. Noch vor Kurzem hatte er gedacht, dass das Treffen mit den Lobbyisten das schlimmste Problem wäre, mit dem er sich herumschlagen musste. Ist das nicht so? Dieser hier war größer. Und es war gefährlicher. Er blickte auf ein Bild von Aurora, das vor dem Hintergrund seines Schreibtisches stand. Ihr strahlendes Lächeln und ihre leuchtenden Augen erinnerten ihn daran, warum er das alles mitmachte: Es geht nicht um Macht, es geht nicht um Anerkennung. Es geht nur um seine Familie - ihre Sicherheit, ihre Zukunft. Aber jetzt, wo so viele Zweifel wie Schatten über ihm schwebten, begann er nachzudenken: Hatte er sie wirklich beschützt, oder hatte er sie in noch größere Gefahr gebracht? Diese Fragen gingen ihm durch den Kopf, als er sich in seinen Stuhl zurücksinken ließ. Er griff nach einem Stift und begann eine Liste zu schreiben - alles, was er wusste, alles, was er nicht wusste, und jede Möglichkeit, die ihm offen stand. Doch je länger es dauerte, desto klarer wurde es ihm: Er hatte nicht mehr die Fäden in der Hand. Jemand anderes hatte die Kontrolle übernommen, und er sollte besser herausfinden, mit wem, bevor es zu spät war. Draußen vor dem Fenster begann sich der Himmel zu verdunkeln, als sich ein Sturm zusammenbraute. Aber dieser Sturm? Größer und viel gefährlicher. Er warf einen Blick auf ein Foto von Aurora, das auf seinem Arbeitstisch stand. Dieses strahlende Lächeln, ihre leuchtenden Augen erinnerten ihn daran, warum er das alles tat. Es geht um seine Familie - ihre Sicherheit, ihre Zukunft. Aber jetzt, da er von so vielen Zweifeln geplagt wurde, wollte er, um es ganz offen zu sagen, sich selbst befragen: Hatte er sie wirklich beschützt oder hatte er sie in noch größere Gefahr gebracht? Die Fragen quälten ihn, als er wieder in seinen Stuhl sank. Er schnappte sich einen Stift und begann mit einer Liste - alles, was er wusste, alles, was er nicht wusste, und alle Möglichkeiten, die ihm zur Verfügung standen. Doch je mehr er darüber nachdachte, desto klarer wurde es ihm: Er war nicht mehr der Puppenspieler. Jemand anderes hatte die Kontrolle übernommen, und er sollte besser herausfinden, mit wem, bevor es zu spät war. Draußen vor dem Fenster verdunkelte sich der Himmel, während ein Sturm aufzog. Aber was war das? Er war größer. Und viel gefährlicher. Er blickte auf das Bild von Aurora, das er auf seinem Schreibtisch hatte. Dieses strahlende Lächeln, ihre leuchtenden Augen erinnerten ihn daran, warum er das alles mitgemacht hatte: Es geht nicht um Macht, nicht um Anerkennung. Es geht nur um seine Familie - ihre Sicherheit, ihre Zukunft. Aber jetzt plagten ihn endlose Zweifel, und er schien sich zu fragen: Hatte er sie wirklich beschützt? Oder hatte er sie in noch größere Gefahr gebracht? Die Fragen ließen ihn nicht in Ruhe, als er wieder in seinen Stuhl zurücksank. Er griff nach einem Stift und begann, eine Liste zu schreiben - alles, was er wusste, alles, was er nicht wusste, und jede Möglichkeit, die ihm noch blieb. Doch je mehr er darüber nachdachte, desto klarer wurde es ihm: Er hatte nicht mehr die Fäden in der Hand. Jemand anderes hatte die Kontrolle übernommen, und er sollte besser herausfinden, mit wem, bevor es zu spät war. Draußen vor dem Fenster verdunkelte sich der Himmel, und ein Sturm begann sich zu bilden. Aber dieser Sturm? Größer und viel gefährlicher. Er warf einen Blick auf ein Foto von Aurora, das auf seinem Arbeitstisch stand. Dieses strahlende Lächeln, ihre leuchtenden Augen erinnerten ihn daran, warum er das alles tat. Es geht um seine Familie - ihre Sicherheit, ihre Zukunft. Aber jetzt, da er von so vielen Zweifeln geplagt wurde, wollte er, um es ganz offen zu sagen, sich selbst befragen: Hatte er sie wirklich beschützt oder hatte er sie in noch größere Gefahr gebracht? Die Fragen quälten ihn, als er wieder in seinem Stuhl sank. Er schnappte sich einen Stift und begann mit einer Liste - alles, was er wusste, alles, was er nicht wusste, und alle Möglichkeiten, die ihm zur Verfügung standen. Doch je mehr er darüber nachdachte, desto klarer wurde es ihm: Er war nicht mehr der Puppenspieler. Jemand anderes hatte die Kontrolle übernommen, und er sollte besser herausfinden, mit wem, bevor es zu spät war. Der wahre Sturm würde bald losbrechen – und er war noch lange nicht bereit.

Ethan entschied, dem Hinweis in Kanada nachzugehen. Er schlug Meyer vor, dass sie gemeinsam nach Kanada fliegen. Er rief Meyer an und er stimmte zu.

Der Flug nach Kanada verlief gut. Nun waren sie da und Ethan fühlte ganz im Inneren seines Herzens, er ist Aurora näher. Die Luft in Toronto war kühl, ein scharfer Kontrast zu dem Sturm, der in Ethans Gedanken tobte. Das Brummen der Stadt schien ihn nicht zu erreichen, als er in der schwarzen Limousine neben Meyer saß. Es war eine Manifestation von Tränen und würde wahrscheinlich ein tiefes Keuchen hervorrufen - die Angst vor diesem schwach sichtbaren, improvisierten Ort, den man sofort spürte, als man sich dem Supermarkt näherte, in dem Auroras Handy abgehört worden war. Die ganze Zeit über sagte er sich, das wäre dann der Moment, in dem er sie endlich befreien könnte. Aber befreien wovon? Warum fühlte sich alles so unwirklich an, warum war die Erfahrung so unvollständig und gespalten in Hoffnung und Angst? „Sind Sie sicher, dass dies der richtige Ort ist?", fragte Ethan, während er Meyer ansah, dessen Blick auf das Display seines Geräts gerichtet war. „Das Signal ist klar", schoss Meyer zurück. „Unbeweglich. Wenn wir Glück haben, ist sie noch da." Ethan nickte und versuchte, sich zusammenzureißen, aber seine Hände zitterten. Als der Wagen vor dem Supermarkt anhielt, riss er die Tür auf, bevor der Fahrer ganz zum Stehen gekommen war. Ohne auf Meyer zu warten, sprintete er in Richtung des Eingangs. Die Bodenschiebetüren öffneten sich, und neben dem Geruch von frisch gebackenem Brot und Reinigungsmitteln spürte er die

Luft der Normalität. Seine Augen huschten im Zickzackkurs über die Gänge. Gesichter mit Einkaufswagen, Kinder, die durch die Gassen flitzten - alles schien normal, sehr geerdet. Und doch war es das für ihn nicht. Er war ein Mann am Rande der Verzweiflung, der verzweifelt nach einem Funken Hoffnung suchte. „Aurora!", rief er, seine Stimme zitternd vor Emotionen. Einige Kunden drehten sich irritiert zu ihm um, aber er ignorierte sie. Dann – mitten in der Abteilung für frisches Obst und Gemüse – sah er sie. Aurora stand da, eine Packung Äpfel in der Hand, ihr Gesicht ruhig, entspannt, wie das eines jeden anderen Teenagers. Ethan hielt für einen Moment den Atem an. Es war wirklich sie. Ihre langen, dunklen Haare, die sie immer hinter die Ohren steckte, ihr lässiger Hoodie – es war kein Zweifel möglich. „Aurora!" Ein Ruf, dem ein Tonfall folgte, der eine Mischung aus ungläubiger Freude und völliger Erschöpfung hätte sein können. Überrascht blickte sie auf und ließ fast die Äpfel fallen. „Dad?", fragte sie, ihre Stimme so zerknittert wie ihre Gesichtszüge. Ethan stürzte zu dem Mädchen, und seine schweren Beine fühlten sich plötzlich an, als würden sie das Gewicht der ganzen Welt tragen. Als er vor ihr stand, brach er förmlich zusammen, fiel auf die Knie und umklammerte sie. Tränen strömten unkontrolliert über sein Gesicht, und er

konnte kaum atmen. „Oh mein Gott, Aurora… ich dachte…
ich dachte…" Seine Worte brachen ab, sein Körper wurde von
Schluchzern geschüttelt. Aurora legte ihre Hände auf seine
Schultern, immer noch völlig überrumpelt. „Papa, was ist los?
Warum bist du hier? Was machst du?" Meyer trat in diesem
Moment hinzu, sein Gesicht eine Maske aus Unglauben. Auch
er konnte kaum fassen, was er sah. Es war eindeutig Aurora,
und sie schien nicht nur unversehrt zu sein, sondern auch
völlig ahnungslos, was sich in den letzten Wochen ereignet
hatte. „Aurora…" Ethan rang nach Worten, zog sie enger an
sich. „Ich dachte, du wärst entführt worden. Wir… wir haben
dich überall gesucht. Du warst verschwunden!" Aurora zog
sich ein Stück zurück und schaute ihn an, als hätte er den
Verstand verloren. „Was redest du da, Papa? Ich war die ganze
Zeit bei Mama. Wir haben Kanada nicht verlassen."

Ethan starrte sie an, seine Tränen versiegten abrupt, als ihre
Worte zu ihm durchsickerten. „Bei… Mama?" „Ja," bestätigte
sie. „Ich war die letzten Tage nur mit Freunden unterwegs. Ich
habe dir doch erzählt, dass ich mal ein bisschen alleine sein
wollte. Warum glaubst du, ich wäre entführt worden?" Ethan
öffnete den Mund, aber er brachte kein Wort heraus. Er drehte
sich langsam zu Meyer, dessen Gesichtsausdruck nun
ebenfalls ernst war. Sie sahen sich für einen langen Moment

an, beide unfähig, die Worte auszusprechen, die in der Luft lagen. „Das ergibt keinen Sinn", murmelte Meyer schließlich, seine Stimme leise und rau. „Wir haben Beweise, dass sie über einen Privatflughafen ausgeflogen wurde. Die Anrufe, die Drohungen, alles…" Aurora runzelte die Stirn. „Privatflughafen? Drohungen? Papa, wovon redest du?" Ethan war immer noch wie gelähmt. Er spürte, wie ein kalter Schauer seinen Rücken hinablief. Nichts von dem, was sie sagten, passte zusammen. Er hatte sein gesamtes Leben auf den Kopf gestellt, war durch die Hölle gegangen, und jetzt stellte sich heraus, dass… nichts davon echt war? „Ich… ich muss nachdenken", sagte er schließlich, seine Stimme schwach. Er ließ Auroras Schultern los und stand langsam auf, als wäre sein Körper aus Blei. Sein Kopf war ein einziges Chaos aus Fragen, auf die er keine Antworten hatte. Aurora schaute ihn besorgt an, wollte etwas sagen, doch er hob eine Hand, um sie zu stoppen. „Es ist okay, Schatz. Ich bin nur… froh, dass es dir gut geht." Doch in seinem Inneren wusste er, dass nichts in Ordnung war. Ganz und gar nichts. Wer hatte dieses perfide Spiel inszeniert? Wer hatte ihn glauben lassen, dass seine Tochter entführt worden war? Und warum? Ethan fühlte, wie sich die Wut in ihm aufbaute, heiß und brennend, aber auch eine bohrende Angst, die er nicht abschütteln konnte. Meyer zog ihn schließlich beiseite. „Ethan... ich weiß nicht, was hier passiert, aber das stinkt zum Himmel. Jemand hat uns gegeneinander aufgehetzt. Und ich schwöre dir, dass wir herausfinden werden, wer." Ethan nickte langsam, den Blick immer noch auf Aurora gerichtet, die sich nun wieder ihrem Einkaufswagen zuwandte, als wäre nichts geschehen. Aber für ihn war alles anders. Sein Leben, seine Kampagne, seine Familie - nichts war mehr sicher. Und während er in der Obstabteilung stand, wusste er in diesem Moment genau eines: Der eigentliche Kampf hatte gerade erst begonnen.

Der Preis der Wahrheit

Das Haus lag still in der Dämmerung, das letzte Licht des Tages warf lange Schatten auf den Boden des großzügigen Wohnzimmers. Ethan stand in der Mitte des Raumes, die Hände in die Hüften gestemmt, während sein Blick zwischen Petra und Meyer hin- und herging. Seine Kinder saßen noch immer mit gesenkten Köpfen auf dem Sofa. Aurora und Danny spürten beide, wie die Spannung, wie ein dickes, unsichtbares Seil durch die Luft zog. Die Stille wurde nur durch das Ticken der großen Wanduhr unterbrochen; die monotone Akustik war beinahe wie ein Bote des unvermeidlichen Sturms. „Aurora, Danny", sagte schließlich Ethan, seine Stimme ruhig, aber eisern „geht bitte in eure Zimmer." Aurora öffnete den Mund, als wollte sie protestieren, aber der harte Blick ihres Vaters ließ sie verstummen. Widerwillig stand sie auf und Danny folgte ihr, beide warfen ihrer Mutter unsichere Blicke zu. Petra war starr an der anderen Seite des Raums, ihre Haltung steif, ihre Augen an einem Punkt auf dem Teppich befestigt. Sie sagte nichts, bis die Schritte der Kinder die Treppe hinauf verklungen waren. „Nun, was soll es sein?", fragte sie, ihre Stimme leise, aber angespannt.

Ethan atmete tief durch, als würde er sich darauf vorbereiten, ein schweres Gewicht zu stemmen. „Was soll das werden?", wiederholte er langsam, seine Stimme von einer gefährlichen Ruhe durchzogen. „Ich denke, das sollte ich dich fragen, Petra. Denn während ich in den letzten Wochen die Hölle durchlebt habe, während ich durch Staaten, Länder und mein eigenes Gewissen gehetzt wurde, wusstest du die ganze Zeit genau, wo Aurora war.". Petra hob endlich den Blick, ihre Augen funkelten. „Ethan, ich weiß nicht, worauf du hinauswillst.". „Ach, komm schon!" brach es aus ihm heraus, seine Stimme schneidend wie ein Messer. „Hör auf, so zu tun, als wüsstest du nicht, was ich meine. Ich habe sie gesucht, Petra! Überall! Mein Team, Meyer hier" – er deutete auf den Privatdetektiv, der an der Wand lehnte, die Arme verschränkt und mit gerunzelter Stirn – „wir haben Spuren verfolgt, Signale geortet, Hinweise analysiert. Ich habe mich mit Lobbyisten eingelassen, meine Glaubwürdigkeit geopfert, mein Leben aufs Spiel gesetzt, weil ich dachte, unsere Tochter sei entführt worden. Und jetzt erfahre ich, dass sie die ganze Zeit bei dir war?". Petra zog sich leicht zurück, als hätte sie einen Schlag ins Gesicht bekommen. Doch ihre Stimme blieb fest. „Und du glaubst, ich bin dir eine Erklärung schuldig? Du glaubst, ich habe nichts Besseres zu tun, als dein paranoides Verhalten zu entschuldigen?"

„Paranoid?" Ethan konnte nicht glauben, was er hörte.

„Paranoid? Du weißt nicht, was ich durchgemacht habe. Die

Drohungen, die Anrufe – alles fühlte sich echt an! Und du…

du hast keinen Ton gesagt. Kein Wort, Petra!". „Weil du die

Kontrolle verloren hast!", schoss sie zurück, ihre Stimme nun

deutlich lauter. Sie stand auf und sah Ethan direkt in die

Augen. „Ich habe gesehen, wie du dich selbst vernichtet hast,

wie du dich in diesen Albtraum hineingesteigert hast, Ethan!

Und ja, ich habe Aurora nicht hergegeben. Weil sie dort sicher

war, weil sie dort Frieden hatte – Frieden von deinem Hass,

deinem Zorn, deiner Besessenheit! Ich dachte, du würdest

irgendwann merken, dass du falsch liegst, aber stattdessen bist

du nur noch tiefer in diesem Wahnsinn versunken!". Ethan

starrte sie an, als hätte sie ihn gerade geohrfeigt. „Du hast

Aurora bei dir behalten, weil du glaubst, ich hätte… was? Ihr

geschadet?". Petra holte tief Luft, ihre Stimme indessen leiser,

aber keineswegs weniger bestimmt. „Ethan, du bist in den

letzten Monaten ein anderer Mensch geworden. Die Wahl, die

Verantwortung, die ständigen Kämpfe – sie haben dich

verändert. Du siehst überall Feinde, du vertraust niemandem

mehr. Nicht einmal mir.". Ethan ließ die Worte sacken, doch

anstatt ihn zu beruhigen, schürten sie nur die Flammen seines

Zorns. „Also hast du entschieden, mir nichts zu sagen? Du

hast mich wie einen Idioten durch die Hölle gehen lassen, nur um… was? Um mich zu bestrafen?". „Sei nicht egoistisch, es geht nicht immer nur um dich!", schrie Petra auf, als wäre dies für sie zu schwierig zu erwähnen. „Es ging nicht um dich! Es ging um Aurora. Um ihre Sicherheit, um ihre Ruhe. Hat dir Aurora gesagt, dass sie sich im Haus überwacht gefühlt hat? Sie sagte mir, dass sie kein Raum für sich hatte. Was hast du gemacht, Ethan? Was hast du getan? Sie hatte Angst, Ethan. Vor ihrem eigenen Vater.". Das traf Ethan wie ein Schlag in die Magengrube. Er wich einen Schritt zurück, als hätten ihre Worte physisch Gewicht. „Das… das ist nicht wahr", murmelte er, aber selbst in seinen eigenen Ohren klang es wie eine schwache Verteidigung. Meyer, der bisher still war, ließ sich nun vorbeugen. „Ich glaube, wir sollten alle eine Sekunde zurücktreten", begann er genau, seine Stimme klar. „Es ist eine Menge passiert, von dem wir nicht alles einordnen können. Und ich denke, wir sollten uns alle fragen, wer das wirklich will." Ethans Kopf wirbelte, als er sich umdrehte. „Was meinst du?". Mit den Schultern zuckend und auf Petra schauend, fuhr Meyer fort. „Ich glaube, dass eine Menge Arbeit dafür geleistet wurde, euch in den Glauben zu setzten, dass Aurora entführt wurde. Und währenddessen… hat Ihre Glaubwürdigkeit in der Öffentlichkeit stark gelitten.

Irgendjemand hat dieses Chaos gewollt. Die Frage ist: Wer?".

Petra verschränkte die Arme vor der Brust, ihr Blick war

stählern. „Willst du damit sagen, dass ich etwas damit zu tun

habe?". Meyer hielt ihrem Blick stand. „Ich sage nur, dass es

mehr gibt, als wir sehen. Und dass wir anfangen sollten, die

richtigen Fragen zu stellen.". Ethan spürte, wie sich die

Spannung in seinem Körper aufbaute, ein Wirrwarr aus Wut,

Misstrauen und Verzweiflung. Die Wahrheit war ein Preis,

den er bereit war zu zahlen – er wusste nur nicht, wie hoch

dies sein würde. Der Wohnraum, in dem sich in Petras Haus

befand, war gespannt, als ob ein Sturm darin wüten würde.

Ethan stand in der Mitte und zitterte, die Hände zur Faust

geballt und mit Anspannung und Petra gegenüber. Schmerz?

Schuld? Oder nur, weil sie sich unwohl fühlte, dass sie

erwischt worden war? Meyer, der die gesamte Zeit und ohne

ein Wort am Rand des Raumes verweilte, warf einen ruhigen

Blick in die Runde, aber seine Augen sahen nach unten, wo

genau die Sätze passierten. „Petra, ich kann es immer noch

nicht glauben", begann Ethan, krächzend, mit Wut, die er

kaum halten konnte. „Du weißt, wo Aurora war und sie ist die

ganze Zeit bei dir gewesen, und trotzdem habe ich die ganze

Welt nach ihr gesucht! Was hast du dir dabei gedacht?..."

Petra ließ ihn nicht ausreden. Sie stemmte die Hände in die

Hüften, ihr Blick war kalt wie Stahl. „Und was hätte ich tun sollen, Ethan? Dir zusehen, wie du immer tiefer in deinen paranoiden Albtraum abdriftest? Du hättest mir sowieso nicht zugehört, wenn ich es dir gesagt hätte! Du traust niemandem mehr, Ethan. Deine Freunde, dein Team, anscheinend nicht einmal deiner Familie.". "Nein, das stimmt nicht!" Ethan schlug mit der Faust gegen die Rückenlehne eines Stuhls und seine Stimme wurde laut und verzweifelt. „Ich habe alles getan, um uns zu schützen, Petra! Alles! Aber du..." Er zeigte auf sie, seine Finger zitterten. „Du hast mich verraten. Du hast mir das genommen, was mir am wichtigsten ist – mein Vertrauen in dich." Petra lachte kurz auf, aber es war kein fröhliches Lachen. Es war ein bitteres, erschöpftes Geräusch. „Vertrauen? Hörst du dir überhaupt zu? Seit Monaten führst du diesen Krieg gegen Geister, gegen Schatten! Jeder ist für dich ein Verräter, jeder ist Teil irgendeiner Verschwörung, die sich angeblich gegen dich richtet. Und inmitten all dessen habe ich versucht, unsere Kinder zu beschützen – vor dir, Ethan! Vor deinem Wahnsinn!" „Wahnsinn?" Ethans Stimme überschlug sich. „Du nennst es Wahnsinn, dass ich versucht habe, meine Tochter zu retten? Dass ich alles in meiner Macht Stehende getan habe, um sicherzustellen, dass sie sicher ist? Wenn das "Wahnsinn" ist, dann ja, Petra, dann bin ich wahnsinnig. Aber wenigstens bin ich kein Lügner." Petra trat einen Schritt näher. Ihr Gesicht war nur ein paar Zentimeter von seinem entfernt. „Du willst die Wahrheit? Ich werde dir die Wahrheit sagen. Du bist ein Kontrollfreak, Ethan. Du musst alles und jeden kontrollieren. Aber das Leben deiner Kinder ist kein Wettbewerb, den du gewinnen kannst. Manchmal musst du einfach loslassen, aber du kannst das nicht, oder? Du kannst nicht akzeptieren, dass du nicht immer der Held bist, dass du nicht immer alles im Griff hast." Ethans ganzer Körper zitterte unter dem Angriff. Ihre Worte schmerzten so tief in seinem Inneren, wie ein Stich ins Herz. Sie weckten jedoch ironischerweise nur ein Feuer in ihm. „Ich versuche, uns zusammenzuhalten", zischte er. Seine Stimme vibrierte vor unterdrücktem Ärger. „Ich kämpfe um uns. Und du? Du bist einfach nur eine Außenstehende, die am Rand steht und zuschaut, wie alles zerbricht!" Petra schlug mit der flachen Hand auf den Couchtisch und brach das laute Geräusch. „Weil ich keine andere Wahl hatte, Ethan! Glaubst du, ich wollte das alles? Glaubst du, ich wollte sehen, wie du dich selbst zerstörst? Aber du hast mich ausgeschlossen! Du hast mich aus deinem Leben gedrängt, aus deinen Plänen, aus deinen Gedanken. Du bist nur noch ein Schatten von dem Mann, den ich einmal geheiratet habe!" Die Worte schnitten tief. Ethan wollte etwas erwidern, aber seine Stimme versagte. Stattdessen wandte er sich ab, seine Hände rieben nervös über sein Gesicht. Die Stille, die nun folgte, war erdrückend, doch sie hielt nicht lange an. "Wieso, Petra? Wieso?" fragte er schließlich, leiser, diesmal und fast flehend. "Warum hast du es mir nichts gesagt? Warum hast du es mir nicht einfach gesagt, dass Aurora bei dir ist? Sie ist auch mein Kind!" Petra sah zu ihm auf, und für einen Moment schien ihr Zorn zu schwinden. In ihm trat der Ausdruck von Müdigkeit und Traurigkeit ein: "Weil ich Angst hatte, Ethan." gab sie schließlich zu, ihre Stimme zitternd. "Angst. Angst davor, was du tun würdest, wenn du wüsstest, dass Aurora bei mir ist. Angst, dass sie in deinen Kampf hineingebracht wird. Und ja, vielleicht auch Angst vor dir....". Die Worte trafen Ethan sehr. Er drehte sich zu ihr um, seine Augen weit vor Schock. „Angst vor mir?" Petra nickte langsam, Tränen traten in ihre Augen, doch sie ließ sie nicht fallen. „Ja, Ethan. Du bist nicht mehr der Mann, den ich kenne. Du bist verbittert, getrieben von Misstrauen und Wut. Und ich wusste nicht mehr, wie ich zu dir durchdringen sollte." Die Stille kehrte zurück, diesmal war sie fast unerträglich. Meyer, der bisher schweigend im Hintergrund geblieben war, räusperte sich schließlich, seine Stimme durchbrach die Spannung wie ein leiser

Donnerschlag. „Ich denke, wir sollten einen Schritt
zurücktreten", sagte er ruhig. „Es gibt hier offensichtlich viel
Schmerz und Missverständnisse, aber wir müssen uns auf das
Wesentliche konzentrieren. Aurora ist sicher. Das ist, was
zählt." Doch Ethan ignorierte ihn. Sein Blick fiel auf Petra,
seine Augen voller Qual, aber auch voller Wille. "Ich werde
nicht aufgeben", flüsterte er mit einer Aggression in seiner
Stimme. "Ich werde herausfinden, wer für das Ganze
verantwortlich ist. Aber wenn ich das herausfinde, Petra,
werde ich sicherstellen, dass niemand, niemand, jemals
wieder meine Familie so angreift." Petra erwiderte den Blick
von Ethan, ihr eigener brennend fest. "Dann fang mal an,
vielleicht siehst du den Wald vor lauter Bäumen nicht.
Manchmal ist es näher, als du denkst." Mit dieser Feststellung
stürmte sie an ihm vorbei und verschwand aus dem Raum,
obwohl die Anspannung in der Luft wie ein greifbarer
Schleier zurückblieb. Ethan stand weiterhin stumm blieb,
sodass Meyer ihn nachdenklich betrachten konnte. Der Preis
der Wahrheit, dachte Ethan, war vielleicht höher, als er jemals
bereit war zu zahlen. Ethan lehnte sich zurück in den
abgenutzten Ledersessel des Hotelzimmers, den er und Meyer
vorübergehend in eine improvisierte Einsatzzentrale
verwandelt hatten. Es war kein luxuriöser Ort – die Tapete

begann an den Rändern abzublättern, und der muffige Geruch von zu vielen Gästen, die in diesem Raum vor ihm gelebt hatten, hing in der Luft. Doch das war ihm egal. Er wollte nicht zurück in die USA, nicht zurück in den Wahlkampf, bevor die Wahrheit ans Licht gekommen war. Der Gedanke, wieder auf der Bühne zu stehen, Hände zu schütteln und lächelnd in Kameras zu blicken, während seine Familie innerlich zerbrach, war unerträglich. Meyer saß am kleinen runden Tisch, schon gab es dort einen Berg von Papieren und Notizen und Ausdrucken. Der Detektiv sah ruhig wie immer aus, aber seine Augen streiften die Papiere, als würde er nach einem bestimmten Suchprinzip suchen, das Ethan bewundern wollte. Eine seltsame Partnerschaft war es – ein Gouverneur und ein Mann des Schattens, und doch war Meyer in diesem Moment der einzige Verbündete von Ethan. „Ich habe die Unterlagen zu den letzten Aktivitäten Petras untersucht", begann Meyer, ohne den Blick von den Papieren abzuwenden. „Es wird nichts direkt darauf hingewiesen, dass sie mit jemandem unmittelbar zusammenarbeitete, der Ihnen Schaden zufügen wollte. Die plötzliche Entscheidung, mit Aurora hierher nach Kanada zu kommen, war jedoch… etwas komisch." Ethan nickte langsam und nippte in einem Zug an dem lauwarmen Kaffee, den er vor einer Stunde bestellt hatte.

Sein Kopf war schwer, die Müdigkeit nagte an ihm, doch er wusste, dass er jetzt keine Schwäche zeigen durfte. „Ungewöhnlich? Das ist untertrieben, Meyer. Sie hat mich belogen, mir wochenlang vorgespielt, dass unsere Tochter verschwunden sei. Das war kein Zufall. Petra ist keine Frau, die unüberlegt handelt. Es steckt etwas dahinter." Meyer sah kurz auf, seine scharfen Augen musterten Ethan. „Vielleicht", sagte er vorsichtig. „Aber wir müssen vorsichtig sein. Du bist emotional involviert, Ethan. Das kann deine Sicht trüben." Ethan knallte die Tasse auf den Tisch, sodass der Kaffee überschwappte. „Meine Sicht ist glasklar!", rief er, bevor er sich zwang, wieder ruhiger zu sprechen. „Das hier ist kein Zufall, Meyer. Sie wusste, dass ich Aurora suchen würde, sie wusste, was das mit mir anrichtet. Und sie hat trotzdem geschwiegen. Warum? Warum sollte sie so etwas tun?" Meyer zuckte mit den Schultern, nahm einen Stift zur Hand und begann, auf einem Notizblock zu schreiben. „Das ist genau die Frage, die wir klären müssen. Es könnte eine harmlose Erklärung geben – vielleicht dachte sie wirklich, dass sie dich damit schützt. Oder… es gibt eine andere Ebene, die wir noch nicht sehen." „Andere Ebene…", murmelte Ethan, während er aufstand und zu dem Fenster des Hotelzimmers ging. Die Aussicht war wenig inspirierend – ein grauer Parkplatz, dahinter ein Einkaufszentrum. Doch sein Blick ging darüber hinaus, in die Ferne. Sein Kopf schwirrte. Wie hatte es so weit kommen können?

„Hör zu", fuhr Meyer fort, „ich habe bereits ein paar Kontakte in Toronto aktiviert. Ich lasse prüfen, mit wem Petra sich in den letzten Wochen getroffen hat. Es gibt eine Liste mit möglichen Verbindungen, die ich abarbeiten werde. Ich werde klare Anweisungen von dir brauchen, was genau möchtest du damit erreichen? Willst du sie zur Rede stellen oder ist es ein anderes Motiv?". Ethan blickte Meyer verwirrt an, als wäre nicht schon längst klar, was Ethan wollte. "Ich will die Wahrheit, Meyer. Ich brauche nur die Wahrheit, um endlich mal wieder Gewissheit haben zu können.", erwiderte Ethan. Ich kann nicht zurück in die Staaten, nicht bevor ich sicher bin, dass ich die volle Kontrolle über mein Leben zurückgewonnen habe. Petra hat mich hintergangen, aber wenn es noch mehr gibt – irgendjemanden, der sie beeinflusst hat oder sie dazu gebracht hat, mich auszuspielen – dann werde ich das herausfinden."

Meyer nickte knapp. „Gut. Dann konzentrieren wir uns auf das. Aber sei dir bewusst, dass das nicht ohne Konsequenzen bleibt. Je länger du hier bist und dich nicht um den

Wahlkampf kümmerst, desto mehr verlieren wir an Boden. Die Medien spekulieren bereits, warum du plötzlich von der Bildfläche verschwunden bist. Und dann sind da die Umfragen…" „Ich weiß", schnitt Ethan ihm das Wort ab. „Aber was bringt es, in den Wahlkampf zurückzukehren, wenn ich nicht einmal sicher sein kann, wer in meinem eigenen Haus gegen mich arbeitet? Ich muss das hier zuerst klären. Danach kümmere ich mich um alles andere." Meyer zog eine Augenbraue hoch, doch er sagte nichts weiter. Stattdessen wandte er sich wieder seinen Notizen zu, während Ethan langsam durch den Raum ging. Die Spannung lag wie eine unsichtbare Last auf seinen Schultern, doch er wusste, dass es keinen Weg zurück gab. Er hielt kurz inne und sah Meyer direkt an. „Wir sollten noch etwas tun. Ich will, dass wir alles überprüfen – nicht nur Petra, sondern auch jeden, mit dem sie in letzter Zeit Kontakt hatte. Freunde, Verwandte, alte Bekannte. Wenn sie nicht allein gehandelt hat, müssen wir das wissen." Meyer nickte langsam. „Verstanden. Ich werde meine Kontakte ausweiten und alles zusammentragen, was ich finden kann. Aber, Ethan… sei darauf vorbereitet, dass die Wahrheit nicht immer das ist, was du hören willst." Ethan presste die Lippen zusammen, seine Kiefermuskeln arbeiteten. „Ich habe keine Angst vor der Wahrheit, Meyer. Ich habe nur

Angst davor, was passiert, wenn ich sie nicht finde." Die beiden Männer schwiegen für einen Moment, während die Dunkelheit draußen langsam hereinzog. Das Hotelzimmer war still, abgesehen vom leisen Summen des Kühlschranks in der Ecke.

Der Raum war klein und eng, doch es war der einzige Ort, an dem er noch eine gewisse Kontrolle spürte. Meyer war längst zu seinen eigenen Quellen aufgebrochen, und die Stille des Zimmers wirkte plötzlich erdrückend. Ethan schaltete das Handy aus und legte es auf den Tisch vor sich. Er hatte noch keine Ergebnisse aus den Ermittlungen zu Petra, und trotzdem war er sicher: Etwas stimmte nicht. Es gab zu viele Ungereimtheiten. Die ganze Geschichte von Auroras „Entführung", die plötzliche Reise nach Kanada und dann die undurchsichtigen Treffen, die Petra in letzter Zeit gehabt hatte, ließen ihn immer wieder an ihrem Vertrauen zweifeln. Er griff nach seinem Handy, öffnete den Chatverlauf und tippte eine Nachricht an Petra. Er wusste, dass er sich gerade in einem gefährlichen Spiel befand. Doch das war der Preis, den er zahlen musste, wenn er endlich die Wahrheit wissen wollte.

„Petra, ich bin wieder in den USA. Ich werde nicht weiter zurückbleiben, solange diese ganze Sache nicht geklärt ist. Aurora und du seid sicher, und das ist das Einzige, was zählt. Ich hoffe, du verstehst das. Ich weiß, was du getan hast, aber ich werde es in Ruhe herausfinden. Sei vorsichtig. Ethan."

Er starrte auf den Bildschirm, bevor er auf „Senden" drückte. Die Unsicherheit schlich sich wieder bei Ethan ein. Die Nachricht war voller Andeutungen und offener Fragen. Was blieb ihm schließlich noch übrig? Petra hatte mit ihm gespielt und ihn hintergangen, die Person, von der er am wenigsten damit gerechnet hatte. Sie hatte die Kontrolle über seine missliche Lage übernommen, indem sie log. Doch jetzt würde er das Ruder zurück in die Hand nehmen. Die Antwort kam schneller als erwartet. Ein einzelner Satz, schlicht und ohne viel Ausdruck:

„Ich verstehe, Ethan. Wir reden, wenn du es für richtig hältst."

Ethan legte das Handy auf den Tisch und ließ sich in den Stuhl zurückfallen. Ein Teil von ihm war erleichtert – die

Nachricht klang fast wie eine Entschuldigung. Doch ein anderer Teil von ihm, der Teil, der die letzten Wochen in Ungewissheit verbracht hatte, spürte, dass das noch nicht das Ende war. Petra war nicht die Frau, die sie vor ihm zu sein schien. Es war eindeutig mehr und das war ihm bewusst. Er würde Berge versetzen, um Licht ins Dunkle zu bringen, um die Wahrheit endlich zu wissen. Sein Privatermittler hatte bereits begonnen, Petra näher ins Visier zu nehmen, um die offenen Gegebenheiten zu durchleuchten. Bislang gab es jedoch keine klaren Hinweise, Spuren oder Verbindungen, die auf einen verdächtigen Kontakt hindeuteten. Doch auch das gab Ethan zu denken. Meyer war ein erfahrener Ermittler, und wenn er nichts gefunden hatte, dann war das vermutlich auch kein Zufall. Vielleicht gab es eine Ebene, die noch niemand – nicht einmal Meyer – erkannt hatte. Die Stille im Raum war erdrückend. Ethan lehnte sich vor und starrte auf den Bildschirm des Laptops. Es war immer noch nichts Neues von Meyer gekommen, und es gab keine nennenswerten Ergebnisse. Das Gefühl, von allen Seiten unter Beobachtung zu stehen, nahm erneut zu. Er stand auf, ging zum Fenster und sah hinaus auf die Stadt, die sich unter den dunklen Wolken des Abends verbarg. Die Lichter der Straßen flimmerten durch den Regen, der inzwischen in einem stetigen Strom auf das

Glas prasselte. Die Gedanken rasten in seinem Kopf, doch er versuchte, einen klaren Kopf zu bewahren. Jeder Schritt, den er tat, könnte entscheidend sein.

Das Hotelzimmer war nicht der Ort, an dem er sich aufhielt, um in Ruhe nach Antworten zu suchen. Hier war er nur abgelenkt. „Ich muss zurück", murmelte er mehr zu sich selbst als zu jemand anderem. Für Ethan gab es gerade nichts, was entfernter war als die Kampagne, die Wähler und die Presse. Er wusste, dass er wieder nach Kanada reisen musste, um die Umstände zu klären. Er brauchte die Antworten, die er schon die ganze Zeit suchte. Und vielleicht war auch Petra dort, in dieser Stadt, die so viel mehr verbarg, als sie zugeben wollte. Er griff nach seinem Handy, öffnete den Chatverlauf und tippte eine Nachricht an Meyer. „Bereite alles vor. Ich gehe zurück nach Kanada. Ich will dort alles durchleuchten, was wir bisher haben, und wenn ich Petra finden muss, werde ich sie finden." Er legte das Handy wieder zur Seite und sah auf das Glas Wasser vor ihm. Der Raum um Ethan wurde kleiner. Es packte ihn eine Mischung aus Entschlossen und Verzweiflung, die in ihm so viele Fragen hervorrufen. Und es machte Ethan verrückt, dass er darauf keine Antworten hatte. Ihm war bewusst, er muss weiter. Auf den richtigen Moment warten, war nicht länger eine Option. Die Zeit war gekommen, in der er alles riskieren musste. Meyer würde bald wieder zurück sein. Doch Ethan wusste bereits, was zu tun war. Es war nicht mehr nur eine Jagd nach der Wahrheit. Was geschah oder was geschehen würde, war ein Kampf. Ethan sah wieder auf den Bildschirm, der am Schreibtisch stand. Das Zimmer und alles drumherum waren fast vollständig dunkel. Das einzige Licht, das er jetzt wahrnahm, war die schwache Lampe, die auf das Papier in der Mitte des Tisches fiel. Für ihn war es kein neues Blatt Papier; es gab schon viele Notizen und Überlegungen darauf. Ein Blick in die Leere, der sich über alle Worte richtete, die vor seinen Augen verstreut waren. Er hatte schon Dutzende Male die gleiche Nachricht gelesen, sie jedoch nie vollständig verstanden. Zu viele Lücken, zu viele Fragen, die noch unbeantwortet waren. Petra war ein Gesprächsthema, an das er nicht aufhören konnte, zu denken. Die Art und Weise, wie sie es verteidigte, die Entschuldigungen, die voller Verständnis klangen und gleichzeitig Ethans gehörig verwirrten Kopf zersplitterten. Ihre Antworten waren nicht leicht zu interpretieren, jedes ihrer Worte schaffte nur neue Fragen und nicht die ursprünglichen Antworten. Es war unmöglich zu wissen, ob sie die Wahrheit sagte. Ob es wirklich so war, wie sie es ihm erklärt hatte – dass Aurora nie entführt worden war, sondern dass sie sich entschieden hatte, mit Petra wegzugehen, um sich von der ganzen Situation zu distanzieren. War es wirklich nur eine Entscheidung von Aurora, oder hatte Petra mehr gewusst, als sie zugab? Ethan konnte sich kaum erinnern, wann er das letzte Mal das Gefühl hatte, ihr vollkommen vertrauen zu können.

Das Gefühl der Unsicherheit nagte an ihm. Er hatte gehofft, dass er in Kanada endlich Klarheit finden würde, dass er den Dingen auf den Grund gehen konnte. Doch Meyer war mit seinen Recherchen noch nicht weit genug gekommen, und jeder Schritt, den sie unternahmen, schien nur noch mehr Fragen zu hinterlassen, als er beantworten konnte. Die Spur von Petra war zu gut versteckt. Das Fehlen von belastbaren Beweisen gegen sie machte es schwer, eine Linie zu ziehen. Doch Ethan war sich sicher, dass sie etwas wusste – oder zumindest mehr, als sie preisgab. In diesem Moment hörte er ein leises Klopfen an der Tür. Meyer trat ein, sein Gesicht ernst, die Stirn leicht gerunzelt. „Es gibt keine neuen Erkenntnisse, Ethan", sagte er und legte einen Ordner auf den Tisch. „Es ist alles nur ein Haufen Anhaltspunkte und keine Beweise.". Ethan nickte. Durch den Regen flimmerten die Lichter in der Ferne, während das Geräusch auf die Scheiben prallte. Es war, als würde die gesamte Stadt, sich beruhigen lassen, während er die nächsten Schritte plante. „Das reicht mir nicht aus, Meyer", sagte er ruhig. „Ich will mehr. Wir können nicht aufhören, nur weil es keine konkreten Beweise gibt. Ich muss wissen, ob es stimmt." Meyer zog einen Stuhl heran und setzte sich gegenüber von ihm. „Ich verstehe, Ethan, aber du musst vorsichtig sein. Wenn du Petra jetzt mit den Informationen konfrontierst, ohne handfeste Beweise, wird sie sich verteidigen können. Und sie wird alles abstreiten. Dir sollte klar sein, dass wenn sie uns nicht die Wahrheit erzählt, dann auch nicht einfach damit herausrücken wird, wenn wir sie darauf ansprechen. Sie wird nichts davon zugeben, was sie vielleicht weiß oder getan hat.". "Das ist mir schon klar", antwortete Ethan mit einem genervten Unterton. "Aber wie lange soll ich noch abwarten? Ich kann nicht weiter in Ungewissheit leben, nicht wenn meine Familie und mein gesamtes Leben auf dem Spiel stehen. Ich kann Petra nicht mehr vertrauen, nicht nach allem, was passiert ist. Es gibt zu viele Widersprüche, und irgendetwas stinkt hier.". Meyer nickte langsam. „Ich verstehe deinen Schmerz, Ethan. Aber du musst bedacht handeln. Hast du nach unserem letzten Gespräch nochmal mit Petra gesprochen?". „Ja", antwortete leise Ethan: „Aber ich habe das Gefühl, dass sie spürt, dass ich jetzt Zweifel habe. Und jetzt wird es so schwierig

herauszufinden, was wirklich ist. Alles, was sie sagt, hört sich
entschuldigend an. Aber…" Er hielt inne: "Ich fühle, du
solltest dir Zeit nehmen", riet Meyer. „Gib ihr Raum, aber
achte auch auf die Details, die sie vielleicht übersieht.
Vielleicht gibt es etwas in ihrem Verhalten, in ihren
Handlungen, dass dir die Augen öffnet. Aber tu nichts, was du
später bereuen würdest." Ethan sah in Meyers Augen und
wusste, dass dieser ihm nur das Beste wollte. Aber die
Ungewissheit, die durch jede Faser seines Körpers zog, ließ es
schwer für ihn werden, sich zurückzuhalten. „Ich werde
warten", sagte er schließlich, „aber nicht mehr lange. Ich kann
nicht länger in dieser Leere verharren.". Meyer erhob sich und
ging zur Tür. „Du weißt, wo du mich findest. Ich bleibe dran,
Ethan. Wir kommen der Wahrheit näher, auch wenn es gerade
nicht so aussieht." Ethan blieb allein im Zimmer zurück, der
Ordner mit den wenigen Informationen, die sie gesammelt
hatten, vor sich. Alles, was er hatte, waren leise Vermutungen
und die Gewissheit, dass er die Wahrheit erfahren würde.
Aber wie hoch war der Preis? Ethan entschied, dass es Victor
wert war. Es war eine schwierige Wahl, aber nach allem, was
passiert war, wusste er, dass er diesmal die Hilfe brauchte.
Während Meyer die Ermittlungen aus der Ferne weiterführte,
sollte Victor vor Ort handeln – die Situation war zu brisant,

als dass er sich auf bloße Spekulationen verlassen konnte.
Victor kam einen Tag nach Ethan zurück in Kanada, und die
beiden trafen sich in einem kleinen Café in der Nähe des
Hotels, das Ethan und Meyer bewohnten. Es war die Art von
Café, die in jeder Stadt gleich aussah: gedämpftes Licht, ein
paar Tische, ein ständiges Rauschen von Gesprächen und das
Klirren von Tassen und Tellern. Ethan brauchte diese
Unauffälligkeit. Hier konnte niemand vermuten, was wirklich
im Gange war. "Es ist nach wie vor ein komisches Gefühl
hier zu sein", äußerte Victor, während er sich auf einen der
Stühle setzte. "Ich gebe dir recht, dass wir es wissen müssen,
was genau da läuft. Du kannst und darfst das nicht länger
ignorieren.". "Ich weiß", antworte Ethan. „Es geht nicht nur
um Aurora und Petra. Es geht um alles. Ich habe so viele
Fragen, und nichts, was sie mir gesagt hat, scheint die
Wahrheit zu sein.". Victor nickte und beugte sich dann vor.
„Was ist der Plan?". „Du und Meyer werden Petra im Auge
behalten", erklärte Ethan. „Ich will, dass ihr jeden ihrer
Schritte verfolgt. Was sie macht, wo sie hingeht, mit wem sie
spricht. Keine Bewegung soll ungesehen bleiben. Und ihr
werdet die Spuren sammeln. Wir müssen sicherstellen, dass
wir nicht nur Vermutungen haben, sondern echte Beweise.
Wenn Petra so tief in dieser Sache steckt, dann wird sie Fehler

machen. Und wir müssen bereit sein, sie zu finden.". Victor stimmte zu und zog sein Notizbuch hervor. „Ich werde dir alles bringen, was wir herausfinden können. Aber du weißt, Ethan, dass es nicht einfach wird. Du hast es mit einer Frau zu tun, die nicht nur gut darin ist, Geheimnisse zu bewahren, sondern auch sehr vorsichtig ist. Sie wird uns nicht leicht etwas zeigen.". „Das weiß ich", sagte Ethan, seine Stimme hart und fest. „Aber ich habe keine Wahl. Ich muss es wissen.". Die Tage vergingen, und Victor und Meyer machten sich an die Arbeit. Sie begannen, Petra zu beschatten, die in ihrem neuen Haus in Kanada ein ruhiges Leben führte. Das neue Zuhause war nicht auffällig, im Gegenteil – es war ein bescheidenes, modernes Anwesen am Stadtrand, weit entfernt von den Luxusvierteln, die Ethan gewohnt war. Dennoch machte ihn diese Bescheidenheit nur noch misstrauischer. Das war der perfekte Ort für einen unauffälligen Aufenthalt, für einen Menschen, der sich verstecken wollte. In der ersten Woche geschah nichts. Petra führte dasselbe Leben: Einkäufe, Besuche im Park und Treffen mit einer begrenzten Anzahl von Menschen. Aber sie wurden beobachtet. Victor und Meyer vergaßen kein Detail. Jedes Detail, und alles ging aufs Band. Aber dann, nach einer Woche, begann es zu passieren. Es war ein warmer Tag, und sie sahen schnell etwas

Interessantes. Petra war bei einem Mann. Ein Mann, den fast niemand zuvor gesehen hatte. Sie erschienen am Eingang des Bürogebäudes, irgendwo in der Nähe der Stadt. Sie stiegen ein und verschwanden dort drei Stunden lang. Als sie schließlich herauskamen, war Petra verängstigt. Der Mann ging zu dem Auto, das ihnen zugewiesen worden war, und sprach mit Petra. Es war unklar, was vor sich ging. Sie begriffen nur, dass es eilig war. Victor und Meyer begannen sofort zu ermitteln, wer er ist. Und schnell fanden sie Informationen. Er war eine Person, die in der Vergangenheit wegen unliebsamer Geschäfte ins Rampenlicht geraten war. Er war ein einflussreicher Lobbyist und hatte mehrere Pilotprojekte in Gang gesetzt, für die Ethans Hauptgegner starben. Zu dieser Zeit saß Ethan in einem Hotelzimmer und las den ersten Bericht von Victor. Sein Herz zuckte. Ein weiteres Puzzleteil setzte sich zusammen. Noch gibt es keine Beweise. Nur Anzeichen und Nuancen. Aber das Bild, das sich langsam vor ihm formte, wurde immer dunkler. „Ich will alle Dokumente, die du über diesen Mann finden kannst", sagte Ethan zu Meyer am Telefon. „Wenn dieser Typ wirklich etwas mit dieser Entführung zu tun hat, dann müssen wir wissen, was er vorhat. Alles, was wir finden, muss an die Öffentlichkeit. Aber wir dürfen uns nicht zu früh darauf stützen, Meyer.

Wenn wir es falsch machen, wird es uns umbringen.". „Ich
verstehe", antwortete Meyer, seine Stimme ruhig, aber mit
einer Ahnung von Nervosität. „Ich werde alles überprüfen,
Ethan. Wir lassen uns nicht täuschen. Aber du musst wissen,
dass der Druck auf dich wächst. Wenn du weiterhin so
vorgehst, wird es Konsequenzen haben. Du weißt, was in den
Medien los ist.". „Ich weiß", murmelte Ethan. „Aber was
bleibt mir noch anderes übrig? Ich muss wissen, was hier
wirklich passiert.". Meyer legte auf, und Ethan starrte noch
eine Weile auf das Fenster. Der Regen hatte inzwischen
begonnen, stärker zu werden, als ob der Himmel selbst die
Schwere seiner Gedanken widerspiegelte. Wo war die Grenze
zwischen dem, was er noch als rechtmäßigen Kampf ansehen
konnte, und dem, was er inzwischen als gefährliche Obsession
betrachtete? Was, wenn er in seiner Verzweiflung in die
falsche Richtung marschierte? Ethan saß noch immer vor dem
Fenster, als die Dunkelheit draußen langsam die Lichter der
Stadt verschluckte. Der Regen prasselte stetig gegen das Glas,
als wollte er den wachsenden Druck, der auf ihm lastete, nach
außen transportieren. Es war eine dieser Nächte, in denen
alles gleichzeitig drückend still und überwältigend chaotisch
wirkte. Er hatte sich so oft gefragt, ob er jemals eine Antwort
finden würde. Ob er wirklich in der Lage war, die Wahrheit zu

ergründen, die ihn so lange gequält hatte. Und trotzdem
wusste er, dass er nicht aufhören konnte. Victor hatte ihm in
den letzten Tagen immer wieder von den Fortschritten
berichtet, aber bisher hatte sich nichts Konkretes ergeben. Es
war, als würde sich ein unsichtbares Netz um Petra, um alles,
was sie tat, spannen, und doch gab es nichts Handfestes,
worauf man einen direkten Finger zeigen konnte. Die
Beweise, die er brauchte, waren wie ein unsichtbarer Nebel,
der sich einfach nicht greifen ließ. Meyer hatte ihn mehr als
einmal gewarnt: „Du weißt, was auf dem Spiel steht. Wenn du
das hier weiterführst, könnte es alles kosten – nicht nur den
Wahlkampf, sondern auch das, was du dir in den letzten
Jahren aufgebaut hast." Ethan konnte die Besorgnis in Meyers
Stimme spüren, und auch wenn er es in diesem Moment nicht
laut aussprach, wusste er, dass sie beide in einem gefährlichen
Spiel waren. Der Gedanke, die Wahrheit aufzugeben, war
jedoch keine Option. Zu viele Fragen waren unbeantwortet.
Die Entführung von Aurora – oder vielmehr, die falsche
Entführung – hatte ihn an den Rand des Wahnsinns getrieben.
Aber das war noch nicht alles. In den letzten Wochen hatte er
eine Bedrohung gespürt, die er nicht abwenden konnte. Etwas,
das tiefer ging als nur politische Intrigen oder bloße
persönliche Rache. Ethan atmete tief ein und griff nach dem

Telefon. Es war spät, viel später als er es je wollte, aber er musste wissen, was Victor und Meyer herausgefunden hatten. Er wählte die Nummer und wartete. „Ethan", meldete sich schließlich Victor am anderen Ende der Leitung. Seine Stimme war ruhig, aber er spürte, dass auch er nicht mehr an das glaubte, was er herausfand. „Wir haben immer noch nichts Greifbares. Petra ist in den letzten Tagen wie ein Schatten durch ihre eigenen Räume gezogen. Sie verlässt das Haus selten, trifft keine neuen Leute und geht lediglich zu ihren üblichen Terminen. Wir haben ihre Kontakte geprüft – nichts, was auffällig ist, keine neuen Verbindungen, keine mysteriösen Zahlungen. Es ist fast zu ruhig.". Ethan spürte, wie der Druck in seiner Brust wieder zunahm. „Was ist mit dem Mann, den sie getroffen hat? Der in der Nähe dieses Büros?". „Nichts. Der Mann scheint ein Verbindungsmann aus dem Finanzsektor zu sein, aber da ist kein direkter Bezug zu dem, was du vermutest. Ein harmloser Geschäftsdeal, nichts, was mit deinen politischen Gegnern oder mit dieser ganzen Entführungsgeschichte zu tun hat.". „Und du bist dir da sicher?", fragte Ethan scharf. „Es gibt nichts, das auch nur den geringsten Hinweis auf etwas gibt, das zu meinem Verdacht passt?". „Kein direkter Hinweis. Aber ich bleibe dran, Ethan. Meyer auch. Wir lassen sie nicht aus den Augen.

Du wirst den ersten Bericht bekommen, sobald sich etwas ändert.". „Gut", antwortete Ethan. „Haltet mich auf dem Laufenden.". Er legte auf, doch die Unruhe ließ ihn nicht los. Die Wände des Hotels schienen sich immer enger um ihn zu schließen. Keine Antworten, keine Fortschritte – nur Fragen, die sich ständig weiter vermehrten. Die Wahrheit war so nah und doch unerreichbar. Und je länger er wartete, desto mehr wuchs in ihm das Gefühl, dass er auf einem dünnen Draht balancierte. Was, wenn er die falschen Entscheidungen traf? Was, wenn Petra tatsächlich unschuldig war? Was, wenn all seine Verdächtigungen nur das Produkt seiner eigenen Angst und Wut waren? Der Gedanke allein ließ ihn frösteln. Aber dann kam eine neue Nachricht. Ein weiteres Detail, das Victor gestern noch nicht hatte. „Es gibt etwas Neues", meldete sich Meyer plötzlich telefonisch. „Wir haben Dokumente gefunden. Nicht direkt bei Petra, sondern bei einem ihrer engsten Vertrauten. Es scheint, dass diese Dokumente mehrere politische Akteure und Finanzinteressen verbreiten. Zu den Lobbies, die dich in Gefahr gebracht haben, gehörte wahrscheinlich einer. Wir haben erst kürzlich damit begonnen, alles aufzuzeichnen, also nehmen Sie es nicht zu ernst. Aber Geldflüsse lassen auf sich warten und es werden verdeckte Absprachen getroffen." Das war es. Das war der Hinweis, den er brauchte. „Worauf deutet es hin?". „Es ist noch zu früh, um Schlussfolgerungen zu ziehen. Aber die Verbindungen sind eindeutig. Aber es sind nicht nur finanzielle Transaktionen, Ethan. Wir haben auch Hinweise auf geheime Treffen und undurchsichtige Geschäftsbeziehungen.„Es gibt jemanden, der versucht, die Kontrolle zu übernehmen.". Ethan sprang auf. „Und Petra? Was hat sie damit zu tun?". „Wir wissen es noch nicht. Es könnte nur eine Sammelstelle von Informationen sein. Oder sie könnte in die ganzen Machenschaften hineingezogen worden sein. Aber das ist unbelegt.". Ethan ballte die Hand zu einer Faust. „Haltet mich auf dem Laufenden. Ich will jede Information sofort.". Er legte auf und starrte auf den Tisch vor ihm. Es wurde alles heller und dabei alles verwirrend. Es war eine Geschichte von Macht und Lügen, von tiefen schleichenden Bewegungen im Untergrund, die alles, was er kannte, infrage zu stellen drohte. Doch es war noch immer nicht genug, um Petra direkt zu entlasten – oder sie zu verurteilen. Der wahre Kampf begann jetzt. Und Ethan wusste, dass der Preis, den er für die Wahrheit zahlen musste, viel höher sein würde, als er je erwartet hatte. Aber er hatte keine Wahl. Das hier war der einzige Weg, den er gehen konnte.

Die Tage zogen sich wie zäher Nebel dahin, schwer und

lähmend. Ethan saß an seinem Schreibtisch in dem provisorischen Büro, das er im Hotel eingerichtet hatte, den Kopf in beide Hände gestützt. Sein kompletter Schreibtisch war bedeckt mit Berichten, Dossiers, Analysen und Dokument, dennoch schienen seine Augen nicht in der Lage zu sein, ein einziges Wort zu entziffern. Die Unruhen und Unsicherheiten in ihm, waren bereits Alltag für Ethan geworden, wie ein Schatten, der nicht losließ.

Die Lage war kritisch. Neuste Umfragewerte, die Meyer ihm gestern überbracht hatte, waren niederschmetternd. Nur noch 28 Prozent der Wähler standen hinter ihm – ein dramatischer Absturz von den einst respektablen 55 Prozent, die er vor wenigen Wochen noch hatte. Die Schlagzeilen waren erbarmungslos. *Ein Gouverneur in der Krise: Ethan Blake verliert an Glaubwürdigkeit, und ein Hoffnungsträger fällt: die Geschichte des Ethan Blakes.* Es schien, als ob die Öffentlichkeit endgültig das Vertrauen in ihn verloren hätte. Die Fakten über sein Treffen mit den Lobbyisten und die Entführung seiner Tochter namens Aurora, die nie stattgefunden hatte, stellten ihn in die Ecke. Es war eine beschämende Vorstellung, und seine Gegner machten ihn zum Mann, der den Verstand und die emotionale Stabilität verloren hatte. Auch war es nicht hilfreich, dass er seit Wochen nirgendwo gesehen worden war. Keine öffentlichen Reden, keine Shows, keine Interviews. Sein Team hatte versucht, ihn zum Auftritt zu zwingen und Stärke zeigen zu lassen. Ethan wollte einfach nicht. Er fühlte sich weder stark noch überhaupt in der Lage, an den Wahlkampf zu denken. Victor und Meyer führten ihre Untersuchung weiter, hatten aber wenig Fortschritt gemacht. Das Problem war, dass die Spuren, zu unterschiedlichen Ergebnissen führten. Die interessanten Dokumente, die sie gefunden hatten, reichten nicht aus, um die Untersuchung zu Ende zu bringen. Es war wie ein Rätsel, ein großes, hartes Rätsel, eines, von dessen Zahlen sie fast alles falsch gemacht hatten. Ethan wusste, dass sie Geduld brauchten, aber er hatte das Gefühl, dass ihm die Zeit davonlief. Er ließ den Blick durch das Hotelzimmer schweifen. Es war ein steriler, emotionsloser Raum, der ihn mehr und mehr erdrückte. Die Trennung von seiner Familie, die Unsicherheit über Petras Rolle in all dem, die ständigen Angriffe der Presse – es fühlte sich an, als würde alles auf ihn einprasseln und ihn erdrücken. Er dachte an Aurora, an Danny, an die Unbeschwertheit, die sie ihm früher gegeben hatten. Jetzt war nichts mehr unbeschwert. Alles war kompliziert, zerbrechlich.

Ein Klopfen riss ihn aus seinen Gedanken. Meyer trat ein, einen Laptop unter dem Arm. „Ich habe die neuesten Berichte zusammengetragen", sagte er, seine Stimme ruhig, aber mit einem Hauch von Anspannung. Er setzte sich gegenüber von Ethan und öffnete den Laptop. „Es gibt nichts Bahnbrechendes, aber wir haben ein paar weitere Hinweise auf mögliche Geldflüsse, die mit den Dokumenten übereinstimmen, die wir in Kanada gefunden haben. Es ist immer noch dünn, aber es könnte eine Spur sein.". Ethan streckte sich und massierte seine Schläfen. "Es wird niemals genug sein. Alles, was wir bis jetzt vorweisen können, sind nichts als Bruchstücke. Ich brauche etwas Handfestes, etwas, was Klarheiten schafft.". Meyer verstand Ethan und nickte zustimmend. "Ethan ich kann dich verstehen, wir dürfen nur keine voreiligen Schlüsse ziehen, wir könnten alles verlieren.". „Ich habe bereits das Gefühl, alles verloren zu haben", murmelte Ethan, mehr zu sich selbst als zu Meyer. Er stand auf und ging zum Fenster, starrte hinaus in die regennasse Dunkelheit. „Die Wähler glauben nicht mehr an mich. Mein Team ist in Auflösung begriffen. Und meine Familie…" Er hielt inne, sein Blick verfinsterte sich. „Ich weiß nicht einmal mehr, ob ich ihr vertrauen kann.". Meyer schwieg einen Moment, bevor er vorsichtig fragte: „Was wirst du tun, wenn wir nichts finden? Wenn Petra tatsächlich

unschuldig ist?". Ethan drehte sich um, sein Gesicht verhärtet.

„Das ist keine Option. Es muss eine Erklärung geben. Es

muss.". Meyer sah ihn lange an, sagte aber nichts. Stattdessen

drehte er den Laptop zu Ethan und zeigte ihm eine neue Datei.

„Das hier ist eine Liste von Treffen, die Petra in den letzten

sechs Monaten hatte. Es gibt ein paar Überschneidungen mit

bekannten Lobbyisten und Geschäftsleuten, die mit deinen

politischen Gegnern in Verbindung stehen. Aber es könnte

auch Zufall sein. Wir müssen tiefer graben.". Ethan starrte auf

die Liste, die Namen verschwammen vor seinen Augen. Er

fühlte, wie die Wut in ihm aufstieg, eine heiße, brennende

Wut, die er kaum kontrollieren konnte. „Ich werde nach

Washington zurückfliegen", sagte er plötzlich. „Ich muss mich

zeigen, Präsenz zeigen. Sollte ich mich weiterhin verstecken,

werde ich politisch irrelevant, bevor die Menschen überhaupt

an die Wahlurne gehen.". "Und nun? Was ist mit Petra?",

fragte Meyer. "Sofern sie mitbekommen sollte, dass du wieder

aktiv wirst, wird sie automatisch vorsichtiger werden. Es

könnte unsere Arbeit behindern.". "Ich muss und werde es

riskieren", sagte Ethan entschlossen. „Ich überlasse sie euch.

Beobachtet sie, beschattet sie, sammelt alles, was ihr könnt.

Aber ich muss nach vorne gehen. Ich kann nicht länger im

Schatten bleiben.". Meyer nickte widerwillig. „Gut. Aber sei vorsichtig, Ethan. Jeder deiner Schritte wird beobachtet.". Ethan wusste, dass er recht hatte. Ethan hatte aber keine andere Option. Der Druck kam von überall: von außen, von innen - von allen Seiten. Es wurde unerträglich, auch wenn es der Preis war, den er zahlen musste. Der Preis der Wahrheit war bitter, aber notwendig. Und er hatte das Gefühl, dass er ihn am Ende allein tragen würde.

Die Entscheidung, nach Washington zurückzukehren, lastete schwer auf Ethan, auch wenn er wusste, dass es die richtige war – zumindest strategisch. Der Flug war ruhig, fast schon gespenstisch still, während Ethan auf seinem Platz saß und den Laptop vor sich aufgeklappt hatte. Auf dem Bildschirm blinkten Tabellen, Artikel und Notizen. Meyer hatte Ethan alles geschickt, was gesammelt worden war. Ethan starrte auf die Daten. Finsteres Gefühl kam auf, als ob er in einem Labyrinth steckte, dessen Ausgang er nicht fand. Es gab keine klaren Beweise und keine direkten Verbindungen, die Petra belasteten. Alles blieb vage und verschwommen. Kaum greifbare Enden waren da. Meyer und Victor arbeiteten weiter, und das sehr unermüdlich. Informationen aus Kanada blieben jedoch unklar, selbst die Liste von Petras Treffen war beunruhigend. Doch es gab harmlose Erklärungen.

Wahrscheinlich konnte Petra diese Erklärungen logisch darstellen. Ethan fragte sich, ob er einfach zu sehr wollte, dass etwas ans Licht kam. Vielleicht suchte er nach einem Schuldigen, weil es einfacher war, als der Wahrheit ins Gesicht zu sehen: dass er selbst die Kontrolle verloren hatte, über seine Kampagne, seine Familie und vielleicht auch über sich selbst. Doch diese Gedanken verdrängte er schnell wieder. Sie halfen ihm nicht, sie brachten ihn nicht weiter. Was zählte, war, nach außen hin Stärke zu zeigen. Er hatte sich entschieden, und das hieß, dass er wieder nach Washington musste, zurück ins Zentrum des politischen Sturms, der ihn zu verschlingen drohte. Es war keine Flucht vor der Wahrheit, redete er sich ein. Es war ein taktischer Schritt. Petra konnte warten. Die Wahrheit würde warten. Als das Flugzeug landete, fühlte Ethan, wie die Spannung in ihm wieder zunahm. Der Flughafen war wie erwartet von Reportern belagert, die nur darauf warteten, ihm ein Mikrofon unter die Nase zu halten. Ethan zog den Mantelkragen hoch und setzte Sonnenbrille auf, bevor er den Wagen betrat, um Kameras zu vermeiden. Sein Assistent, der ihn abholte, organisierte auch den Nebeneingang, um Menschenmengen zu vermeiden. Dennoch war Ethan sich bewusst, wie Journalisten schrien: „Gouverneur Blake, wie reagieren Sie auf die

neuesten Umfragen?" – „Haben Sie die Wahlkampagne
aufgegeben?" – „Glauben Sie, dass Sie Ihre Wähler wieder
zurückgewinnen können?". Ethan antwortete nicht. Er
verstand, dass jedes Wort ihn mehr als helfen könnte. Er
musste still sein, bevor er sich in den Wagen setzte und in den
schwarzen SUV kam, der ihn zum Büro bringen sollte.
Während der Fahrt schaute er aus dem Fenster und versuchte
zu reflektieren. Er konnte jedoch den Gedanken nicht
loswerden, was das nächste Ziel sein würde. Was konnte er
noch tun, um die Situation zu retten? Wenn er selbst nicht
wusste, wohin der Weg führte? „Wir müssen die Umfragen
umdrehen", begann sein neuer Wahlkampfmanager, Joe
Wolfman, der die Stelle von Daniel übernommen hatte. „Der
Rückstand ist gewaltig, ja, aber nicht unüberwindbar. Wir
müssen den Fokus wieder auf Ihre politischen Stärken legen.
Bildung, Wirtschaft und Gesundheitsreform sind Ihre
Kernthemen. Die Wähler wissen das. Doch wir müssen den
Fokus von den persönlichen Geschichten ablenken." Ethan
nickte, auch wenn er innerlich anderer Meinung war.
Tatsächlich dominierten die persönlichen Geschichten die
Schlagzeilen. Und solange die Frage um Aurora und die
mysteriösen Umstände nicht geklärt waren, würde sich daran
nichts ändern. Doch er ließ es sich nicht anmerken.

Stattdessen wandte er sich an das Team. „Ich brauche
konkrete Vorschläge", sagte er mit fester Stimme. „Wie
können wir die Aufmerksamkeit umlenken? Wie bringen wir
die Wähler dazu, mir wieder zuzuhören?" Es folgte eine
lebhafte Diskussion, doch Ethan hörte nur mit halbem Ohr zu.
Seine Gedanken waren woanders. Immer wieder drifteten sie
zurück zu Petra, zu Meyer, zu den Dokumenten. Er fragte
sich, was Meyer und Victor in diesem Moment wohl taten.
Waren sie bereits wieder an Petras Fersen? Hatten sie
vielleicht etwas Neues herausgefunden, das sie ihm noch nicht
mitgeteilt hatten? Am späten Abend, als das Büro sich
langsam leerte, zog Ethan sich in sein eigenes Büro zurück
und schloss die Tür hinter sich. Er ließ sich in den Ledersessel
sinken und rieb sich die Schläfen. Der Tag war ermüdend
gewesen, und doch wusste er, dass er keine Ruhe finden
würde. Sein Handy vibrierte auf dem Schreibtisch. Es war
eine Nachricht von Meyer. „Nichts Neues", stand da. „Wir
beobachten weiter." Ethan seufzte und legte das Handy
beiseite. Die Ungewissheit nagte an ihm. Er wollte glauben,
dass Petra unschuldig war, doch etwas in ihm konnte diesen
Gedanken nicht akzeptieren. Es gab zu viele offene Fragen, zu
viele Unstimmigkeiten. Aber er war sich bewusst, dass er sich
bereits auf dünnem Eis befand. Sollte er sich irren, würde er

nicht nur seine Ehe, sondern auch den Rest seiner politischen
Karriere für immer ruinieren. Er nahm einen Schluck Wasser
und starrte auf die Akten auf dem Schreibtisch. Die
Umfragewerte, die Berichte, die Vorschläge seines Teams –
alles schien so unbedeutend im Vergleich zu der Frage, die ihn
innerlich auffraß. War Petra wirklich die, für die er sie hielt?
Oder hatte sie die ganze Zeit ein Spiel gespielt, das er erst
jetzt begann zu durchschauen? Er wusste, dass dies alles
ändern würde. Aber es war noch nicht an der Zeit, die
Wahrheit zu erfahren. Noch nicht. Aber er betrat sein eigenes
Haus und die Stille legte sich wie ein spürbares Gewicht um
ihn. Die Räume waren viel kälter und leerer als zuvor, obwohl
er wusste, dass dies nur seine Wahrnehmung war. Es war
spät, die Dunkelheit draußen hatte längst den Tag verschluckt,
und die Straßen waren menschenleer. Trotzdem hatte er das
Gefühl, beobachtet zu werden, als hätte das Haus selbst
Augen, die ihn durchdringend musterten. Er war allein. Seine
Familie war nicht hier, nicht mehr Teil seines täglichen
Lebens, und diese Einsamkeit nagte an ihm wie ein
schleichender Parasit. Meyer war zurück ins Hotel gefahren,
um weitere Berichte durchzugehen, und Ethan hatte ihn mit
einem schlichten Nicken verabschiedet, zu müde und zu
angespannt für weitere Gespräche. Jetzt war er hier, allein mit

seinen Gedanken, seinen Zweifeln – und seinen Ängsten. Er
zog seinen Mantel aus, warf ihn achtlos über den Stuhl im
Flur und ging direkt ins Schlafzimmer. Seine Bewegungen
waren mechanisch, fast wie im Autopilot. Er wollte einfach
nur ein paar frische Kleider herauslegen, sich duschen und
versuchen, etwas Schlaf zu finden – auch wenn er wusste,
dass die Ruhe ihn nicht finden würde. Schlaf war in den
letzten Wochen zu einem Fremdwort geworden. Als er den
Kleiderschrank öffnete, fiel sein Blick auf eine unscheinbare
Kiste, die ganz hinten in der Ecke des Schranks stand. Sie war
mit einem Tuch bedeckt, fast so, als sollte sie nicht gesehen
werden. Das war ungewöhnlich. Ethan kannte diesen Schrank
in- und auswendig. Jede Ecke, jedes Fach war ihm vertraut.
Und diese Kiste gehörte nicht dazu. Ein kalter Schauer lief
ihm über den Rücken. Er zögerte einen Moment, ehe er sich
bückte und die Kiste hervorholte. Sie war schwerer, als er
erwartet hatte, und mit einem Vorhängeschloss gesichert. Sein
Herzschlag beschleunigte sich, während er sich fragte, was
sich darin befinden könnte. War das etwas, das Petra dort
versteckt hatte? Oder hatte er selbst es einfach vergessen?
Nein, das war unwahrscheinlich. Er erinnerte sich genau an
alles, was er hier jemals aufbewahrt hatte. Er suchte fieberhaft
in den Schubladen nach dem passenden Schlüssel. Er wusste,

dass Petra eine kleine Dose mit Ersatzschlüsseln aufbewahrte
– sie war immer organisiert, immer akribisch. Er fand
tatsächlich den Schlüssel, ein wenig versteckt zwischen
Papieren und anderen Dingen. Mit zitternden Händen schloss
er das Vorhängeschloss auf und hob den Truhendeckel an.
Was er sah, ließ ihn den Atem anhalten. In der Kiste lagen
viele Ordner, ordentlich geordnet und beschriftet. Er zog einen
heraus und öffnete ihn. Die ersten Seiten waren
handschriftliche Notizen – in Petras Schrift. Seine Augen
huschten über die Zeilen, und sein Magen drehte sich um. Es
waren detaillierte Aufzeichnungen über Lobbytreffen, über
Absprachen und Abmachungen. Einige Dokumente waren
Kopien von Verträgen, die offenbar zwischen verschiedenen
Lobbygruppen und einem nicht näher benannten
"Verhandlungspartner" geschlossen worden waren. Doch was
ihn am meisten traf, war ein Brief. Ein offizielles Schreiben
einer großen Lobbyorganisation, adressiert an Petra Blake –
mit einer persönlichen Anrede. Ethan hielt den Brief in der
Hand, und seine Finger zitterten. Die Worte sprangen ihm
entgegen, doch sie ergaben keinen Sinn. Petra hatte offenbar
Abmachungen getroffen – aber zu welchem Zweck? Warum?
Er blätterte hektisch durch die Dokumente. Er suchte nach
einem Hinweis, nach etwas, das ihm helfen würde, das Puzzle

zusammenzusetzen. Doch je mehr er las, desto weniger verstand er. Es gab Andeutungen über finanzielle Transaktionen und politische Interessen. Aber nichts war konkret genug, um ein klares Bild zu zeichnen. Sein Verstand arbeitete fieberhaft. Hatte Petra in irgendeiner Form Kontakt mit den Lobbies, die ihn unter Druck setzten? Oder war das alles ein Missverständnis? Vielleicht sammelte sie nur Informationen oder versuchte, ihm auf ihre Weise zu helfen. Doch warum hatte sie ihm nichts davon erzählt? Warum die Geheimhaltung? Ethan spürte, wie eine Welle aus Wut und Verzweiflung in ihm aufstieg. Er ließ sich auf das Bett sinken, den offenen Ordner noch immer in der Hand. Sein Atem ging schwer, und sein Blick war auf die lose Blattsammlung gerichtet, die sich über das Bett verteilt hatte. War das der Beweis, den er gesucht hatte? Oder war es eine Falle, eine Fata Morgana, die ihn nur tiefer in den Sumpf zog? Er griff nach seinem Handy und wollte Meyer anrufen, zögerte dann aber. War es klug, jemanden einzuweihen, bevor er sich sicher war? War Meyer überhaupt der Richtige, um das zu bewerten? Er wusste es nicht. Zum ersten Mal in seiner Karriere fühlte Ethan sich völlig überfordert. Seine Instinkte, die ihm sonst immer einen klaren Weg gewiesen hatten, versagten. Das leise

Summen seines Handys riss ihn aus den Gedanken. Eine Nachricht von Meyer:

„Alles ruhig hier. Nichts Auffälliges bisher. Melde dich, wenn du etwas brauchst."

Ethan starrte auf den Bildschirm, die Worte wirkten fast wie ein Hohn. Nichts Auffälliges. Das hier war alles andere als unauffällig. Er legte das Handy beiseite und schloss die Augen. Für einen Moment saß er einfach nur da, die Kiste neben sich, die Dokumente um ihn herum. Er wusste, dass er eine Entscheidung treffen musste, doch welche? Sollte er Petra direkt zur Rede stellen? Oder sollte er abwarten und mehr herausfinden? Jede Option schien gefährlich, jede schien ihn weiter ins Unbekannte zu führen. Langsam, fast mechanisch, begann er, die Dokumente wieder in die Kiste zu legen. Er verschloss sie sorgfältig, stellte sie zurück in den Schrank und deckte sie mit dem Tuch ab. Es war, als würde man ein Monster in seinem Schrank einsperren. Es wartete nur darauf, wieder freigelassen zu werden. Schweren Herzens verließ er das Schlafzimmer und betrat das Wohnzimmer. Er setzte sich auf die Couch und starrte in die Schwärze. Er fragte sich, wie es so weit hatte kommen können. Die

Wahrheit verfolgte ihn wie ein Schatten, aber immer außerhalb seiner Reichweite.

Ethan blieb unbewegt auf dem Sofa sitzen. Die Halbdunkelheit des Wohnzimmers verschluckte ihn fast ganz. In seinem Kopf tobte ein Sturm des Chaos. Für klare Gedanken war kein Platz mehr. Sein Blick huschte zu dem stummen Handy, das unbewegt auf dem Tisch lag. Er schien darauf zu warten, dass er sich endlich entschied. Jeder Instinkt in ihm schrie danach, zu handeln – jetzt, sofort. Doch wie sollte er handeln, ohne die Situation noch weiter zu verschlimmern? Er griff nach dem Handy, wählte Meyers Nummer und wartete, während das monotone Tuten in seinem Ohr ihn noch unruhiger machte. Nach ein paar Sekunden hob Meyer ab. „Ja, Ethan? Was ist los?" Meyers Stimme klang ruhig, beinahe zugelassen für das Chaos, das Ethan durchlebte. „Meyer, ich brauche dich", begann Ethan, doch seine Stimme zitterte leicht. Er räusperte sich, zwang sich zur Fassung. „Ich will, dass du sofort nach Kanada fährst. Zu Petra. Ich muss wissen, was da los ist. Ob sie etwas verheimlicht, ob sie…" Er hielt inne, unsicher, wie er die Worte zu Ende bringen sollte. „Ob sie irgendetwas mit diesem ganzen Wahnsinn zu tun hat.". Meyer war für einen Moment still. Ethan konnte hören, wie er leise durch die Nase ausatmete, bevor er antwortete. „Okay, ich verstehe. Aber bist du sicher, dass wir sie direkt konfrontieren sollten? Vielleicht wäre es besser, noch mehr Informationen zu sammeln, bevor wir das Fass aufmachen.". „Nein", unterbrach Ethan, diesmal mit Nachdruck in der Stimme. „Ich kann nicht länger warten; ich brauche Antworten, und zwar sofort." Meyer zögerte, aber schließlich sagte er: „Gut, ich werde sofort gehen." Er legte auf und ließ den Hörer wieder auf den Tisch fallen. Seine Hände zitterten leicht, während er in Gedanken die Dokumente wieder und wieder durchging, als würde er sie aus der Schachtel vorlesen. Jede Zeile, jede Unterschrift, jedes Wort empfand er jetzt als Verrat an seiner Integrität, seiner Familie und allem, wofür er gekämpft hatte. Er konnte nicht anders, als sich zu fragen, ob er die Wahrheit überhaupt ertragen könnte, wenn sie ans Licht kam. Es vergingen quälende Stunden, in denen Ethan kaum einen klaren Gedanken fassen konnte. Er hatte versucht, sich abzulenken – mit Kaffee, mit Nachrichten, mit sinnlosem Hin- und Hergehen durch das Haus. Doch nichts half. Seine Gedanken kreisten unaufhörlich um Petra, um Aurora, um die Lügen, die er inzwischen überall zu sehen glaubte. Endlich meldete sich Meyer. Sein Name leuchtete auf dem Display auf, und Ethan griff das Handy so hastig, dass es ihm fast aus der Hand rutschte.

„Meyer? Was gibt's?". „Ich bin hier", begann Meyer, doch in seiner Stimme lag eine gewisse Anspannung. „Aber, Ethan, sie sind weg." Ethan stockte der Atem. „Was meinst du mit 'weg'?" „Ich meine, das Haus ist leer. Keine Petra, keine Kinder. Keine Autos in der Auffahrt. Es sieht aus, als wären sie schon seit Tagen nicht mehr hier gewesen.". „Das kann nicht sein!" Ethan sprang vom Sofa auf und begann im Raum auf und ab zu gehen, während er versuchte, die Worte zu verarbeiten. „Hast du alles durchsucht? Vielleicht… vielleicht verstecken sie sich? Oder sie sind nur kurz weg?". „Ethan, ich hab jede Ecke abgesucht. Das Haus ist leer. Es gibt keine Anzeichen dafür, dass hier in letzter Zeit jemand gewohnt hat. Keine persönlichen Gegenstände, keine Kleidung, keine Spielsachen der Kinder. Alles ist sauber, ordentlich – fast zu ordentlich.". Das Gefühl, als würde ihm der Boden unter den Füßen weggezogen. Ein Herz, das so schnell klopfte, dass Ethan Meyers nächste Worte kaum noch hören konnte. Aber es gibt etwas, das du wissen solltest", fuhr Meyer fort. "Ich habe einen Umschlag im Arbeitszimmer gefunden. Er lag offen auf dem Schreibtisch, als ob er absichtlich zurückgelassen wurde.". „Was war drin?" Ethans Stimme war kaum mehr als ein Flüstern. „Ein Flugticket", antwortete

Meyer. „Nach Zürich. Und es ist auf Petras Namen
ausgestellt. Abflug war vor drei Tagen.". Ethan spürte, wie
ihm die Luft wegblieb. Zürich? Warum Zürich? Was hatte
Petra in der Schweiz zu suchen? Und warum hatte sie ihm
nichts gesagt? Sein Kopf war voller Fragen, doch keine davon
ergab einen Sinn. „Und sonst nichts? Keine Hinweise darauf,
wohin sie mit den Kindern gegangen sein könnte?". „Nichts."
Meyer klang frustriert. „Aber Ethan, das Ganze fühlt sich
falsch an. Wenn sie wirklich untertauchen wollte, warum ein
Ticket, das so leicht nachzuverfolgen ist? Und warum das
Haus so sauber hinterlassen? Es ist fast... als ob sie wollte,
dass du das findest.". Ethan ließ sich auf die Couch sinken
und rieb sich mit beiden Händen über das Gesicht. Er konnte
nicht glauben, was er da hörte. Petra war weg. Aurora war
weg. Und er hatte keine Ahnung, warum oder wohin. „Komm
zurück", sagte er schließlich. „Wir müssen das durchgehen.
Alles. Vielleicht haben wir etwas übersehen."
„Ich bin schon unterwegs", antwortete Meyer, bevor die
Leitung unterbrochen wurde. Ethan blieb regungslos sitzen,
das Handy in der Hand, den Blick ins Leere gerichtet. Sein
Verstand arbeitete auf Hochtouren, doch keine der Theorien,
die er sich ausmalte, brachte ihn weiter. War Petra
weggelaufen, weil sie etwas zu verbergen hatte? Oder war sie

so in Gefahr? War es alles, was ein wesentlich größeres Spiel,
dass er noch nicht verstanden gespielt hatte? Er dachte an die
Kiste im Schrank, an die Dokumente Fragen aufwerfen, zum
Zeitpunkt der Anmeldung, die sehr wenige Antworten boten.
Das konnte der Schlüssel sein, nicht wahr? Oder war das nur
ein weiterer Teil desselben Rätsels, das ihn immer tiefer in
den Abgrund zog? Eines wusste er jedoch mit Sicherheit: Er
würde nicht aufgeben, bevor er die Wahrheit kannte. Aber je
weiter er ging, desto mehr schien diese Wahrheit unerreichbar.
Und je härter er dafür bezahlen musste, desto näher jeder Tag
rückte. Stunde verging, und Ethan konnte keinen klaren
Gedanken mehr fassen. Der Fund des Flugtickets, die beiden
leeren Zimmer, dieses Gefühl, dass etwas nicht stimmte, wog
schwer auf ihm. Er saß allein in seinem Büro, die belastende
Kiste mit Petras Dokumenten vor sich auf seinem
Schreibtisch. Seine Handflächen entwickelten ein leichtes
Zittern, als er die beiden erneut durchblätterte. Jede Seite war
wie ein Dolchstoß in seinen Rücken, ein weiterer Hinweis
darauf, dass jemand, dem er vertraut hatte, ein falsches Spiel
spielte. Doch plötzlich blieb er an einem Dokument hängen,
das ihm zuvor nicht aufgefallen war. Es war ein Bericht –
detailliert, präzise –, der den Verdacht gegen Susann und
Daniel erneut aufnahm. Doch je länger er die Zeilen überflog,

desto mehr erkannte er, dass die Informationen nicht zusammenpassten. Einige Daten waren fehlerhaft und Ereignisse wurden falsch datiert. Ethan schnappte sich einen Notizblock und begann in aller Eile zu schreiben, zu vergleichen und zu analysieren. Nach ein paar Minuten wurde es ihm klar: Die Dokumente, die Susann und Daniel belasteten, waren manipuliert worden. Sein Herz schlug ein wenig schneller. Weitere Papiere wurden aus der Kiste gezogen, und er wühlte sich durch das Chaos, bis er eine eindeutige Spur fand: Die Informationen, die er damals gegen seine engsten Mitarbeiter verwendet hatte, stammten tatsächlich aus einer anonymen, nie verifizierten Quelle; eine Quelle, die eindeutig Misstrauen säen sollte.

Nach wenigen Minuten wurde es ihm klar: Die Dokumente, die Susann und Daniel in Verruf brachten, waren selbst gefälscht. Sein Herz schlug ein wenig schneller. Weitere Papiere wurden aus der Kiste gezogen; er stürzte sich in das Chaos und fand eine klare Spur: Die Informationen, die er damals gegen seine engsten Mitarbeiter verwendet hatte, stammten tatsächlich aus einer anonymen, nie verifizierten Quelle. Eine Quelle, die eindeutig darauf abzielte, Misstrauen zu säen. Seine Kehle schnürte sich zu, als er die Wahrheit erkannte – eine Wahrheit, die ihm den Boden unter den Füßen wegzog. Susann und Daniel waren unschuldig. Ethan lehnte sich zurück, die Hände über das Gesicht geschlagen. Sein Atem ging schwer, und seine Gedanken überschlugen sich. Er hatte die beiden Menschen, die ihm am meisten geholfen hatten, ohne Beweise aus seinem Leben verbannt. Menschen, die alles für ihn riskiert hatten, die an ihn geglaubt hatten, als er selbst am meisten an sich zweifelte. Und er hatte sie verraten. Wegen eines falschen Verdachts. Wegen manipulierten Informationen. Eine Welle aus Schuld und Reue überrollte ihn. Er dachte an die Auseinandersetzungen, an die Wut in Daniels Augen, an die Verletztheit in Susanns Stimme, als sie versucht hatte, sich zu verteidigen. Ethan hatte sie ignoriert, hatte sich von seiner Paranoia leiten lassen, statt auf das zu hören, was sein Herz ihm gesagt hatte. Und jetzt war es zu spät. Er sprang auf, begann in seinem Büro auf und ab zu gehen. Sein Blick wanderte zum Fenster und zur Dunkelheit draußen. Der Wahlkampf, die Verschwörungen, die Entführung - sie hatten ihn geblendet. Die Macht hatte ihn geblendet, die Angst, die Ungewissheit. Und jetzt bezahlte er dafür. Als Meyer zurückkehrte, fand er Ethan so vor, wie er ihn noch nie gesehen hatte. Er saß wieder an seinem Schreibtisch, hatte Papiere vor sich ausgebreitet und starrte ausdruckslos vor sich hin, als wolle er die Realität durchschauen. Meyer stand in der Tür und beobachtete ihn einen Moment lang, bevor er das Schweigen brach. „Ethan, ich bin zurückgekommen. Aber ... was ist los? Du siehst aus, als wärst du gerade von einem Zug überrollt worden.". Ethan hob den Kopf, seine Augen waren müde und schmerzhaft. „Meyer... ich habe einen Fehler gemacht. Einen großen Fehler." Meyer runzelte die Stirn und trat näher heran. „Was für einen Fehler?". Ethan deutete auf die Papiere vor sich. „Susann und Daniel. Sie waren unschuldig. Die Beweise gegen sie – sie waren gefälscht. Manipuliert, um mich gegen sie aufzubringen.". Meyer starrte ihn an, die Worte einen Moment lang auf sich wirken lassend. Dann setzte er sich gegenüber von Ethan und nahm eines der Dokumente in die Hand. „Bist du sicher?". „Ja." Ethans Stimme war kaum mehr als ein Flüstern. „Ich habe alles überprüft. Die Daten, die Quellen – es passt alles nicht zusammen. Und ich... ich habe es nicht gesehen. Ich habe nicht genau hingesehen.". Meyer ließ das Papier sinken und sah Ethan mit einer Mischung aus Mitgefühl und Ernst an. „Ethan, du bist unter einem unglaublichen Druck. Es ist kein Wunder, dass du nicht alles hinterfragt hast. Aber wenn das stimmt... was willst du jetzt tun?". Ethan schüttelte den Kopf, seine Hände vergruben sich in seinem Haar. „Ich weiß es nicht, Meyer. Ich weiß es einfach nicht. Wie kann ich das wiedergutmachen? Wie kann ich mich bei ihnen entschuldigen?". Meyer lehnte sich zurück, die Arme verschränkt. „Vielleicht ist es nicht zu spät, Ethan. Vielleicht kannst du es noch richten. Aber bevor du das tust, musst du erst herausfinden, was hier wirklich vor sich geht. Wenn jemand so weit gegangen ist, um Susann und Daniel zu diskreditieren, dann steckt da ein Plan dahinter. Und er richtet sich direkt gegen dich.". Ethan nickte langsam, obwohl diese Worte ihn wie ein Schlag ins Gesicht trafen. Er wusste, dass Meyer recht hatte. Es ging nicht nur um Susann und Daniel. Es ging um etwas Größeres, etwas, das seine ganze Kampagne, seine gesamte Karriere bedrohte. Aber die Schuld war überwältigend. Es nagte an ihm und ließ ihn kaum atmen. Die Nacht war lang und langweilig. Ethan blieb bis zum Morgengrauen auf, Papiere vor sich, während Meyer darüber nachdachte, was als Nächstes zu tun war. Aber seine Gedanken wanderten immer wieder zu Susann und Daniel. Wie sollte er ihnen je wieder gegenübertreten, nachdem er sie so verraten hatte? Und was sollte er ihnen überhaupt sagen? Als die ersten Sonnenstrahlen durch das Fenster fielen, machte Ethan sich auf den Weg. Er würde alles ans Licht bringen, was auch immer es ihn kosten würde. Aber er wusste, dass der Pfad dort hinauf voller Gefahren war. Und dass der Preis, den er dafür zahlen musste, wahrscheinlich höher war, als er je gedacht hatte. Ethan kehrte in sein Arbeitszimmer zurück, ein großes Zimmer in einem großen Haus in den USA, und warf einen Blick auf die Papiere, die Meyer gebracht hatte. Der Abend war kühl und dunkel, die einzige Lichtquelle war der schwache Schein der Lampe am Schreibtisch. Es lag alles da, alles, was ich über Petra herausgefunden hatte, aber ich hatte das Gefühl, als ob mir ein entscheidender Faden gebracht wurde, um all diese Geheimnisse miteinander zu verknüpfen. Der Gedanke daran, dass sie mich so enttäuscht hatte, machte mir den Bauch flau. Ich nahm einen tiefen Atemzug und ließ mich in meinem Stuhl zurückfallen, mein Blick wanderte aus dem Fenster hinaus. Die Welt draußen war still. Es war leise, die Unruhe der letzten Tage war nicht zu spüren.

Es war keine Erleichterung, nach Hause zurückzukehren. Nein, das Haus fühlte sich leer an – wie ein Gefängnis, das ihn mit seinen Gedanken einsperrte.

Meyer saß am großen Esstisch im Erdgeschoss und telefonierte leise. Ethan hatte ihn gebeten, an der Sache dranzubleiben, doch die Ergebnisse waren bislang ernüchternd. Petra und die Kinder schienen wie vom

Erdboden verschluckt. Keine Hinweise, keine Bewegungen, keine Spuren. Es war, als hätten sie sich in Luft aufgelöst.

Ethan fuhr sich mit der Hand über das Gesicht. Er hatte nicht geschlafen, nicht wirklich gegessen – er lebte nur noch für die Wahrheit, auch wenn diese ihn langsam zerstörte. Sein Handy vibrierte auf dem Schreibtisch, und er griff eifrig danach, in der Hoffnung auf eine Nachricht von Meyer, die einen Durchbruch brachte. Doch als er das Display entsperrte, sah er den Namen, der ihn fast so sehr belastete wie die Ungewissheit über Petra: Daniel. Er zögerte nun, unsicher, ob er den Anruf annehmen sollte oder nicht. Daniel war nur einer derjenigen, denen er am meisten Unrecht getan hatte. Der Gedanke, sich diesem Austausch zu stellen, war lähmend und schmerzhaft, genau wie der Verrat durch Petra. Aber Ethan wusste, dass er daran nicht vorbeikam. Nicht mehr. „Daniel", sagte er schließlich, als er den Anruf entgegennahm. Seine Stimme war rau, fast tonlos. „Ethan", kam es zurück, kühl, aber nicht ganz so abweisend, wie Ethan befürchtet hatte. „Ich weiß nicht, warum ich dich überhaupt anrufe. Vielleicht, weil ich hören wollte, wie du es erklärst. Oder vielleicht, weil ich wissen wollte, ob du überhaupt noch lebst. Du hast dich seit Wochen nicht blicken lassen.". Ethan schloss die Augen und atmete tief durch. „Daniel… ich habe Fehler gemacht.

Schreckliche Fehler. Und ich weiß, dass ich nichts sagen kann, um das wiedergutzumachen. Aber ich muss dir eines sagen: Ich lag falsch. Du und Susann, ihr wart nie die Verräter. Das weiß ich jetzt. Es tut mir leid.". Eine kurze Pause entstand, nur das leise Knacken in der Leitung war zu hören.

„Das tut dir leid?" Daniels Stimme war scharf. „Ethan, du hast nicht nur ein Auge auf mich und Susann geworfen. Du hast unsere Karrieren ruiniert. Du hast vor den Augen der Öffentlichkeit ein lächerliches Exempel an uns statuiert und dafür gesorgt, dass niemand mehr mit uns arbeiten möchte. Es gibt kein reumütiges Wort wie 'tut mir leid', das die Dinge wieder in Ordnung bringen kann.„. "Ich weiß", flüsterte Ethan, "ich weiß, es ist nicht genug, aber ich brauche dich wirklich, Daniel. Es ist eine Familienangelegenheit. Es geht um Petra. Sie hat Dinge getan, die ich nicht verstehen kann. Dinge, die mich in Gefahr bringen könnten... Ich weiß, ich habe kein Recht, dich darum zu bitten, aber ich könnte jemanden gebrauchen, dem ich vertrauen kann." Bitteres Lachen ertönte am anderen Ende der Leitung. „Vertrauen? Ethan, du hast dieses Wort ausgelöscht. Zwischen uns kann es nie wieder etwas geben, was den Begriff Vertrauen verdienen würde. Du bist auf dich allein gestellt." Der Anruf endete mit einem Schnipsen, und Ethan starrte einfach auf den leeren

Bildschirm seines Telefons. Die Ablehnung schnitt tief, tiefer, als er erwartet hatte. Es war, als würde sich die Welt um ihn herum endgültig in ein schwarzes Loch verwandeln. Er hatte alles verloren – seine Freunde, seine Familie, seinen Glauben an sich selbst. Meyer erschien in der Tür, die Stirn in Falten gelegt. „Ethan, ich habe etwas gefunden. Es ist… interessant, aber es macht alles noch komplizierter.". „Was ist es?", fragte Ethan tonlos und stand langsam auf, als hätte er kaum noch Energie, sich zu bewegen.. Meyer hielt ein Blatt Papier in der Hand. „Ich habe einige Kontobewegungen von Petra nachverfolgen können. Sie hat regelmäßig Geld auf ein Offshore-Konto überwiesen. Ich habe das Konto überprüft, und die Empfänger scheinen mit einer Organisation verbunden zu sein, die – nun ja – Lobbyisten beschäftigt.". Ethan starrte ihn an, sein Herz begann schneller zu schlagen. „Was heißt das?". „Es heißt, dass Petra möglicherweise mit den Leuten zusammenarbeitet, die dich stürzen wollten," sagte Meyer leise. „Aber es gibt keine direkten Beweise. Noch nicht. Es ist ein Anfang, aber kein Ende.". Ethan ließ sich zurück auf seinen Stuhl sinken und legte den Kopf in die Hände. Der Knoten in seiner Kehle wurde immer enger, und die Wände des Raumes schienen sich um ihn herum zu schließen. Alles verwandelte sich in ein endloses Geflecht aus

Halbwahrheiten und Mutmaßungen, und die Überzeugung,
dass Petra ihn getäuscht haben könnte, war wie ein Schlag ins
Gesicht. Doch gleichzeitig keimte in ihm ein Funken
Hoffnung auf, dass es vielleicht einen Grund gab, der alles
erklärte, etwas, das ihm den Schmerz und die Zweifel nahm.
Aber im Moment hatte er nur eines: Leere. Ethan dachte noch
immer an die Worte Daniels, während er benommen in seinem
Stuhl saß. Daniels Zurückweisung fühlte sich wie eine weitere
Wunde an, die sich zu den vielen gesellte, die er in seinem
bereits verletzten Herzen gesammelt hatte. Aber etwas in ihm
wusste, dass er nicht aufgeben durfte. Nicht jetzt. Er brauchte
Antworten, und wenn Daniel nicht bereit war, ihm zuzuhören,
dann musste er sich jemanden suchen, der offener war und
noch einen kleinen Funken Mitgefühl für ihn hatte. Susann.
Der Gedanke, Susann gegenüberzutreten, war nicht weniger
einschüchternd als das Gespräch mit Daniel. Schließlich hatte
er sie nicht nur aus seinem inneren Kreis geworfen, sondern
sie auch vor aller Öffentlichkeit als Verräterin gebrandmarkt.
Trotzdem spürte er, dass sie seine einzige Chance war,
zumindest einen Teil seiner Probleme zu entwirren. Susann
war immer die besonnene, analytische Stimme in seinem
Team gewesen. Wenn jemand Klarheit in dieses Chaos
bringen konnte, dann sie. Ethan griff nach seinem Mantel,

ohne Meyer Bescheid zu sagen, und verließ das Haus. Sein
Handy zeigte ihm die Adresse von Susanns Wohnung an –
eine Adresse, die er aus alten Unterlagen heraus gekramt
hatte. Die Straßen wirkten im schwachen Abendlicht kälter als
sonst. Ethan stieg aus dem Auto aus. Die bittere Luft drang
ihm in die Lunge und schien die Stimmung mit der
Abendhülse hinter ihm einzufangen. Susann wohnte in einem
ruhigen Vorort, weit weg vom Lärm der Stadt, in einem
kleinen, ungewöhnlich gepflegten alten Sandsteinhaus. Es sah
fast zu idyllisch aus, um echt zu sein, als ob in diesen Mauern
nie etwas Schlimmes passieren könnte. Aber auch hier kannte
er die Wunden, die er persönlich geschlagen hatte.

Er stand vor der Tür und zögerte. Seine Hand schwebte über
der Klingel, aber er drückte sie nicht sofort. Stattdessen
schloss er für einen Moment die Augen und atmete tief durch.
Was, wenn sie ihn wegschickte? Was, wenn sie überhaupt
nicht bereit war, mit ihm zu reden? Doch dann erinnerte er
sich an das, was auf dem Spiel stand. Seine Familie. Seine
Karriere. Seine Wahrheit. Mit festem Entschluss drückte er
auf die Klingel. Ein leises Summen durchbrach die Stille der
Straße, dann kamen Schritte ins Haus. Die Tür öffnete sich,
und da war Susann. Ihre Augen weiteten sich für den
winzigen Bruchteil einer Sekunde, bevor sie sich verengten.

Sie trug einen Pullover und Jeans, ihr Haar war locker hochgesteckt, und ihr Gesichtsausdruck war eine Mischung aus Überraschung und Vorsicht. „Ethan", antwortete sie kühl, mit einer Neigung in der Stimme, die eher schneidend, aber ohne viel Gefühl klang, "Was machst du denn hier, Ethan?" schluckte sie schwer. "„Ich… ich muss mit dir reden. Es geht um Petra. Und… um alles, was passiert ist." Sie lehnte sich gegen den Türrahmen, ihre Arme vor der Brust verschränkt. „Du hast mich monatelang ignoriert, mich öffentlich bloßgestellt und meine Karriere ruiniert. Und jetzt stehst du vor meiner Tür, weil du Hilfe brauchst? Du hast wirklich Nerven.". „Ich weiß", sagte Ethan leise, seine Stimme voller Reue. „Und ich verdiene deine Wut. Aber ich habe niemanden mehr, Susann. Du warst immer die Vernünftige, diejenige, die mich auf den Boden der Tatsachen zurückholen konnte. Bitte, hör mir nur kurz zu. Wenn du danach willst, gehe ich und lasse dich in Ruhe.". Sie betrachtete ihn lange, als würde sie abwägen, ob er es wert war, eingelassen zu werden. Schließlich seufzte sie und trat zur Seite. „Komm rein, aber mach es kurz. Ich habe keine Geduld für deine Spielchen, Ethan.". Er trat ein und spürte sofort die Wärme des Hauses, sowohl körperlich als auch emotional. Es war ein Ort, der einladend und friedlich wirkte, im Gegensatz zu seinem eigenen Leben, das einem Schlachtfeld glich. Susann führte ihn ins Wohnzimmer, wo sie sich auf das Sofa setzte und ihm einen Platz auf dem Sessel gegenüber anbot. Sie reichte ihm kein Getränk an, keine Höflichkeiten, nur diesen durchdringenden Blick, der ihm klarmachte, dass er auf dünnem Eis stand. „Was noch?", begann sie. „Was willst du?" Ethan lehnte sich vor, die Hände ineinander verschränkt. „Ich habe alles vermasselt, Susann. Ich habe dich und Daniel fälschlicherweise beschuldigt, ohne Beweise, nur aufgrund von Vermutungen. Ich war blind vor Wut und Angst, und ich habe euch beide verraten. Dafür gibt es keine Entschuldigung." „Gut gesagt", antwortete sie kurz. „Es gibt keine." Er nickte und akzeptierte die Schärfe ihrer Worte. „Aber ich stehe jetzt vor einer Aufgabe, die ich nicht allein bewältigen kann. Petra... Ich glaube, ich kann ihr nichts mehr glauben. Sie hat mir Dinge verheimlicht, die darauf hindeuten, dass sie mit den Leuten, die mich ruinieren wollen, unter einer Decke steckt. Ich habe Dokumente gefunden, einige Transaktionsunterlagen, Verbindungen zu Lobbyisten. Und jetzt ist sie einfach verschwunden. Auch die Kinder sind verschwunden. Ich brauche Antworten, Susann, und ich dachte... Ich dachte, du könntest mir vielleicht helfen, die verdammte Wahrheit zu finden." „Warum sollte ich dir helfen,

Ethan? Du hast alles zerstört, was wir zusammen gemacht haben. Du hast mich in die Flammen geworfen, um dir den Hals zu retten, als du ihn brauchen konntest. Was hast du jetzt davon, mich um Hilfe zu bitten?"

Ethan senkte den Kopf, die Scham lastete schwer auf ihm. „Weil ich es nicht allein schaffe. Und weil ich glaube, dass du immer noch an die Wahrheit glaubst, an das, was richtig ist. Wenn du mir nicht helfen willst, verstehe ich das. Aber ich musste es versuchen.". Eine lange Stille breitete sich aus. Susann schien hin- und hergerissen, ihre Wut mit ihrer Loyalität kämpfend. Schließlich seufzte sie und stand auf. „Ich helfe dir nicht deinetwegen, Ethan. Ich helfe dir, weil ich wissen will, was wirklich los ist. Aber wenn du mich noch einmal verrätst… dann war es das endgültig." .Ethan nickte, die Erleichterung in seinem Gesicht deutlich sichtbar. „Danke, Susann. Du weißt nicht, was mir das bedeutet.". „Noch nicht danken", sagte sie kalt. „Das hier ist kein Neuanfang, Ethan. Es ist nur ein weiterer Schritt in einem sehr langen und schmerzhaften Prozess.". Ethan konnte nicht widersprechen. Er wusste, dass sie recht hatte. Doch für den ersten Moment seit Wochen hatte er das Gefühl, dass ein kleiner Funken Hoffnung zurückgekehrt war. Im Wohnzimmer herrschte gespannte Stille, die nur gelegentlich durch das Knarren des

Holzbodens unterbrochen wurde, als Susann langsam vor dem Kamin auf und ab ging. Ethan saß still in seinem Sessel, die Arme schwer auf den Knien; er starrte auf den Teppich, als erwarte er eine Antwort von ihr. Ihr Gespräch hatte einen neuen, ernsten Ton angenommen, und alle Anwesenden wussten, dass es in eine unüberbrückbare Sackgasse geraten war. „Endlich, die Dokumente", sagte Susann und wandte sich plötzlich Ethan zu. „Wie hast du sie überhaupt gefunden? Und woher weißt du, dass sie echt sind?" „Sie waren in einer Schachtel in einem Schrank in meinem Schlafzimmer", antwortete er. Seine Stimme war müde und fast tonlos, als hätte ihn jedes Wort mehr Kraft gekostet, als er sich leisten konnte. "Es gibt Bankgeschäfte, Vereinbarungen, unterschriebene Memos ... alles deutet eindeutig darauf hin, dass Petra hinter meinem Rücken mit den Lobbyisten zusammengearbeitet hat, um mich zu Fall zu bringen. Aber warum, das verstehe ich nicht."

Susann sah ihn skeptisch an. „Es könnte genauso gut eine Falle sein. Jemand könnte sie absichtlich zu genau diesem Zweck dort platziert haben, und Ihr Verhalten hat Ihnen in den letzten Monaten mehr Feinde eingebracht, als Ihnen guttun würde." Ethan schüttelte den Kopf.

„Das habe ich auch gedacht. Aber die Handschrift auf den Notizen, die Details in den Dokumenten… Es passt alles zu ihr. Susann, ich habe das Gefühl, ich kenne sie nicht mehr." Susann blieb stehen und verschränkte die Arme. Ihre Augen verengten sich, und sie sprach mit einer fast schon messerscharfen Präzision. „Ethan, ich sage das nicht, um dir ein schlechtes Gewissen einzureden, aber du bist mitschuldig am Untergang deiner Familie. Du hast Petra so weit zurückgedrängt, während du dich in Staatsangelegenheiten ertränkt hast. Vielleicht ist es keine Verschwörung, sondern das Ergebnis davon, dass sie ihren Weg gefunden hat."

Ethan fühlte, wie sich ein Knoten in seinem Magen zusammenzog. Ihre Worte trafen ihn härter, als er erwartet hatte, weil sie genau das aussprachen, was er sich nie eingestehen wollte. Aber bevor er antworten konnte, klingelte sein Handy. Es war Meyer. Ethan nahm ab, seine Stimme angespannt. „Was gibt's, Meyer?" „Ich habe etwas gefunden", sagte Meyer ohne Umschweife. Seine Stimme klang aufgeregt, aber auch vorsichtig. „Ich bin gerade bei dem alten Haus in Toronto, und ich habe den Laptop gefunden, den Petra zurückgelassen hat. Da sind einige interessante E-Mails drauf… aber Ethan, das musst du dir selbst ansehen. Ich schicke dir die Adresse, wo ich bin." „Was ist daran so wichtig?" fragte Ethan, während Susann ihn mit einem fragenden Blick bedachte. „Da ist eine Nachricht, die direkt an dich adressiert ist", antwortete Meyer. „Aber ich denke, du solltest sie selbst lesen." Ethan spürte, wie sein Puls schneller wurde. „Ich komme sofort." Er beendete den Anruf und stand abrupt auf. „Meyer hat etwas gefunden. Ich muss nach Toronto zurück." Susann runzelte die Stirn. „Ethan, das klingt verdächtig. Wenn Petra wirklich mit diesen Leuten unter einer Decke steckt, könnte das eine Falle sein." „Vielleicht", sagte Ethan und griff nach seinem Mantel. „Wenn es eine Antwort gibt, muss ich herausfinden, wie sie lautet. Ich kann nicht länger im Ungewissen bleiben." „Ich komme mit dir", sagte Susann plötzlich und sehr entschlossen. „Du brauchst einen scharfen Verstand in diesem Geschäft." Ethan zögerte einen Moment, dann nickte er. „Okay. Aber wir sollten uns beeilen."

Die Fahrt nach Toronto war von Schweigen und Anspannung geprägt. Ethan hatte seinen steinernen Blick auf die blinkende Linie gerichtet, während Susann neben ihm saß und ihre eigenen Gedanken sortierte. Schließlich wies das GPS den Weg zu einem verlassenen Gebäude in einem der Industriegebiete der Stadt. Es war ein unauffälliger, grauer Betonbau, der von außen wie jede andere Lagerhalle aussah. Doch innen wartete Meyer, der bereits ungeduldig auf sie wartete. „Da seid ihr ja", begrüßte er sie knapp und führte sie zu einem Tisch, auf dem ein Laptop stand. Der Monitor schaltet sich ein. Eine E-Mail erscheint: *„An Ethan - Die Wahrheit."* Ethan beugt sich vor, um sie zu lesen. Der Brief ist kurz und bündig:

„Ethan, wenn du das liest, wirst du wahrscheinlich noch nicht alles verstehen. Aber du bist viel näher dran, als du denkst. Nicht nur politisch; du bist auch persönlich betroffen. Du bist Teil von etwas Größerem, und ich... Ich war ein Bauer auf diesem Schachbrett. Die Antworten, nach denen Sie suchen, werden Sie in den Dokumenten nicht finden. Sie sind viel näher. Pass auf dich auf. – Petra"

Ethan fühlte, wie sich sein Magen zusammenzog. „Was zum Teufel...?" „Das ist alles?", fragte Susann, die ebenfalls über seine Schulter schaute. „Mehr gibt es nicht", sagte Meyer. „Aber da ist noch etwas. Er meint, es handele sich um einen Vollzeittrainer mit der Nachricht: „Ich habe eine weitere Adresse unter dem Namen R.J. Diese Person zu finden, liegt noch im Rahmen meiner Möglichkeiten. Ethan starrte weiter auf den Bildschirm, während seine Gedanken zu rasen begannen. Wer genau ist dieser „R.J."? Und warum hat Petra diesen Hinweis zurückgelassen? Plötzlich hörte er ein sehr leises Kratzgeräusch, das überhaupt nicht zur Umgebung passte. Er wirbelte herum, aber es war niemand da. „Hast du das gehört?", fragte er angespannt. Susann schüttelte den Kopf. „Was meinst du?" Bevor er antworten konnte, ging das Licht in der Halle an und durchbrach die Stille mit einem lauten Knall. Es hörte sich an wie eine Kanone, und dann zersprang eines der Fenster. Eine dunkle Gestalt glitt vorbei. Meyer griff instinktiv nach seiner Waffe, doch der Eindringling war bereits verschwunden. „Das war keine Falle", sagte Meyer zwischen den Zähnen. „Das war eine Warnung." Ethan sah Susann mit Augen voller Verwirrung und Angst an. „Wir haben keine Zeit mehr. Die Antworten, nach denen wir suchen, könnten uns alle das Leben kosten", fügte er hinzu. Meyer bekam einen Anruf und musste Susann und Ethan alleine lassen.

.

Der Zeitungsartikel

Die Sonne stand hoch am Himmel, doch Meyers Laune war düsterer als die tiefsten Schatten der Gassen, durch die er eilte. Seit Tagen hatte er keine Spur von Ethan, und jede Richtung, die er eingeschlagen hatte, führte ihn in eine Sackgasse. Der Mann, der einst Gouverneur war, der Mann, der Wahlen und Intrigen gleichermaßen überlebt hatte, war plötzlich, wie vom Erdboden verschluckt. Niemand wusste, wo er war – nicht seine ehemaligen Vertrauten, nicht seine politischen Gegner, und am allerwenigsten Meyer selbst, der stets geglaubt hatte, Ethan besser zu kennen als irgendjemand sonst. Meyer zog den Mantel enger um sich, obwohl die Hitze fast unerträglich war. Er schritt die Stufen eines heruntergekommenen Hotels hinauf, das in einer Ecke von Washington D.C. lag, die Touristen niemals betreten würden. Es war der letzte Ort, an dem Ethan angeblich gesehen worden war – oder zumindest hatte es ein anonymer Anruf behauptet. Der Empfangsbereich war leer, abgesehen von einem rostigen Ventilator, der träge in der Ecke summte.

254

Meyer ging zum Tresen, an dem ein müder Mann mit fettigem Haar und einem abgewetzten Hemd stand. „Kann ich Ihnen helfen?" fragte der Mann, ohne wirklich interessiert zu klingen. Meyer zog ein Foto aus seiner Tasche und schob es über den Tresen. „Dieser Mann. Ethan Blake. Haben Sie ihn in den letzten Tagen hier gesehen?". Der Mann warf einen Blick auf das Foto, dann zuckte er mit den Schultern. „Hier kommen viele Leute rein und raus. Kann mich nicht erinnern.". Meyer ließ ein paar Geldscheine auf den Tresen gleiten. „Vielleicht hilft das Ihrem Gedächtnis auf die Sprünge.". Der Mann griff nach dem Geld, blickte sich um, als wolle er sicherstellen, dass niemand zuhört, und beugte sich dann vor. „Er war hier. Vor drei Tagen. Hat ein Zimmer für eine Nacht genommen, aber er ist am Morgen gegangen und nicht zurückgekommen. Das ist alles, was ich weiß.". „Hat er irgendwas gesagt? Irgendjemanden getroffen?" Meyers Stimme war scharf und drängend.

„Nichts, woran ich mich erinnere", sagte der Mann und begann, die Geldscheine in seine Tasche zu stecken. „Aber er hat eine Zeitung liegenlassen, als er gegangen ist." „Eine Zeitung?" Meyers Augen verengten sich. „Welche?" Der Mann zuckte mit den Schultern, kramte unter dem Tresen und zog schließlich ein zerknittertes Exemplar hervor. Es war die

Washington Post. Meyer nahm die Zeitung entgegen und scannte die Titelseite. Es war nichts Auffälliges – politische Artikel, die üblichen Skandale, ein Bericht über ein Unwetter in Kalifornien. Doch dann fiel ihm etwas auf. Auf einer Seite war ein kleiner Artikel in der rechten unteren Ecke rot umkringelt. Die Schlagzeile lautete: *ehemaliger Gouverneur im Dunkeln: Verbindungen zu dunklen Geschäften?* Meyers Herz setzte kurzzeitig einen Schlag aus. Eilig überflog er den Artikel. Er enthielt eine Menge Anschuldigungen, die zu vage waren, um wirklich als Beweise zu gelten, aber es war die eine Zeile, die ihm die Luft aus den Lungen nahm. Quellen sagen, dass Blake zuletzt mit jemandem in Verbindung stand, der als 'R.J.' bekannt ist: ein rätselhafter Informant. „Verflixt", murmelte Meyer. R.J. - da ist dieser Name wieder. Der Name, der bereits in Petras E-Mails erwähnt wurde. Hatte Ethan versucht, diesen mysteriösen Informanten zu treffen? Und hatte er dafür alles aufgegeben? Meyer schob das Papier in seine Jackentasche und stürmte aus dem Hotel. Der nächste Schritt war klar: Herausfinden, wer R.J. war. Und selbst wenn das bedeutete, in Ethans Vergangenheit zu wühlen, war er bereit, das zu tun. Meyer fand einen Platz in einem Eckcafé in der 14th Street und holte sein Notebook heraus. Die Verbindung war langsam, aber er hatte keine andere Wahl. Er

begann, nach Spuren zu suchen - nach einer Verbindung
zwischen Ethan und diesem mysteriösen R.J. Er gab die
Initialen in alle möglichen Suchmaschinen ein und ergänzte
sie mit Namen, Orten, Schlüsselwörtern. Es war mühsam, und
die Stunden vergingen, ohne eine einzige vielversprechende
Spur zu erhalten. In der Eile las Meyer schnell den nicht sehr
neuen Artikel. Die Verbindung war langsam, aber er hatte
keine andere Wahl. Es war mühsam, und es vergingen
Stunden, ohne dass er eine einzige gute Spur fand.
*Ehemaliger Gouverneur im Dunkeln: Verbindungen zu
dunklen Geschäften?* Meyers Herz schien einen Moment lang
stillzustehen. Eilig überflog er den Artikel. Er war voll von
Anschuldigungen, aber so vage, dass sie keine echten Beweise
sein konnten. Doch dann, kurz vor Mitternacht, stieß er auf
etwas. Eine alte Spendenliste für Ethans erste Wahlkampagne
als Gouverneur. Unter den Namen der Spender fand sich ein
„Richard Jansen". Der Betrag war klein – kaum
erwähnenswert. Doch Meyer war sofort alarmiert. Warum
hatte dieser Name in all den Jahren nie wieder eine Rolle
gespielt? Er machte sich Notizen, suchte weiter nach
Informationen über Jansen. Schließlich fand er eine Adresse –
ein heruntergekommenes Apartmentgebäude in einer der
schlechteren Gegenden der Stadt. Ohne zu zögern, schnappte

er sich seine Jacke und machte sich auf den Weg. Es war
dunkel und still, als Meyer an dem Gebäude ankam. Die
Straßenlaternen flackerten, und ein Windstoß trug den
Gestank von Müll und Kanalisation mit sich. Er betrat das
Gebäude und stieg die knarrende Treppe hinauf. Die
Wohnung von Richard Jansen lag im dritten Stock. Meyer
klopfte an die Tür, aber es kam keine Antwort. Er klopfte
erneut, diesmal lauter. Nichts. Er zog seine Waffe, drehte den
Griff und schob die Tür langsam auf. In der Wohnung war es
dunkel, und ein ranziger Geruch stieg ihm in die Nase. Er
schaltete seine Taschenlampe ein und begann, sich
umzusehen. Es war ein Schweinestall: Papierstapel,
zerbrochene Flaschen, Zigarettenstummel. Aber etwas stach
ihm sofort ins Auge - es lag auf dem Couchtisch: ein Bild von
Ethan. Darunter lag ein eingepacktes Buch, auf dem alle
möglichen kryptischen Notizen standen - Namen, Zahlen. Sie
alle waren Wiederholungen des Namens Ethan mit dem Wort
„Schulden". Meyer verstand nicht alles, aber es war ganz klar,
dass Ethan in Schwierigkeiten steckte, und zwar bei
jemandem, der alles tun würde, um die Oberhand zu
gewinnen. Dann hörte Meyer plötzlich Schritte hinter sich.
Als er sich umdrehte, war es bereits zu spät. Ein harter
Gegenstand schlug gegen seinen Kopf, und alles wurde

schwarz. Als er wieder zu sich kam, war er allein. Das Notizbuch war verschwunden, und die Tür stand weit offen. Meyer rappelte sich auf, sein Kopf dröhnte vor Schmerzen. Doch er wusste, dass er jetzt nicht aufgeben konnte. Ethan war irgendwo da draußen – und wenn Meyer ihn finden wollte, musste er schneller sein als die, die ihn jagten.

Meyer stand noch immer im dunklen Apartment. Der Schmerz in seinem Kopf war drückend, aber nicht lähmend. Er tastete vorsichtig nach der Wunde und stellte erleichtert fest, dass sie nicht stark blutete. Doch der Verlust des Notizbuchs setzte ihm mehr zu als der körperliche Schlag. Es war der erste greifbare Hinweis, den er auf Ethans Verbleib hatte – und jetzt war er verschwunden. Jemand wollte verhindern, dass er zu viele Fragen stellte. Und dieser Jemand schien entschlossener zu sein, als Meyer ursprünglich angenommen hatte. Er zog sein Handy aus der Tasche und wählte die Nummer eines seiner alten Kontakte bei der Polizei. „Hier, Meyer", begann er mit sanfter, fester Stimme. „Ich brauche sofort Verstärkung. Ich vermute, dass Ethan Blake in großer Gefahr ist. Kannst du mir Zugang zu den neuesten Überwachungsbildern aus der Gegend um die 14th Street verschaffen? Vielleicht lohnt es sich ja.". „Blake?" Die Stimme am anderen Ende klang überrascht. „Sie meinen den

Gouverneur, der verschwunden ist? "Sie wissen doch, dass das jeder untersucht. Warum sollte ich riskieren, dass mein Name mit diesem Chaos in Verbindung gebracht wird?"

„Weil ich ihn finden muss, bevor es jemand anderes tut",
sagte Meyer schroff. „Bitte. Vertrauen Sie mir. Es geht hier um mehr, als in den Zeitungen steht.". Nach einem langen Schweigen antwortete die Stimme schließlich: „Ich sehe, was ich tun kann.". Meyer steckte das Handy wieder ein und machte sich auf den Weg nach draußen. Seine Schritte hallten durch das Treppenhaus, und er fühlte, wie sich die drückende Enge des Ortes um ihn schloss. Die kalte Nachtluft schlug ihm ins Gesicht, als er das Gebäude verließ, aber sie brachte ihm keinen klaren Kopf. Im Gegenteil – seine Gedanken wirbelten wie ein Sturm. Wer hatte ihn angegriffen? War es der geheimnisvolle „R.J.", oder vielleicht jemand, der in seinem Auftrag arbeitete? Und was hatte Ethan so tief in diese Finsternis hineingezogen?

Zurück in seinem Hotelzimmer in der Innenstadt von Washington D.C., ließ sich Meyer auf das Bett fallen. Er zog einen Notizblock aus der Tasche und begann, seine Gedanken zu sortieren. Die Punkte, die er hatte, waren spärlich, aber sie zeichneten ein Bild, das ihm nicht gefiel:

Ethans Spur endete in diesem heruntergekommenen
Apartment, jemand hatte nicht nur das Notizbuch, sondern
auch Ethan im Blick – und sie wollten ihn entweder
verstecken oder beseitigen oder der Name „R.J." war der
Schlüssel. Aber wer war er?

Meyer fragte sich, ob es klug war, sich an Victor zu wenden,
der ihm bei den ganzen Ermittlungen geholfen hatte; aber
Victor war immer eine tickende Zeitbombe - schnell und
unberechenbar. Also beschloss Meyer, vorerst allein
weiterzuarbeiten. Zu viel Vertraulichkeit, wenn man andere
Personen einbezieht, birgt zwangsläufig das Risiko von
Informationslecks. Der Artikel in der Washington Post hatte
schon genug Staub aufgewirbelt. Plötzlich vibrierte sein
Mobiltelefon auf dem Nachttisch. Es war die Nummer seiner
Kontaktperson bei der Polizei. Er nahm den Hörer ab.
„Meyer? Ich habe Ihnen das Videomaterial geschickt", sagte
die Stimme schnell. „Aber da ist noch etwas, das Sie sehen
müssen. Was wirklich in der Nacht vor der Razzia in der
Wohnung passiert ist. Sehen Sie sich besonders die
Aufnahmen von 23.15 Uhr an." „Danke", antwortete Meyer
knapp und sprang auf. Er öffnete seinen Laptop und lud die
Dateien herunter, die er gerade erhalten hatte. Das
Videomaterial zeigte die traurige kleine Straße vor der

Wohnung, so unspektakulär wie die meisten Szenen - ein Fußgänger hier, ein Obdachloser, der sich in eine Decke gewickelt hatte, ein Lieferwagen, der zu lange am Straßenrand geparkt hatte. Doch dann, genau um 23:15 Uhr, blitzte ein schwarzer Geländewagen auf.

Er hielt direkt vor dem Gebäude, und zwei Männer stiegen aus. Sie trugen dunkle Kleidung, die Gesichter in Schatten gehüllt. Meyer hielt den Atem an. Einer der Männer ging zielstrebig zur Tür, während der andere zurückblieb und das Fahrzeug im Auge behielt. Wenige Minuten später tauchten sie wieder auf, diesmal mit einer riesigen Kiste in der Hand. Sie war sperrig und schwer. Meyer konnte nicht sagen, was sie wohl enthalten könnte. Waren es die Papiere, die Ethan vorhin gesammelt hatte? Oder etwas, das noch viel schwerwiegendere Geheimnisse enthielt? Die Männer stiegen in einen Geländewagen und fuhren davon, aber die Nummernschilder waren nicht zu erkennen. Meyer schloss das Video und lehnte sich in seinem Stuhl zurück. „Ah, das war's also", murmelte er. Ethan war nicht nur die Zielscheibe eines politischen Spiels, es ging um mehr, vielleicht sogar um mehr.

Er wusste, dass er keine Zeit zu verlieren hatte. Er griff zu seinem Telefon und wählte eine Nummer, die er nicht mehr wählen wollte. Susann. Ethan hatte sie oft erwähnt, und Meyer wusste, dass sie ihm vielleicht eine weitere Spur geben konnte. „Meyer?" Susanna klang angespannt, misstrauisch. „Warum rufst du mich an? Was willst du?" „Ich bin auf der Suche nach Ethan", sagte Meyer ohne Umschweife. „Ich weiß, ihr hattet vorher eure Differenzen, aber ich brauche deine Hilfe. Er ist verschwunden, und ich glaube, er steckt in ernsten Schwierigkeiten." „Ethan?" Susanne grinste verbittert. „Dieser Mann hat alles zerstört, was er je angefasst hat: seine Familie, seine Karriere, unsere Freundschaft. Warum sollte ich jetzt wieder helfen? Ich habe versucht ihm zu helfen, aber er musste wieder alles kaputt machen" „Weil ich nicht glaube, dass er die Mittel hat, zu kontrollieren, wo er hineingeraten ist", drängte Meyer. „Und wenn wir ihn nicht finden können, könnte das sein Ende bedeuten.". Am anderen Ende der Leitung herrschte lange Stille. Schließlich seufzte Susann. „Okay. Ich habe nichts mehr mit ihm zu tun, aber ich werde sehen, ob ich etwas herausfinden kann. Aber Meyer – wenn du ihn findest, sag ihm, dass er mich nie wieder anrufen soll.". Meyer legte auf und spürte, wie die Uhr gegen ihn tickte. Ethan war irgendwo da draußen, und was auch immer geschah, er hatte das Gefühl, dass die Wahrheit näher rückte – eine Wahrheit, die alles verändern würde.

Meyer ließ das Telefon sinken, sein Blick blieb für einen Moment starr auf die gegenüberliegende Wand gerichtet. Susanns Reaktion hatte ihn getroffen. Ihre Stimme war kalt gewesen, fast leer, und doch hatte er eine Spur von Bitterkeit herausgehört – als würde sie etwas verbergen. Er wusste nicht, ob er ihr trauen konnte, aber ihm blieb keine andere Wahl. Er hatte zu wenige Optionen, um jemanden außen vorzulassen, der Ethan jemals nahegestanden hatte. Er stand auf, streckte die Beine und öffnete das Fenster seines Hotelzimmers. Die kalte Luft der Nacht strömte herein und brachte ein wenig Klarheit in seine Gedanken. Was hatte Ethan ihr angetan, um solche Gefühle auszulösen? Es war mehr als nur Enttäuschung, das war sicher. Doch die Zeit, um sich in persönliche Dramen zu vertiefen, hatte er nicht. Ethan war in Gefahr, und Meyer fühlte, dass die Zeit knapp wurde.

Am nächsten Morgen saß Meyer in einem kleinen Café in der Nähe seines Hotels, ein dampfender schwarzer Kaffee vor ihm. Die Nachrichten liefen stumm auf einem Bildschirm in der Ecke des Raumes. Bilder von Ethan Blake flackerten über den Bildschirm – alte Aufnahmen aus besseren Zeiten. Der einst ruhmreiche Gouverneur, der für seinen Mut und seine unkonventionellen Ideen gefeiert wurde, ist zu einer Figur der politischen und persönlichen Katastrophe geworden. Die Nachrichten waren unversöhnlich: „Von der Hoffnung zum Gejagten - wer ist Ethan Blake?" Meyer starrte auf die Worte, und ihr Gewicht legte sich auf seine Brust.

Plötzlich surrte sein Telefon. Es war eine Nachricht von Susann: „Ich habe etwas gehört. Lass uns treffen." Die angegebene Adresse war ein kleines Bistro in einer ruhigen Gegend der Stadt, auf jeden Fall außer Sichtweite von neugierigen Augen. Meyer zögerte nicht lange und war in zehn Minuten auf dem Weg.

Als Meyer eintraf, hatte Susann bereits an einem Tisch in der hinteren Ecke des Bistros Platz genommen. Sie trug einen grauen Mantel, ihr Haar war locker zusammengebunden, und ihre Hand fummelte an einer ausgehöhlten Kaffeetasse herum. Ihr Gesicht wirkte angespannt, mit dunklen Ringen unter den Augen, die ihr ein müdes, aber entschlossenes Aussehen verliehen. Meyer setzte sich ihr gegenüber und wartete, bis sie zu sprechen begann. „Ich habe lange darüber nachgedacht, ob ich das tun soll oder nicht", sagte sie schließlich und sah ihn direkt an. „Aber Ethan... Ethan war mir einmal wichtig. Ich kann nicht einfach zusehen, wie das endet, ohne zumindest versucht zu haben, ihm zu helfen." „Was weißt du?", fragte

Meyer ohne Umschweife. Susann lehnte sich zurück, als

würde sie versuchen, ihre Worte sorgfältig zu wählen. „Ethan

hat in den letzten Monaten viele Fehler gemacht, das weißt du

selbst. Aber ich glaube, dass es da draußen Leute gibt, die

diese Fehler ausnutzen, um ihn endgültig zu Fall zu bringen.

Und es geht nicht nur um Politik. Es geht um Macht, um

Kontrolle. Ich habe ein paar Namen gehört – Leute, die Ethan

früher unterstützt haben, aber jetzt gegen ihn arbeiten. Namen,

die immer wieder in den falschen Zusammenhängen

auftauchen."„Welche Namen?" Meyer beugte sich vor, seine

Stimme war leise, aber eindringlich. Susann schüttelte den

Kopf. „Noch nicht. Ich muss sicher sein, dass ich dir

vertrauen kann, Meyer. Ich brauche Zeit, um mehr

herauszufinden. Aber eines kann ich dir sagen: Ethan wusste,

dass er in Gefahr war. Er hat es mir einmal angedeutet, kurz

bevor er verschwand. Er sagte, dass er Informationen hatte –

Dinge, die alles verändern könnten, wenn sie ans Licht

kommen. Aber er wusste auch, dass sie ihn das Leben kosten

könnten.". Meyer atmete tief durch und ließ die Informationen

auf sich wirken. „Was für Informationen? Wo könnte er sie

versteckt haben?"

„Das weiß ich nicht," antwortete Susann. „Aber ich habe einen Verdacht. Ethan hat oft von einem alten Freund gesprochen, einem Mann namens Henry Slate. Sie waren früher Geschäftspartner, und Ethan vertraute ihm wie einem Bruder. Wenn irgendjemand weiß, wo Ethan ist oder was er geplant hat, dann Henry.". Nachdem sie sich verabschiedet hatten, ging Meyer zu Fuß zurück in sein Hotel. Susanns Worte hallten in seinem Kopf wider, und er begann, die Puzzlestücke zusammenzusetzen. Wer war Henry Slate, und warum hatte Ethan ihn nie erwähnt? Es fühlte sich an, als würde er einer Spur folgen, die ihn immer tiefer in ein Netz aus Geheimnissen und Verrat zog. Als Meyer sein Zimmer erreichte, lag ein Umschlag vor der Tür. Er sah sich um, doch der Flur war leer. Vorsichtig hob er den Umschlag auf und öffnete ihn. Darin befand sich ein einzelnes Blatt Papier, auf dem in sauberer Handschrift nur wenige Worte standen:

„Hör auf zu suchen, Meyer. Es gibt keinen Weg zurück."

Ein kalter Schauer lief ihm über den Rücken. Wer wusste, dass er hier war? Und was bedeutete diese Warnung? Aber anstatt ihn abzuschrecken, entfachte die Nachricht nur Meyers Entschlossenheit. Er würde Ethan finden – egal, wer oder was sich ihm in den Weg stellte.

Meyer starrte auf die Worte auf dem Zettel, die so simpel und doch so drohend waren. Die Handschrift war präzise, beinahe mechanisch, aber ohne offensichtliche Merkmale, an denen er einen Hinweis hätte festmachen können. Er drehte das Blatt zwischen seinen Fingern, hielt es gegen das Licht, suchte nach Wasserzeichen oder versteckten Zeichen, aber es war ein einfacher, unauffälliger Zettel. Nichts daran half ihm weiter. Und doch sprach die Nachricht für sich: Jemand beobachtete ihn. Jemand wollte, dass er aufhörte. Meyers Puls raste, doch er zwang sich, tief durchzuatmen und einen klaren Kopf zu bewahren. Er faltete das Blatt sorgfältig zusammen und steckte es in seine Tasche. Die Botschaft war nicht nur eine Drohung – sie war auch ein Beweis. Ein Beweis dafür, dass er auf der richtigen Spur war. Dass seine Suche für jemanden so unbequem war, dass er sich die Mühe gemacht hatte, ihn zu warnen. Aber wer? Und wie lange beobachteten sie ihn schon? Er trat zum Fenster seines Hotelzimmers, zog die Gardine einen Spalt auf und spähte hinaus. Von seinem Standpunkt aus hatte er einen guten Blick auf die Straße darunter. Menschen gingen ihren Geschäften nach, Taxis fuhren vorbei, ein Lieferwagen parkte direkt vor dem Gebäude. Nichts schien ungewöhnlich. Doch das Gefühl, dass er beobachtet wurde, ließ ihn nicht los. Er zog die Vorhänge wieder zu, schnappte sich sein Handy und rief Victor an. „Victor", begann er ohne Umschweife, „wir haben ein Problem."

Am anderen Ende der Leitung blieb es für einen Moment still, bevor Victor mit seiner gewohnt ruhigen, fast gelangweilten Stimme antwortete. „Das sagst du öfter. Welches Problem ist es dieses Mal?". „Ich wurde gewarnt. Jemand hat mir eine Nachricht vor die Tür gelegt – sie wollen, dass ich aufhöre zu suchen.".

„Was stand genau drin?", fragte Victor, jetzt doch hörbar wacher. Meyer wiederholte die Worte auf dem Zettel und konnte hören, wie Victor tief durchatmete. „Das klingt, als ob sie dich ernst nehmen. Aber das sollte dich nicht überraschen. Ethan hat sich mit Leuten eingelassen, die vor nichts zurückschrecken, Meyer. Wenn du weitermachst, bringst du dich nur in größere Gefahr.". „Gefahr hin oder her," erwiderte Meyer scharf. „Das beweist, dass wir nah dran sind. Sie haben Angst, Victor. Und das bedeutet, wir können es uns nicht leisten, jetzt aufzuhören.". „Ich sage nicht, dass wir aufhören sollten", antwortete Victor langsam. „Aber wir müssen vorsichtiger sein. Hast du den Zettel noch?"

„Natürlich. Ich werde ihn an einen Forensiker schicken –
vielleicht können wir Fingerabdrücke oder andere Spuren
darauf finden.". „Gut. Und was ist mit Susann? Hat sie etwas
Brauchbares gesagt?". Meyer erklärte, was er von Susann
erfahren hatte – den Namen Henry Slate und Ethans vage
Andeutungen über Informationen, die alles verändern
könnten. Victor hörte aufmerksam zu, bevor er trocken
meinte: „Henry Slate. Der Name sagt mir nichts, aber das
muss nichts bedeuten. Es ist ein Anfang.". „Ein Anfang",
wiederholte Meyer, während er zum Schreibtisch im
Hotelzimmer ging und seinen Laptop aufklappte. „Ich werde
alles über ihn herausfinden. Wenn er wirklich Ethans
Vertrauen hatte, dann weiß er vielleicht, wo Ethan ist. Oder
zumindest, was Ethan wusste."

In den nächsten Stunden vertiefte sich Meyer in die
Recherche. Sein Laptop war die einzige Lichtquelle im Raum,
während er sich durch öffentliche Aufzeichnungen, alte
Geschäftsdaten und soziale Netzwerke wühlte. Der Name
Henry Slate tauchte nur spärlich auf – ein ehemaliger
Finanzberater, der vor einigen Jahren plötzlich aus der
Öffentlichkeit verschwunden war. Keine Bilder, keine
Interviews, keine aktuellen Informationen. Es war, als hätte er
sich in Luft aufgelöst. Doch dann stieß Meyer auf einen

Artikel aus einer kleinen Lokalzeitung, der fast übersehen worden wäre. Es war ein unscheinbarer Bericht über eine Wohltätigkeitsveranstaltung in Boston, die Ethan vor sechs Jahren organisiert hatte. Der Name Henry Slate tauchte in der Liste der Hauptsponsoren auf, zusammen mit einem Bild von ihm. Meyer betrachtete das Gesicht auf dem Foto. Ein Mann in den späten Fünfzigern, mit scharf geschnittenen Gesichtszügen und einem durchdringenden Blick. Der Name und das Bild waren die ersten echten Anhaltspunkte, die er hatte. Aber etwas an dem Artikel ließ ihn innehalten. Es war nicht Henry, der seine Aufmerksamkeit fesselte, sondern eine andere Person auf dem Foto – eine Frau in der Menge, die fast absichtlich unauffällig wirkte. Meyer zoomte hinein, sein Herz schlug schneller. Sie sah aus wie Petra. Es konnte Zufall sein, aber Meyers Instinkt sagte ihm, dass es das nicht war.

Victor klopfte Stunden später an Meyers Hoteltür, um die Ergebnisse der Forensik zu überbringen. „Keine Fingerabdrücke auf dem Zettel", sagte er, als Meyer ihn hereinließ. „Aber die Tinte... ist eine spezielle Sorte, die von einer einzigen Firma in den Staaten verkauft wird. Es schränkt die Möglichkeiten ein, aber es ist immer noch dünn.". Meyer nickte, aber seine Gedanken waren bereits bei dem Foto. Er drehte den Laptop zu Victor und zeigte ihm das Bild. „Das ist

Henry Slate", erklärte er, „und ich denke, das hier ist Petra.".

Victor beugte sich vor, seine Augenbrauen zogen sich

zusammen. „Verdammt. Das sieht ihr tatsächlich ähnlich.

Glaubst du, sie war schon damals Teil davon?"

„Ich weiß es nicht", antwortete Meyer ehrlich. „Aber es wird

immer klarer, dass Ethans Probleme nicht nur in der

Gegenwart verwurzelt sind. Es gibt eine Geschichte, Victor.

Eine Geschichte, die er nie erzählt hat. Und wenn wir diese

Geschichte nicht verstehen, finden wir ihn nie."

Victor starrte auf das Bild, seine Stirn gerunzelt. „Dann

sollten wir uns besser beeilen. Wenn sie uns warnen,

aufzuhören, heißt das, dass wir keine Zeit mehr haben, Meyer.

Was auch immer Ethan herausgefunden hat – es könnte schon

zu spät sein. Es war ein gewöhnlicher Morgen, als Meyer wie

immer die Zeitung aufschlug. Die Sonne hatte gerade

begonnen, den grauen Himmel zu durchbrechen, und die

frische Luft des Morgens war eine willkommene

Abwechslung von der stickigen Hotelzimmeratmosphäre der

letzten Tage. Während die ersten Seiten mit Politik und

Wirtschaft gefüllt waren, suchte er instinktiv nach den

weniger offensichtlichen Schlagzeilen – den Details, die oft

verborgen blieben, aber die Wahrheit enthüllten, die niemand

sehen wollte. Doch als er das erste große Foto auf der

Titelseite erblickte, spürte er sofort, wie sein Herz für einen Moment stillzustehen schien:

„Mörderischer Tod im Park – Ethan und Susann tot aufgefunden. "

Der Schock durchfuhr ihn wie ein elektrischer Schlag. Unwillkürlich rutschte die Zeitung aus seinen Händen, und sie fiel auf den Tisch. Die Worte tanzten vor seinen Augen, als er sie noch einmal las, um sicherzugehen, dass er sich nicht geirrt hatte.

„Ethan Blake, der in den letzten Wochen in den Fokus der Medien geraten war, wurde gestern zusammen mit seiner ehemaligen Wahlkampfleiterin Susann tot in einem Fluss gefunden. Bei einem Spaziergang im Stadtpark stolperte ein Passant über die beiden leblosen Körper, die regungslos im Wasser trieben. Erste Ermittlungen deuten auf Mord hin. Blake, der für seine aggressiven politischen Positionen bekannt ist, hat zuletzt ein geheimes Lobbynetzwerk untersucht. Es wird vermutet, dass der Mord im Zusammenhang mit der Bedrohung steht... ". Meyer starrte auf die Worte. Es war, als würde er in eine andere Realität gezogen. Die schockierende Entdeckung von Ethans Tod überraschte ihn nicht - es war bekannt, dass sich die Schlinge

um Ethan immer enger zog, während er immer tiefer in dieses

Netz aus Verrat und gefährlichen Allianzen geriet. Aber jetzt,

als die Wahrheit langsam ans Licht kam, war sie schlimmer,

als Meyer es sich je hätte vorstellen können. Und die Frage,

die ihm durch den Kopf schoss, war eine, die er sich nicht

hatte stellen wollen: War dies wirklich das Ende der

Geschichte? Er starrte auf das Bild von Ethan und Susann,

deren Gesichter durch das trübe Wasser, in dem sie geborgen

worden waren, verblasst und verzerrt waren. In ihren Augen

lag eine seltsame Mischung aus Erschöpfung und Frieden, so

als hätten sie schon lange gewusst, dass dies der einzige

Ausweg war, der ihnen blieb. Meyer konnte es sich kaum

vorstellen, und doch fühlte er sich Ethan in diesem Moment

irgendwie näher als zu irgendeinem Zeitpunkt in den letzten

Monaten.

Ein Passant, der im Stadtpark spazieren ging, fand die beiden

leblosen Körper regungslos im Wasser treiben. Erste

Ermittlungen ergaben, dass es sich um Mord gehandelt hatte.

Irgendetwas an dieser Tragödie schien all die Fragen, die er in

den letzten Wochen aufgeworfen hatte, in einen neuen,

dunklen Kontext zu setzen. Er lehnte sich nach vorne und griff

nach dem Telefon. „Victor", sagte er, als der

Anrufbeantworter des alten Partners ihm den Einstieg

versperrte, „Ich brauche dich. Es geht um Ethan. Du musst
sofort kommen. Es gibt etwas, das du wissen musst." Doch
während er auf eine Antwort wartete, wusste Meyer tief in
seinem Inneren, dass es kein einfaches Gespräch werden
würde; die Wahrheit, die sie suchten, war gefährlicher und
verworrener als alles, was sie sich hätten vorstellen können.
Und obwohl sie die Fäden gezogen hatten, die alles
zusammenhielten, hatte der Tod von Ethan und Susann sie in
ein Netz aus Lügen, Geheimnissen und Verrat eingesponnen,
das immer enger gesponnen wurde. Das Ende kam plötzlich
und doch unausweichlich. Das Gefühl der Gerechtigkeit, auf
das Meyer immer gehofft hatte, stellte sich nie ein. Mit dem
Tod von Ethan und Susann schloss sich nicht nur das Kapitel
ihres Lebens, sondern auch das der Wahrheit, nach der er so
verzweifelt gejagt hatte. Der Schatten der Lobbys und der
dunklen Machenschaften, die von Anfang an alles beherrscht
hatten, war noch immer allzu präsent.Meyer sah auf die
Zeitung, die nun in seinen Händen lag. In der Ecke des Bildes
von Ethan und Susann war ein kleiner Hinweis versteckt:
„Ermittlungen dauern an." Der Gedanke, dass die Wahrheit
nie vollständig ans Licht kommen würde, nagte an ihm. Es
gab noch zu viele Lücken. Zu viele Menschen, die nicht bereit
waren, ihre Geheimnisse preiszugeben.

Er schloss die Zeitung und setzte sich in den Sessel, der das Zimmer dominierte. Ein letzter Blick auf die leeren Seiten der Geschichte, die er verpasst hatte. Und dann war es still.

Nachwort

Drei Monate ist es nun her. Der tragische Tod von Ethan
Blake und Susann erschütterte die Welt. Einst ein
aufsteigender Stern in der Politik, endete in einer
dramatischen Szenerie von Verrat und Zerstörung. Der tiefe
Fall Blakes, eines aufrichtigen Mannes, der einst für seine
Prinzipien kämpfte, wurde letztendlich durch Intrigen und
Missbrauch zu Fall gebracht. Die undurchsichtigen und
fragwürdigen Geschehnisse rund um seine letzten Tage und
schließlich seinen Tod werfen bis heute Fragen auf.

Der Mord an Ethan und Susann scheint nur ein Teil eines viel
größeren Mosaiks zu sein, das weiterhin die Schatten der
Macht durchzieht.

In den letzten drei Monaten hat sich das politische Klima
drastisch verändert. Die Entschlüsselungen, die Ethan auf
seinem letzten Weg ans Licht bringen wollte, sind größtenteils
in Vergessenheit geraten oder vielleicht absichtlich in den
Hintergrund gerückt. Die Lobbies, die ihn einst so
manipulierten, haben ihre Positionen weiter gefestigt, als ob
der Verlust eines ihrer prominentesten Opfer nur ein kleiner
Zwischenfall war. Doch die Wahrheit, die Ethan so
verzweifelt suchte, hat ihre Wurzeln nicht ganz verloren. Sie

liegt noch immer im Dunkeln, wie ein ungeschriebenes Kapitel, das irgendwann, vielleicht früher oder später, doch ans Licht kommen wird. Doch während die Welt weiterdreht, bleibt ein bitterer Nachgeschmack zurück. Für diejenigen, die Ethan gekannt haben, bleibt die Erinnerung an einen Mann, der an seine Ideale glaubte – auch wenn diese ihn letztlich zerstörten. Der Schmerz, den er hinterließ, ist nicht nur in den Herzen seiner Familie und Freunde zu spüren, sondern auch in der Landschaft der Politik, die er nie wieder betreten wird. Victor und Meyer, die beiden Männer, die ihm in seinen letzten Tagen zur Seite standen, haben sich auseinandergelebt. Beide tragen die Narben dieses erbitterten Kampfes, den sie nie gewonnen haben. Meyer, der nun in den USA ist und immer noch nach Antworten sucht, geht jeden Tag mit der Last einer gescheiterten Suche, die ihn nicht loslässt. Er weiß, dass Ethan in einem größeren Kampf gefallen ist, als er sich je vorstellen konnte. Doch die Wahrheit, so schmerzhaft sie auch sein mag, ist für Meyer die einzige Möglichkeit, die Verstrickungen und Verwerfungen zu entwirren, die Ethan umgebracht haben. Vielleicht ist es zu spät, um Ethan und Susann zu retten, doch der Wunsch, das zu beenden, was sie begannen, bleibt. Die Menschen, die Ethan in seinen besten Momenten bewunderten, haben ihre Heldenfiguren verloren.

Was einst ein idealistischer Politiker war, der nach Wahrheit
suchte, wurde zu einem Mann, dessen Ambitionen und Fehler
die Welt auf grausame Weise widerspiegelten. Die Lobbies
haben weiter ihren Einfluss ausgebaut. Aber sie wissen auch,
dass ihre Machenschaften nicht unbemerkt bleiben werden, so
sehr sie sich auch bemühen, die Wahrheit zu begraben. Drei
Monate nach dem Tod von Ethan Blake bleibt das Land in
einem Zustand der Unsicherheit. Die Wahlkämpfe sind für
viele Kandidaten eine Bühne, um sich neu zu positionieren.
Aber die Frage nach der Authentizität, nach den wahren
Absichten hinter der politischen Rhetorik, bleibt. Ethan hatte
seine Antwort gesucht. Leider musste er dafür mit seinem
Leben bezahlen. Doch die Schatten, die er hinterließ, werfen
ihre langen Fäden weiter. Was von Ethan bleibt, ist der Kampf
um eine Wahrheit, die weit über ihn hinausgeht. Ein Kampf,
der von denen weitergeführt werden muss, die an die
Bedeutung der Offenlegung und der Gerechtigkeit glauben.
Doch ob es Menschen gibt, die diesen Kampf zu Ende führen
werden – das bleibt abzuwarten. Was Ethan nie erfahren
konnte, ist, ob seine verzweifelte Suche nach der Wahrheit
mehr war als nur ein verzweifelter Versuch, die eigenen
Sünden zu sühnen. Vielleicht war es das Streben nach einem
höheren Ziel, ein Ziel, das wir als Gesellschaft nie ganz

erreichen können. Doch eines ist sicher: Die Geschichte von Ethan Blake ist noch nicht zu Ende. Sie lebt weiter – in den Fragen, die unbeantwortet bleiben, in den Gesichtern derer, die den Preis der Wahrheit kennen.

Sehr geehrte Leserinnen und Leser,

Sollten Sie den Weg bis zum letzten Kapitel dieses Buches beschritten haben, gilt Ihnen mein aufrichtiger Dank. Ihre Lektüre weiß ich sehr zu schätzen.

Es war mein Anliegen, eine Geschichte zu erzählen, die in ihrer Tiefe berührt und den Themen von Verrat, Hoffnung und Politik mit der gebotenen Komplexität begegnet. Möge das Werk Ihnen nachhaltige Eindrücke vermittelt und zum Nachdenken angeregt haben.

Dass dieses Buch gelesen wurde, verleiht ihm Bedeutung.

Mit den besten Wünschen und in tiefer Dankbarkeit, Ihr

Danny Dehnert